妖琦庵夜話
花闇の来訪者

榎田ユウリ

角川ホラー文庫
20445

妖琦庵夜話《ようきあんやわ》

花闇の来訪者

人物紹介

洗足伊織《せんぞくいおり》
妖琦庵の主で、茶道の師範。美貌だが左目を封じており、長い前髪で隠している。非常に鋭い観察力の持ち主で、記憶力もずば抜けている。気難しく、毒舌家。

脇坂洋二《わきさかようじ》
警視庁妖人対策本部の刑事。甘めの顔立ちをした、今時の二枚目。事件を通じ、マメと友人になり、洗足家に出入りするようになる。

鱗田仁助《うろこだにすけ》
警視庁妖人対策本部に所属。
東京の下町生まれで、現場叩き上げのベテラン刑事。年の離れた相棒の脇坂に戸惑いもあったが、順応しつつある。

青目甲斐児《あおめかいじ》
女性ならば誰しもが惑わされるほどの美丈夫。他者を騙し、時には平然と手にかける

夷 芳彦《えびすよしひこ》
伊織の家令（執事的存在）。《管狐《くだぎつね》》という妖人。特定の家に憑き、災いをなしたり、逆に守ったりするとされている。容姿は涼しげな美青年風だが、実年齢は不詳。

弟子丸マメ《でしまる》
伊織の家の、不器用な家事手伝い。純粋で涙もろい。
見た目は少年だが、すでに成人ずみの幼形成熟型《ネオテニー》妖人。《小豆とぎ》なので、動揺すると小豆をといで心を落ち着かせる。

甲藤明四士《かつとうあきよし》
妖人《犬神》。主を強く求める傾向があり、伊織の弟子になりたがっている。マメの危機を救ったことで、洗足家への出入りを許されつつある。

しょき　しょき　しょき
小豆《あずき》とぎやしょか
人とって　食いやしょか
しょき　しょき　しょき

※

誰だって、幸せになりたい。

幸せとはなんなのか、人はなにをもって幸福と感じるのか。そんな哲学的なことじゃなくて、もっとふつうの……日常の、生活の中の幸せ。

美味《おい》しいごはん。お気に入りの服や靴。家族。友達。

それから、自分のことを好きだと言ってくれる人。私を認めてくれる人。

これが一番大事かもしれない。そういう人と出会えれば、幸せになれる。そのためならば、私はうんと頑張れる。どんな努力だってできる。人には言いにくい秘密だって、抱えられる。幸福になるためなら。

秘密。

隠したいこと、知られたくないこと、昔のこと。

恋愛映画とか少女漫画とか、そんな物語《フィクション》の中では、すてきな男性がヒロインに語りかけている。そのままでいいんだよ、ありのままのきみが好きなんだ、と。

……それって、どうなんだろう。とても本音だとは思えない。この発言をまともに受け取ってしまう女がいたら、だいぶおめでたい。世の中はそんなたやすくないし、幸せもそんな安易じゃない。

努力しないと。

幸せになるためには、頑張らないと。あらゆる手を尽くして。

だから、その努力の中に……秘密にしておきたい過去があっても、そっとしておいてほしい。人は変わっていく。私も努力して変わった。変わる前の私なんか、知りたがらないでほしいのだ。誰にだって守りたい秘密はある。心の奥底に隠して、忘れたことにして、決して――。

ぺたり。唇に柔らかな不織布が触れる。まるで「言わないで」というように。

私はマスクの中心をそっと摘《つ》まんで、唇とのあいだに隙間を作った。リップクリームが少し取れてしまったかもしれない。最近のマスクはよく出来ていて、口紅やファンデがつきにくい立体型になっている。それでも、呼吸の具合や、強い風のせいで、マスクが顔に接してしまうことがあるのだ。

街には電飾が目立つ。もうすぐクリスマスだからだ。

ギフトショップの店頭に、サンタやトナカイやスノーマンが溢《あふ》れかえっている。銀のラメを吹きつけた星の飾りも、ちょっと安っぽいなりに、キラキラ光ってる。

けれどそれに目を留める人はほとんどいなくて、多くの人が私と同じようにマスクをかけ、強風に肩を竦《すく》めて歩いていた。インフルエンザが大流行の兆し……そんなニュースを、今朝聞いた。私もさっき、ついでにワクチンを打ってもらった。インフルになったりして、一緒に住んでる彼にうつしたら申しわけない。

「マスクの人、多いねェ」

突然話しかけられて、驚いた。

駅近くの交差点、信号待ちをしていた私のすぐ横に、サングラスをかけた男の人がいる。たぶん、二十代の後半くらい……黒い光沢のあるライダースジャケットに、ワインレッドのマフラー。細身のレザーパンツに、重たそうなエンジニアブーツと、いかにもバイクに乗りそうな格好だが、ヘルメットは持っていない。要するに、ファッションだけがライダーなわけで、こういう感じは私の趣味じゃない。

返事をしない私に、男は再び話しかけてくる。

「インフル、流行《はや》ってるみたいだもんね。最近のマスクっていろいろ高性能になっててすごいけど、正しいつけ方してないと効果ないって知ってた？　鼻のとこに、ワイヤー入ってるでしょ？　そこちゃんと調整して、ぴったりつけないとだめなんだ」

信号が変わって私は歩き出す。男は私の横について、喋《しゃべ》り続ける。

「隙間からウイルスが入っちゃうから、っていう意味じゃなくて。そもそもインフルのウイルスは小さすぎて、マスク越しでも侵入するからね。でも、マスクによって高温多湿の環境を作っておくと、ウイルスの活動が抑えられて……。まあ、そんなことはどうでもいいか！　とりあえず暖かいとこ、行かない？　コーヒー好き？　この近くに美味しいお店があるんだ。スタバ的なとこじゃなくて、一杯ずつハンドドリップしてくれる、いわゆるサードウェーブコーヒーの……」

お喋り男を無視し、私は足を速めた。

ナンパか勧誘かわからないが、この手には反応しないのが一番だ。「やめてくださ い」の一言を返しただけでも、「大丈夫、あやしいものじゃないからさ」といった具合に、会話が成立してしまう。いったん会話が成立すると、ずるずる相手の言葉に乗せられがちになるから、なにも聞こえない顔で振り切ってしまうに限る。

ところが、この男はとてもしつこかった。

「ドリップなら家でできる、って思いがちだけど、あれはあれで奥が深いんだよね。そもそも家で豆から挽《ひ》くの大変でしょ？　ミルなきゃ無理だし。でもやっぱり挽き立て豆に敵《かな》うものはないわけで。だってコーヒーって、考えてみたらフルーツなんだ。あれ、実だもの。鮮度がモノを言うからこそ、豆の管理は難しくて、それならプロに美味しく淹《い》れてもらったほうがいいに決まってる！　というわけで、その店、こっち」

「ちょっ……触らないで」

背中を軽く押され、思わず口走ってしまった。男はすぐに手を離し、「あっ、ごめんなさい」と、意外なほど慌てたように謝る。その様子からして、乱暴な人ではなさそうだけど……だからといって安心できないし、私の経験上、路上で声をかけてくる男にろくなやつはいない。

「でも本当に美味しいコーヒーなんだ。どうしてもきみと行きたい」

「行くわけないし」

あえて、冷たい口調にした。

「お願いだから」

「急いでるんで」

「きみの用事がすむまで待つよ。……こんなこと言うとバカみたいって思われるかもしれないけど、ここで諦《あきら》めちゃったら二度ときみと会えないかもしれない。そしたら僕は、永遠に後悔しそうな気がする」

「……ほんと、バカなの？」

きつい言葉を選んで、思いきり睨《にら》んでやった。男は一瞬怯《ひる》んだが、それでもなお詰め寄ってくる。私は目一杯の早歩きになったけど、男は長い脚を活用して、二歩ぶん後ろをキープしたままだ。

「ごめんごめん、おーい、待って」

謝ってるくせに、まだ追ってくる。優しげな口調がかえって気持ち悪い。

必死の早歩きで、マスクの中、息が上がってくる。ナンパされた経験は何度かあるけれど、ここまでしつこい奴はひさしぶりだ。マスクをかけた、ろくに顔も見えない女をナンパするなんて、どうかしてる。周囲の通行人たちも、チラチラとこちらを気にしだした。それなのに、男はまだついてくる。

やだ、なに、こいつ……怖い。

もしかしたら、あいつ、あいつの差し金なんだろうか。

あいつに頼まれて、嫌がらせをしようというのだろうか。あいつからの電話を、何度も無視したから？　最後には着信拒否にしたから？　だってしょうがない。二度と会いたくないし、顔もみたくない男。

あいつは私の秘密を知っている。私の過去を、知っている。

幸せになろうと努力しても、時には失敗する。あいつはその失敗のうちのひとつだ。あいつが私につきまとっている限り、私は幸せになれないかもしれない。もし神さまが「この世の中で、ひとりだけ消してあげよう」と言ったら、私は迷わずあいつを指名する。でもそんな神さまがいないって、わかってる。

「ねえ」

すぐ後ろから声がする。いやだ。

私はとうとう走り出した。通行人が多いので、いきなり全力疾走できるわけじゃない。人込みを縫うように走る。ヒールが不安定で、よろけそうになる。走って逃げる女を追いかけるなんて、かなり悪目立ちするはずなのに……男は諦めない。振り返ると、想像よりすぐ近くにいた。

「なあ、待って！」

いやだ。怖い。

男の腕が伸びてくる。

その腕はまるで私の過去だ。隠し通したい秘密を暴こうとするものだ。

真実を、ありのままのおまえを見せろと迫り、私が少しずつ積み重ねたものを壊そうとする。そんな虚像《うそ》は許さないと、叩《たた》きつけて粉々にしようとする。

「待てってば！」

二の腕を摑《つか》まれた。

後ろから引かれて、ガクンとつんのめる。

いやだと叫びたいのに、声が出ない。私を守ってくれるはずのマスクが、私の声を押し込めている。息が苦しい。苦しいから吸おうとするのにうまくいかない。

たまらなくなって、マスクを押し下げた。とたんに頰がひんやりして、師走《しわす》の風が吹きつける。それでも空気が足りない。目の前がチカチカしてくる。うそ、なんでこんなに苦しいの？　男の手が、今度は肩を摑もうとして、必死によける。なにか言ってるけど、よく聞こえない。私はもうよろける程度にしか動けていなかった。

捕まったの？

私は過去に――自分の秘密に、捕まってしまった？

「おっと」

次の瞬間、なにかにぶつかって、包まれた。

優しいウールの生地感。ふわりと、どこか懐かしい香り。

カタン、と小さく硬い音がする。杖《つえ》？　いけない、歩行者に突進してしまったのだと気がつき、謝ろうとしたのだが声が出ない。

「大丈夫。ゆっくり呼吸しなさい」

この香りを知っている。そう、子供の頃、まだ元気だった母にもらった匂い袋……京都かどこかのお土産の……あんな香りだ。白檀《びゃくだん》？　沈香《じんこう》？

「いったいどういうことです？」

柔らかな香りに反して口調は厳しく、けれどそれが私に向けられていないことは、すぐにわかった。ほとんど倒れそうだった私は、その人の腕に抱き留められるように立っていて、声は離れた位置に向けられている。

ああ、ここは安心だ。

なんの根拠もないのにそう思えたのも、やはり香りのせいだろうか。霞《かす》んでいた視界も戻ってきて、私を支えている人が和装なのがわかる。

「あっ……あ、あのっ……」

ひっくり返った男の声。

「どういうことかと、聞いてるんですよ。こんな往来で女性を追いかけ回し、怖がらせるなんて。しかも、その格好……。ひどい。ひどくて言葉にならない。というか、したくない。きみには羞恥心《しゅうちしん》ってものがないのかい。……あなた、落ち着きましたか？　この男にいったいなにをされたんです？」

前半は男に向かって、後半は私への言葉だった。ようやく呼吸が整ってきた私は、見ず知らずの男性にしがみついているという状況を自覚し、慌てて一歩だけ離れた。

恥ずかしくなって、顎《あご》まで下りていたマスクを戻す。

「あ、ありがとうございました」

よかった、ちゃんと声が出た。

「突然話し掛けてきて、無視してたんですけど、追いかけられて……。走って逃げているうちに、息がすごく苦しくなって」

説明しながら顔を上げ——私は目を見張る。

「過呼吸になりかけてたんでしょう。お気の毒に」

この、顔って。

「警察を呼びますか？」

問われて、私はぼうっとしたまま「あ……、いいえ」と答える。

陶器みたいな肌に、初月の眉《まゆ》。その下の黒々と強い瞳《ひとみ》。切れ上がった眦《まなじり》や、品良く高い鼻筋も……似ている。びっくりするくらい、似ている。

「お行きなさい。この男は、私がよくよく叱っておきます」

顔の造りは似ているけれど、雰囲気は違っていた。いずれにしても、恐ろしくきれいな男性だ。長い前髪が片方の目を隠しているのが、とてももったいない。やや血色の足りない唇ですら、この人の美しさを損なうことにはなっていない。

「さあ」

促され、私は言葉もなく頷《うなず》く。

ぽかんと口を開けていたけれど、マスクを戻していたから、わからなかったはずだ。もっとこの美しい人を見ていたかったけれど、追いかけてきた男は怖い。あいつの知り合いだったりしたら、本当に最悪だ。

私はもう一度「ありがとうございました」と深く頭を下げ、その場を離れた。人込みに紛れながら、足早に遠ざかる。

次の瞬間、木枯らしに乗って、凜《りん》とした声が届いた。

「呆《あき》れてものも言えないところだが、あえて聞こうか。きみはいったいなにをやってるんだい、――くん」

最後に名前を言ったような気もしたのだが、そこまでは聞き取れなかった。

一

　体感温度指数とは、気温に湿度や風速などの要素を加え、人の肌が「寒い」と感じる感覚を数値化したものだそうだ。なにやら難しい公式もあるようだが、簡単にまとめると、同じ気温の日でも風が強いほうが寒く感じるということである。わざわざ説明されなくとも、経験として多くの人が知っているだろう。

　しかし、と脇坂洋二《わきさかようじ》は考える。

　この体感温度というやつは、もろもろの気象条件はもとより、精神的な影響が大きく反映されるのではないか。実際日本語には、心理的にネガティブな状況になった時「ヒヤリとした」だとか「ゾワッときた」みたいな表現がある。

　クリスマス間近、店舗のデコレーションも賑々《にぎにぎ》しい商業地区の歩道。

　そこで脇坂の体感温度は――急降下した。

「呆れてものも言えないところだが、あえて聞こうか。きみはいったいなにをやってるんだい、脇坂くん」

　まるで虫でも見るような……いや、虫のほうが優しい目で見てもらえるに違いない。

そう思ってしまうほど冷ややかな視線に、脇坂の身体はカチンと固まった。

すらりとした、和装の男。黒いインバネスコートに、芥子《からし》色《いろ》の襟巻。

やや後ろで、その家令が控えていた。家令は数歩進むと、歩道に倒れていた杖を拾い、「先生」と男に渡す。

「その最悪なコーディネイトで、女性が応じてくれるとでも？」

杖を受け取った男はそう言ったあと「いたた」と顔をしかめた。脇坂はなにも答えられないまま、ただ立ち尽くす。

「先生、大丈夫ですか」

家令が男の身体を軽く支える。

「なんとかね。クリニック帰りじゃなかったら、間違いなく一緒に転んでた」

「杖がふっ飛びましたものね」

「まあ、悪いのは彼女じゃありませんよ。……脇坂くん、なにか言うことは？」

「あ、あの……ええと……」

「時間の無駄らしい」

瞬きひとつのあと、見たくもないとばかりに視線が逸《そ》らされた。睨《にら》まれていると怖いのだが、かといって目を背けられると、さらに悲しい心持ちになってしまう。脇坂はすっかり狼狽《うろた》えてサングラスを外したのだが、焦っていたためアワアワとお手玉をしたあげくに落とし、拾い上げた時、すでにその人は踵《きびす》を返していた。

「ち、違うんですっ」

慌てて追いかける。風に揺れるコートの袖《そで》に取り縋《すが》りたいほどだったが、本当にそんなことをしたら、ものすごく疎まれるだろうから我慢した。脚に怪我でもしてしまったのだろうか。杖《つえ》を使っての歩みはゆっくりなので、すぐに追いつく。

「本当に違うんです。ナンパじゃないんです！」

「なるほど、そうでしょう。あんなに嫌がって逃げている女性をしつこく追いかけ回すなんて、すでにナンパなどという域を超えた嫌がらせ行為にほかならない」

　脇坂を見ることなく、早口で言う。

「迷惑防止条例というやつに抵触するんじゃないんですか？　東京都の場合、『公衆に著しく迷惑をかける暴力的不良行為等の防止に関する条例』、だったかな？　おっと、失礼。これは釈迦《しゃか》に説法、孔子に悟道だ。公僕であり警察官であるきみには説明するまでもなかった。いや、しかし、きみがこの東京都を守る刑事だったはず、という認識は、もしやあたしの記憶違いなんですかね？　きっとそうなんだろう。本当に、人間の記憶なんてものはアテになりません。実に容易に、自分の都合のいいように改竄《かいざん》されてしまう。ははは。脇坂くんが、刑事だなんてねえ？」

　恒例の毒舌機関銃に蜂の巣にされつつも、脇坂は挫《くじ》けない。レンコンさながらの穴だらけになったとしても、この誤解だけは解かなければならないのだ。必死に「訳があるんです、説明させてください」と請う。

「先生、あそこに……」

ツイードのジャケットをきちんと纏《まと》った家令が、静かな声と目配せを主《あるじ》に送った。

やや離れた物陰から見え隠れし、いつ出て行くべきかと戸惑っているもうひとりを見つけたのだ。そうなのだ、すべてはあいつのせいなのだ。主もその男を一瞥《いちべつ》し、これ見よがしなため息をついたあと、家令に向かって小さく頷き、再び歩き出す。

「せ、先生ぃ」

我ながら情けない声を出した脇坂に向かって、家令が「どうしても言い訳したいなら、彼も連れておいでなさい」と告げた。

そしてふたりはタクシーを止めて乗り込むと、振り返りもせずに行ってしまう。

追わなければ。脇坂も、行かなければ。

どこへ行くべきなのかなど、問うまでもない。

あの人の住まう場所へ。

妖琦庵《ようきあん》へ、行くのだ。

妖琦庵、というのは厳密には茶室の名前である。

ごく小さな、だが趣深いその庵《いおり》を庭に備えた、鄙《ひな》びた感のある和風建築。それが洗足《せんぞく》家だ。近隣の人々は、母屋も含め、まとめて「妖琦庵」と呼ぶらしい。母屋には表札はあるが、呼び鈴はない。だからここを訪れる者は、自らの声を上げて取り次ぎを求めなければならず、脇坂も毎回そうしている。

応対してくれるのは、ほとんどが家令である。

家令の名を、夷芳彦《えびすよしひこ》という。

要するに執事のようなもので、この家の細々した雑事を取り仕切っており、同時に主の大事な相談役も熟《こな》している。さらにこの家の場合、夷はセキュリティシステムともいえる。痩身《そうしん》からは想像もつかないほどの腕力と敏捷性《びんしょう》を持っており、普段はもの静かだが、主を守る必要に迫られれば粗暴な真似も厭《いと》わない。

その夷に守られている主は茶道の家元だが、かなりマイナーな流派だそうで、脇坂は弟子の姿をついぞ見たことがない。以前、家令に「夷さんは先生のお弟子さんなんですか?」と聞いたが、「いいえ、お茶は教わっていません」という返答だった。この家に住んでいるもうひとり、弟子丸《でしまる》マメも同様だそうだ。脇坂はかつて、ここの主に「お月謝お納めしますので、お茶を教えていただけませんか」と聞いてみたのだが、

――きみに教えるくらいなら、にゃあさんに教えます。

という、けんもほろろの答だった。

にゃあさんというのはその名のとおり、この家で飼われている茶トラの猫だ。でっぷりして無愛想な元ノラだが、少なくとも脇坂の百倍くらい大事にされている。

「……叱られんのかな」

隣で、ぼそりと呟《つぶや》く声がする。

「叱られるだろうね」

脇坂もぼそりと答えた。洗足家の座敷、ふたり並んで正座している。

ここは来客対応をする部屋なのだが、客人扱いされているというよりは、よそ者扱いされている感じに近い。脇坂だけの来訪で、かつマメがいてくれれば、もっとくつろげる茶の間に通してもらえるのに……そのほうがずっと嬉《うれ》しいのだ。

座敷には、いつもと違う様子がひとつあった。椅子だ。畳の上に、籐椅子《とういす》がひとつ置いてある。もちろんそれは脇坂たちのために置かれているわけではない。

「あんたがヘマすっから」

正座がきついのか、もぞもぞと動きながら文句を垂れるのは甲藤明四士《かっとうあきよし》だ。二十七になる脇坂より、ひとつ年下だが、常にタメ口をきく。タメ口どころか、しばしば偉そうですらある。

「は？　そもそもきみが言い出したことだろ」

「先生が近くにいるの、わかんなかったのかよ」

「わからないよ。サングラスでいつもより暗かったし！」

「……ったく、よくそれで刑事とかやってられるよな」

カッチーン、ときた。

基本、温厚を自認している脇坂だが、この甲藤にはしょっちゅう神経を逆撫《さかな》でされる。初対面から印象は最悪であり、それでも時間を経て、多少はこやつの良い面も理解できてきたつもりだった。相手も似たようなことを考えていたらしく、最近は距離が縮まっていたからこそ、今回の手助けに至ったわけだが……結局、失敗した上に、責任をなすりつける言われようだ。むかつくったらない。ここが静寂を重んじる洗足家でなければ、いいかげんにしろと怒鳴っていたかもしれない。怒鳴らないにしても、なにかしら言い返さねば、と考えていたところで——襖《ふすま》が、滑る音をさせて開く。

洗足伊織《いおり》。

洗足家の、そして妖琦庵の主だ。

非常に整った顔だちの人だが、故あって、左目は長い前髪で覆っている。枯葉色の着物に、半襟の臙脂《えんじ》がよく効いて美しい。脇坂と甲藤をチラリとも見ず、微《かす》かに畳を軋《きし》ませて進むと、籐椅子にゆっくりと座った。何時間だって正座をしていられるこの人が椅子を使うのだから、やはり脚を悪くしているのだろう。なぜ痛めてしまったのか気になったが、今はまだ、こちらが質問していい段ではない。

隣で、甲藤が緊張しているのがわかった。

もっともそれは脇坂も同じだった。洗足伊織と知己になり約二年経つが、永遠に気安い関係にはなれない気がするし、なろうとも思わない。この人は脇坂にとって「先生」なのだから、気安くなりたいなど、烏滸《おこ》がましいというものである。

洗足がようやく、こちらを見た。

「……要するに」

前置きもなく、冷ややかな声で始まる。

「脇坂くんはわざと強引なナンパをする悪役。そこに甲藤くんが颯爽《さっそう》と現れ、さきほどの女性を助け、まんまと知り合いになる——そんな段取りですかね」

いきなりすべてを言い当てられ、ふたりともつかのま言葉を失った。

「ど、どうして……」

そう問いかけた脇坂を睥睨《へいげい》し、洗足は「ほかに解釈のしようがないでしょうが」と言い放つ。

「それにしたって、何度見てもひどい格好だ。似合わないこと甚だしい」

「うっ」

脇坂は声を詰まらせる。似合ってないのは痛いほどに承知しているのだ。できれば今すぐ、脱ぎ捨てたい。

「先生、僕だって好きでこんな格好してるわけじゃないんです。しかたなかったんです。涙を呑《の》んで着たんです。テカッたライダースジャケットだの、ピタピタの革パンツだの、ぜんぜん趣味じゃないし！　この世から鏡がなくなればいいのにと、生まれて初めて思いました……」

「なんだよ、せっかく貸してやったのに文句があんのか」

口を尖《とが》らせた甲藤に「きみが無理に押しつけたんじゃないかっ」と言い返す。

「僕は基本、コンサバでトラッドなラインのワードローブなのに！」

「サバとかトラとか、知るか。つーか、しょうがねえだろ。おまえの服も顔も、なんか迫力不足なんだよ。よくそれで刑事なんかやってられるぜ」

「コワモテだからいい刑事ってわけじゃないの！　僕みたいな品のいいタイプだって必要なんだよ！」

「うっわ、自分で品がいいとか言って、恥ずかしくねえの？」

コホン。

と、咳払《せきばら》いをしたのは洗足ではない。お茶の置かれた盆を手に入ってきた夷である。ちなみに湯飲みの数はひとつ。お説教されるほうにお茶は出ないのだ。

「す、すみません……。そうです、先生のお察しの通りです。僕はこの甲藤に頼まれて、不本意ながらこんなガラの悪い格好をし、女性にしつこくつきまとう悪役をさせられたんです。僕に罪はありません。たまたま親切心が頭を擡《もた》げてしまっただけで……後悔しきりです。ほんと、引き受けるんじゃなかった」

脇坂の訴えを聞き、洗足は夷の渡す湯呑みを手に「ひどいね」と言った。

「そうなんです、ひどいんですよ、甲藤は」

「あたしがひどいと言ったのはきみの言い訳ですよ、脇坂くん。不本意ながら？　不本意なら断ればよかっただけなのでは？」

「え……ええと、訂正します。『強引に頼まれた』んです！　ほとんど強要です」

『親切心が頭を擡げ』て引き受けたのなら、強要とは言えない」

あっさりバッサリ斬り返されて、脇坂は「うぐぅ」としか言えなかった。そんな様子を隣で甲藤がニヤニヤと見て、

「そーだよ。親切心で引き受けたんなら、もうちょっとまともな芝居をしてほしかったもんだね。おまえの芝居があんまりヘタクソだから、登場するタイミングが摑《つか》めなくて困ったぜ。おかげで先生にオイシイとこ取られちゃってさー」

「……オイシイとこ？」

よく冷やされた金属のスプーンが、うなじにピタリと当たったような声で、洗足は椅子から甲藤を見下ろした。調子づいていた甲藤は竦《すく》み、「いや、その」と口籠《くちご》もる。

「えっと……あの、先生、すげーカッコよく彼女を助けたなあ、っていうか……杖使《つえ》ってたのに、しっかり支えて……あの、脚、どうかしたんすか？」

「黙りなさい。そもそもの原因はきみです。脇坂くんに演技力など期待できないのは、考えたらわかりそうなもんだろう。ずいぶんとあの女性にご執心のようだが、ひとりで口説くこともできないのかい、情けない」

「す、すいません……先生のおっしゃるとおりで……あれ、でも、俺が彼女にご執心ってなんでわかるんですか。まだ話してないすよね？」

「通りすがりのナンパで、マスクかけている相手は選ばないでしょうが」

「へ？」

「マスクしていたら、顔の半分以上が見えない」

「ああ～」

「脇坂くんの無惨な格好からしても、事前に計画していたに決まっている。非常に愚鈍な計画だがね。つまり、きみは彼女をしばらく前からつけ回してるんでしょうよ」

「さっすが！　先生にはなんも隠せないすね。今、俺のはいてるパンツの色も知ってたりして！」

「知りたくもない」

眉《まゆ》を歪《ゆが》めて言い、洗足は「とにかく」と続けた。

「自重なさい。下手な小細工は見苦しいばかりだ」

「けど、小細工でもしなきゃ相手にしてもらえないんですよ。普通に声かけてもぜんぜんダメで」

「なら諦《あきら》めなさい。先方にだって選ぶ権利はある」

「そんなあ……。簡単に諦められたら苦労しないっすよ……だいたい、先生がいけないんですからね？　先生が俺の主《あるじ》になってくんないから、こんなことに」

「は？」

ピシリと厳しい声は洗足ではなく、隣に控えていた夷だ。もともとの吊《つ》り目をさらに吊り上げて甲藤を睨《にら》んでいる。

「聞き捨てなりませんね。うちの先生はまったく関係ないでしょうが」

「それがですね、関係あるんすよ夷さん。なさそうで、ある。なあ、脇坂」

「僕にふらないでくれよ。……まあ、全然ないわけではないけど……」

「なにがどう関係してるのか、説明してもらおうじゃありませんか」

引き続き家令が問い詰め、主のほうは黙ってお茶を飲んでいる。普段の夷は、主と客(脇坂たちが客といえるかどうかはさておき)の会話に割り込んでくることはまずない。極めて優秀だが謙虚なのがこの家令なのだ。

しかし、甲藤があることに触れた場合は別であり、この件を説明するには、まず夷と甲藤の妖人《ようじん》属性について語らなければならない。

妖人。

人間、種でいうところのヒト、学術的には Homo sapiens sapiens とほぼ同一、だが遺伝子レベルでの僅かな相違が見られる存在——それが妖人だ。この遺伝子的発見からまだ十年に満たず、詳しい調査も進んでいないため、妖人が全人口に占める割合は明確ではない。いずれにしても、多くはなく、数パーセントからせいぜい一割程度ではないか、というのが現在の説だ。

彼らのほとんどはヒトとなんら変わりはない。

だが、ごく一部に特殊な能力を有する者が存在し、ここの主もそのひとりだ。

主だけではない。夷も妖人で能力持ちであり、甲藤も同様だ。

脇坂は妖人ではないので、今、この空間の中では少数派《マイノリティ》といえる。けれども社会的に見れば、妖人のほうが圧倒的に少数だ。加えて、いまだその存在をどう捉《とら》えるべきか、社会そのものが戸惑っている状況にあり、法整備も追いついていない。そのため、マイノリティである妖人が差別的な扱いを受けることが、しばしば問題になっている。

「だからさ、俺は《犬神《いぬがみ》》なわけじゃん？」

甲藤が夷に向かい、もぞもぞしながら言った。もう足が痺《しび》れてきたらしい。

「《犬神》ってのは、主を欲しがる性質じゃん？　自分にとって唯一の主。この人だ！　って直感的にわかる相手。何度も言ってるけど、俺の場合それが先生だったわけで」

甲藤の妖人属性は《犬神》であり、その特徴も本人の言うとおりだ。また《犬神》には、身体的な能力が高いものが多く、主のない、いわばノラの《犬神》は時に粗暴な性質にもなり得る。ただし、こういった傾向も個人差が大きく、甲藤ははっきりと特性の出たタイプといえる。

「ええ、それは聞きましたよ。ですが先生にはもう、私がお仕えしていますから」

尖り気味の顎《あご》を上げて夷が主張する。夷の属性は《管狐《くだぎつね》》、こちらも強く主を希求する妖人で、夷は洗足が十代の頃から仕えているらしい。

「わかってっけど……先着順なんて、ずるいよなあ」

「仮に先着順じゃなかったとしても、先生は私をお選びになりますけどね」

「えー、そうすかねえ？　まあ、腕っぷしは、まだ夷さんに敵《かな》いませんけど」

「腕っぷしだけの問題じゃないんです」

「けど俺、若さはありますよ。将来性ってやつ。夷さん、若く見えるけど、結構な歳ですよね。ヘタしたら、俺の倍とか？」

「え、ほんとに？」

思わず口を挟んでしまった脇坂である。

「おう。《管狐》って、長寿で若作りな一族らしいぜ」

「若作り……いいなあ」

それにしたって、甲藤の倍まではないだろう。ぱっと見、三十前後にしか見えない夷なのだが、実は四十代だとか……まさか五十近いとか？　だとしたら、なんというアンチエイジング。羨《うらや》ましい。

「私の年齢なんかどうでもいいから、早く話を進めなさい。きみが《犬神》なのと今回のナンパに、なんの関連性が？」

そうだった。そういう話だった。

思い出し、脇坂は気を引き締める。洗足はといえば、《犬神》と《管狐》が自分を取り合うかのような様子を、あくびを噛《か》み殺しているみたいな顔で……。

あ、いま本当にあくびをした。この人にとっては、わりとどうでもいい話らしい。

「結論を言うと、似てるんですよ」

「まったく結論になっていないよ。なにが似てるって？」

「だから、俺が惚《ほ》れてるさっきの女と、先生が」

「…………」

夷は無言になり、退屈そうに庭を眺めていた洗足は軽く顔をしかめる。なんとなく居心地の悪い雰囲気になったところで、にゃあさんがのしのしと座敷に入ってきた。脇坂と甲藤をフンという顔で一瞥《いちべつ》すると、主の前でぶみゃあと鳴き、ビョン、となかなかの脚力で膝《ひざ》の上に飛び乗る。

「う」

籐椅子《とういす》に腰掛けた洗足が、湯呑《の》みを持ったまま身体を硬くする。

夷が「あああ、にゃあさん、だめですよ」と慌てたが、猫を抱き下ろすことはしない。この家令はもともと猫嫌いであり、にゃあさんにはかなり慣れたものの、まだ抱っこはハードルが高いようだった。

「あの。僕が」

脇坂は立ち上がり、洗足の膝からにゃあさんを抱き上げた。

「すみませんね、にゃあさん。でも先生はお怪我みたいだから」

そう言いながら畳に下りてもらう。

猫は不服げにヒゲをヒクつかせ、今度はその場で香箱を作った。洗足は小さく息をつき、自分を落ち着かせるようにお茶を啜《すす》る。かなり痛むようだが、包帯やギプスは見当たらない。もっとも、着物だから見えないだけかもしれない。

「で？　誰と誰が似てるですって？」

夷が話を戻した。

「先生と、彼女です。麗花《れいか》って名前なんですけど。名が体を表してんなあ」

「本当ですか、脇坂さん」

夷に確認され「それが……本当なんです」と答えた。いくらか申し訳ない気持ちになってしまうのはなぜだろうか。

「もちろん瓜二《うりふた》つとは言いませんけれど、僕も最初に彼女を見たとき、先生を思い出しました。走ってる時、マスクずらしていたから、見えたでしょう？」

「……似てたかな。いかがです先生？」

夷に問われた洗足は「覚えてないね」と興味なさげに答える。

「親しくもない女性の顔をジロジロ見るのは失礼だ。……それで甲藤くん。きみはあたしという主を得られないことに落胆し、その代わりに、見てくれがあたしに似ている彼女を追いかけまわしていると。そういうことですか」

「はい。そういうカンジっす！」

「………やれやれ」

さあ、来るぞ、と脇坂は身構えた。

洗足の説教爆弾が炸裂《さくれつ》する時だ。甲藤の行為は、麗花という女性に対しても、洗足に対しても失礼である。《犬神》として洗足に惹《ひ》かれるのは仕方ないにしろ、それを恋愛感情とごっちゃにして考えるべきではない。「主《あるじ》にしたい」と「彼女にしたい」とではまったく違うではないか。実に愚かな男だ。脇坂に対する態度もひどすぎる。拝み倒す勢いで頼まれたから手伝ってやったのに。

さあ、先生、やっちゃってください。いつもの毒舌を、瀑布《ばくふ》の勢いで、ナイアガラの滝のごとく、イグアスの滝のごとく、華厳滝《けごんのたき》のごとく、やっちゃってください！

と、わくわくして待った脇坂だったが。

「もう帰んなさい、きみら」

気怠《けだる》げに、洗足はそう告げたのだ。え、と脇坂は拍子抜けしてしまう。

「そんな。先生、お叱りはないんですか」

「もう叱っただろう。見苦しいから下手な小細工はやめろと」

「それだけじゃ足りませんよ。もっとこう、甲藤を罵《ののし》って、打ちのめして、ボコンボコンに凹《へこ》ます感じで……」

「なんだってきみにそんな指示をされなきゃいけないんです。確かに甲藤くんは愚かな真似をしましたが、それにつきあったきみだって相当な馬鹿者だ。いや、むしろ甲藤くんを上回る愚かぶりだね。たとえ芝居といえ、現役警察官が女性を脅すなど言語道断。

ウロさんが知ったら、自分は今までなにを教育していたのかと、この世を儚《はかな》んでしまいかねない。ああ、気の毒に。きっと化けて出るよ」

いえ、まだ鱗田《うろこだ》は死んでません……と言う隙もなく、洗足は「ここにいると馬鹿がうつりそうだ」と、籐椅子を軋《きし》ませて立ち上がる。立つ時に少しつらそうだったが、いったん背中を伸ばしたあとは、ゆっくりだがきれいな歩みで、振り返りもせずに座敷を出ていってしまう。

続いて、夷がいささか不機嫌な顔のまま、「見送りは、にゃあさんにしてもらってください」と立ち去っていった。座敷の襖《ふすま》は大きく開いたままで、これは早く帰れという意味にほかならない。あげくの果てに、見送り役のはずのにゃあさんまで、脇坂たちを「へっ」という顔で見ると、トテトテと行ってしまった。

「……なにこれ……むしろ、僕が怒られて終わったんだけど……」

呆然《ぼうぜん》と、脇坂は呟《つぶや》いた。

「まあ先生のお叱りはもっともだろ。あんた警察官なんだし」

「いや、僕、言ったよね!? 警察官だからそういうことはできないって！　それでもきみが、ほかに頼れる相手がいないって食い下がるから……」

「なんか、腹減らね？」

「人の話聞いてる!?」

「今日はチビちゃんいねーみたいだな。甘いもん出されなかったし」

「………はぁ……帰ろ……。なんかすごく消化不良でモヤモヤするけど……これ以上いても、怒られるだけだから帰ろう……」

「そうだな、帰るか」

「きみに言ってない。独り言だから！」

「なんか食いに行こうぜ。あんたのおごりで」

「二回目だけど、人の話聞きなよね。あと、なんで僕がおごらなきゃいけないんだよ。きみがお詫《わ》びにおごるなら、まだわかるけど！」

「俺、金ねえもん。でもおまえ持ってるだろ？」

サラリと言われ、返す言葉もない。

しかも、甲藤はふざけているわけでも、冗談を言っているつもりもないらしい。本気で、金を持っている脇坂が払うべきだと思っているのだ。まったく、この男は——図々《ずうずう》しいのも、ここまでいくと一種の芸風にすら思えてくる。

「おーい、早く行こうぜ。俺、なんかすげえラーメン食べたくなったわー。メンマがシャキシャキのやつがいいな。やわやわなメンマ出されると、テンション下がるんだよね。いっそ悲しい気分つーか。メンマはやっぱりシャキシャキだよな～」

ため息をつきながら脇坂も玄関に向かう。

激しく趣味に反するごついブーツを履き、口の中でブツブツと甲藤への文句を唱え、それでも思う。

たぶん、自分はラーメンをおごってしまうのだろう。

実に理不尽ではあるが、きっとそうなる。今までも同じ展開があったからだ。ラーメン、牛丼、ファストフード、コンビニでのちょっとした買い食い。文句を言いつつ、なぜかいつも脇坂が財布を開いている。そうしている自分も不思議だが、もっと不思議なのは、実はさほどいやではないということだった。いくら脇坂が坊ちゃん育ちのお人好《よ》しだろうと、イヤなら拒絶するくらいの社会性は備わっている。

——ごっそさーん。給料入ったら、俺がおごるな？

食うだけ食った甲藤はいつも、そんなふうにニヤリと笑う。

その顔を見ていると脇坂も「まあ、いいか」という気分になってしまうのだ。

なんなのだろう、この現象は……。考えるに、脇坂の周りには、いままでこういうタイプの男友達はいなかった。一度おごられたら次は必ずおごり返して、チャラにするのが常識だったし、それ以前に、他人に飲食をねだるなど恥ずかしいと考える者もいた。おごられるのは『借り』あるいは『羞恥《しゅうち》』ですらあったわけだ。

甲藤にはそんな気負いはない。持ってるヤツが払えばいい、と思っている。

甲藤が変なのか、自分がおかしいのか、脇坂にはわからない。わからないから、知りたくなり——だから甲藤と一緒にいるのかもしれなかった。

二

「そんなことがあったんですか」

「あったんだよ」

「でも先生に似てるなんて、すごい美人ってことですよね？」

「言われてみれば、似てるパーツもあったかなという程度かな……。ま、いずれにしても先生より綺麗《きれい》ということはない。あの顔より綺麗って、想像できるかい？」

「うーん……できません。無理です」

しばし考えたのち、マメがそう答えると、夷は満足げに「だろう？」と頷《うなず》いた。ちょっと嬉《うれ》しそうに、小鼻がヒクリと動く。

「ま、甲藤くんも、いくらか気の毒ではあるが」

フルーツナイフを器用に扱い、苺《いちご》のヘタを丁寧に取り除きながら、夷は続ける。

「《犬神》として、優れた主に仕えたいという気持ちはよくわかる。私も似たような性質を持っているからね」

「これと決めた人に主になってもらえないのって、つらいんでしょうか」

「つらいというか……ジリジリする感じかな。マメの近くに、粒ぞろいで艶々《つやつや》した小豆《あずき》が山盛りあって、でも絶対に研いじゃいけないって言われたら？」

「わあ、それはジリジリというか、ジレジレというか……！」

妖人《ようじん》《小豆とぎ》であるマメにとっては、想像しただけで身《み》悶《もだ》えしそうなストレスだ。小豆以外の豆でも、研げばそれなりに楽しいが、やはり小豆は別格である。

「だろう？　そんな感じだ」

「でも、《犬神》にしろ《管狐》にしろ、主が見つかることは稀《まれ》なんですよね？」

「そう。主に仕えることは、自分の人生も命も捧《ささ》げることだから、中途半端な相手と絆《きずな》は結べない。考えようによっては、主が見つからない人生のほうが平穏ともいえる。そのせいなのか、力の弱い《管狐》が主を見つけるという話はあまり聞かないんだ」

「主と出会うことも、力のひとつなのかなあ？」

使い終わったボウルやまな板をシンクで洗いながら、マメは首を傾げた。

「考えられるね。……マメ、この苺は全部ヘタを取っちゃっていいのかい？」

「はい、お願いします。今日は苺大福を作るんです」

夷とマメが並んでいるのは、洗足家の台所ではない。

NPO団体が運営する『ひまわり食堂』の厨房《ちゅうぼう》だ。もともと古いレストランだった店舗を改装した空間で、子供は百円、大人は三百円で日替わり定食を提供している。一年ほど前にオープンしたそうで、今では地域住民に人気の食堂だ。

約二か月前、たまたまこの辺りに用事があったとき『ボランティアスタッフ募集』の貼り紙を見つけた。自分の内面が大きく変化したのを感じていたマメは、なにか新しい試みをしてみたかった。そこでボランティアに思いきって応募してみたところ、ぜひデザートを担当してほしいと請われたのである。面接に、手作りの和菓子をいくつか持参したのがよかったのだろう。ボランティアではあるが、材料費はちゃんと出るし、なにより自分が誰かの役に立てることが嬉しかった。

「ミニサイズの大福で、苺の横に、ミントの葉を添えようと思ってます」

「いいね。クリスマスっぽい」

「ただ、ちょっと気になるのが……」

マメは苺のヘタを集めながら、小さく言う。

「先生に申しわけなくて。僕のあんこは門外不出って、おっしゃってたから」

「ああ、前にそんなことを言ってたねえ。大丈夫、先生は気にしてないよ」

「でも……僕がお誘いしても、なかなかひまわり食堂にいらしてくれないし……」

いつも「ああ、今度ね」とはぐらかされてしまうのだ。本当は、マメがここで働くことが不服なのだろうかと、心配になってしまう。だが、夷はクックッと笑って「あれはね、我慢してるだけ」と答える。

「本当は毎日だって見に行きたいんだよ。マメがここでちゃんと働けているか、ほかのスタッフに優しくしてもらってるか、つらいことはないか……心配でたまらないんだ。

でもマメが自分の意志で成長しようとしている時に、過保護になるのはよくないし、と懊悩《おうのう》してらっしゃるわけだ」

「おうのう？」

「ものすごく悩むこと」

「先生でも、悩んだりなさるんですね」

「それはそうだよ。顔に出にくいだけで。で、行きそびれているうちに、今度は腰をやっちゃったもんだから」

「今日も病院だったんですよね」

「そう。二回目の注射だね。だいぶ動けるようになってなによりだ。いいクリニックを紹介してもらってよかったよ。……ん？　マメ、ちょっと大きくなった？」

切り込みを入れた大福に苺を挟んでいく作業を止めて、夷がまじまじとこちらを見る。夷は背が高いので、マメと並んでいるとかなりの身長差があり、マメは常に見上げることになるのだが、そういえば少し夷の顔が近くなったような気がする。

「え。伸びてたら嬉しいな」

「顔も……頬のラインが変わってきたような……」

「あ、そういえば、ここでよく『高校生？』って聞かれるんです。中学生って言われること、なくなりました！」

などと喜んでしまったが、マメの実年齢は二十一歳だ。

妖人《小豆とぎ》は実年齢より若く見える傾向が強い。マメも夏くらいまではせいぜい中学生ぐらいの外見だったが、秋から冬でだいぶ変化があったようだ。

きっと、トウのおかげだ。

マメの一部……いや、半分だった者。

いつも光の当たらない場所にいて、マメの代わりに手を汚してくれた彼。トウは今、どこにいるのだろうか。マメの中に完全に溶けこみ、消えてしまったのか。あるいは、ある日突然、再び現れたりするのだろうか。自分自身のことなのによくわからない。あるいは、自分自身のことだから、よくわからないのかもしれない。ただひとつ言えるのは、マメは今の自分のほうが、以前の自分より少し好きなのだ。

やがて、小振りの苺大福がずらりと並んだ。

粉をはたいた餅《もち》の白さと、苺のみずみずしい赤、そしてミントの緑が美しい。今日の定食は、肉じゃがともやしのナムル。そのトレイの端に、この苺大福がちょこんと載せられる予定である。

「わあ、可愛いデザート！」

厨房ボランティアの晴香《はるか》が絶賛してくれた。三十代前半、笑顔がすてきな、ちょっとふっくらした人で、家庭料理の腕前は大したものだ。

「今日は、一緒に住んでる夷さんが手伝ってくれたんです」

マメは、晴香に夷を紹介する。

晴香は「お手伝い、ありがとうございます」と丁寧に頭を下げ、夷も同じように礼をした。

「こちらこそ、いつもマメがお世話になってます」

「マメくんのデザート、すごく評判いいんです。洋菓子はどうしても糖分や脂肪が多くなってしまいますから、和菓子のほうが健康的ですし。最近、デザート目当てのお客さんもいるくらい」

「そうなんですか。マメ、すごいじゃないか」

夷に褒められてちょっとモジモジしてしまうマメである。もっと大人っぽく振る舞いたいのだが、《小豆とぎ》には感受性が子供に近いという特性もあり、一足飛びには変われない。

「私もあんこを包む作業は楽しかったです。晴香さん、この食堂にはどんな人が来るんですか？　その、やっぱり……経済的に厳しい家の子供とか？」

「そういう子もいますね」

晴香はいつもの柔らかい笑顔を見せる。

「でも、ここは誰が来てもいい食堂なんです。子供だけじゃなくて、大人がひとりで来てもいいし、親子で来たっていい。昼間は赤ちゃん連れのママさんたちが、お茶をしにきたりしますよ」

「なるほど、地域コミュニティーの場というわけですね」

「ひとりで食事をするのはさみしいし、栄養も偏りがちです。ここで顔見知りになると、いろんな話ができるようになるでしょ？　なにか問題を抱えている人がいた時は、専任スタッフが行政の相談窓口を紹介してくれるそうです」

晴香がそこまで説明した時、大きな業務用炊飯釜《すいはんがま》がピーと音を立てた。ご飯が炊き上がったのだ。晴香が「混ぜなくちゃ！」と軽やかに踵《きびす》を返す。ここで大勢の食事を作っている時、この人はとても楽しそうだ。

「夷さん、僕、もう少し手伝って行こうと思うんですけど」

「では私も」

「いえ、今日は肉じゃがなので、ここから先はわりと楽なんです。よかったら夷さんも召し上がっていきませんか？　晴香さんの肉じゃがが最高ですよ！　あっ……その、夷さんのはもっと美味《おい》しいけど！」

夷が「気を遣わなくていいよ」と苦笑する。

「家庭料理に決まった味つけはなくて、それぞれ美味しいものなんだから。……ふむ、晴香さんの肉じゃがは気になるね。ぜひいただきたいな」

「わあい！　おひとり様、ご案内お願いします！」

マメが言うと、店内のテーブルを拭《ふ》いていた配膳《はいぜん》係が「はーい」と笑顔でこたえてくれる。ちょうど開店時間だ。店内は、八人が座れる大きなテーブルがひとつと、四人席が三つ、そして奥にカウンターがある。

夷はカウンター席に案内され、マメが盛りつけた肉じゃが定食を前に「いただきます」と手を合わせている。

「夷さん、お料理上手なんでしょう？　私の味つけ気に入ってくださるかしら」

厨房《ちゅうぼう》の隅で、晴香が心配そうに囁《ささや》いた。肉じゃがはこの食堂の定番のひとつだが、飽きがこないように、時々変わった味つけにしている。今日は豆板醤《とうばんじゃん》を使って、ちょっとピリ辛になっているのだ。

「大丈夫ですよ。僕もさっき味見したけど、すごく美味しかったもの」

「そうだといいんだけど……」

晴香はとても料理上手なのに心配性で、いつもこんなふうにお客さんの反応を気にしているのだ。やがて夷がこちらの視線に気がついたのか、顔を向けてニコリと頷《うなず》く。とても美味しいというサインだ。晴香も「ああ、よかった」と安堵《あんど》の笑顔を見せた。

ほかのお客さんも来店し始め、二十分で広くはない店内はほぼ満席になった。たった三百円で栄養バランスの取れた美味しい定食が食べられるのだから、人気が出ないはずがない。厨房も配膳係も忙しくなってくる。

メニューは日替わり定食のほかに、カレーとサラダのセットもある。このカレーも人気で、限定二十食だ。マメがカレーを載せたトレイを配膳していた時、扉が開いて、また新しい客が入ってきた。

「あ、美亜《みあ》ちゃん」

店内が混んでいたため、扉の前で棒立ちになっているのは、小学四年生の美亜だ。引っ込み思案な美亜は賑《にぎ》わう店内に臆《おく》したのか、そのまま帰ろうとしてしまう。マメが慌てて駆け寄り「こんばんは、美亜ちゃん」と声をかけた。美亜は半分外に出ていた身体を戻し、マメを見てコクリと頷く。とても大人しい女の子で、あまり喋《しゃべ》らない。

「今日はまだカレーがあるよ。カウンターの席でもいい？」

しばし考えてから、美亜がまた頷く。カレーが大好きなのだ。マメに促され、カウンター席、夷の隣に腰掛けた。夷はほぼ食事を終え、デザートの苺《いちご》大福を残すのみになっている。ちらりと美亜を見たが、話しかけることはしなかった。観察力に長《た》けている人なので、美亜が知らない大人を怖がるタイプだと、すぐに察したのだろう。

カウンター越しに晴香が「美亜ちゃん。来てくれたの」と優しい声をかけた。

美亜はニコリともしなかったがそれでも頷く。頷くようになっただけでも進歩だ。かなりの人見知りで、最初は誰とも視線を合わせなかった。そんな性格なのに、勇気を振り絞ってこの食堂に入ってきたのは……それだけ、お腹が空《す》いていたのだろう。

「すぐにカレーを温めるから、先にサラダを食べてね」

晴香が野菜サラダを出した。サラダを見た美亜は微妙な表情になったが、それでも箸《はし》を取った。無言のまま、シャクシャクと生野菜を食べ始める。

カレーを温めるというのは、嘘も方便だ。カレーとサラダを同時に出すと、美亜はサラダを半分以上残してしまう。とくにトマトが苦手なようだ。

それを察した晴香は、美亜のサラダだけどトマトを小さくカットし、カレーより先に出す。そうすると、きちんとサラダを食べきってくれる。晴香の細やかな気遣いに、マメはいつも感心させられる。

「あ、マメくん。五百木《いおぎ》さんよ」

次に現れたのは高齢の婦人だ。いつでも優しげでにこやかな五百木だが、喋ることはほとんどない。たぶん、かなり耳が遠いのだと思う。地味な色合いの服が多いが、いつも首元だけはお洒落《しゃれ》なスカーフをしていて、いったい何枚持っているのかしらと晴香が感心していたことがあった。

「わ、どうしよう。本当に満席だ……」

店内を見渡したマメが困惑していると、夷が席を立つ。

「マメ、私はもう行くよ。ごちそうさまでした」

「すみません、夷さん」

「とても美味しかった。そうだ、先生に苺大福をひとつ持って帰ってあげたいな」

「もちろんです。晴香さん、ラップにくるんでくれますか？　僕は五百木さんをご案内しますね」

身体を機敏に働かせ、マメは入り口で戸惑っている五百木に「いらっしゃいませ」と声をかけた。それからか細い手を取って、カウンターまで誘導する。五百木は膝《ひざ》を少し痛めているようで、あまり早くは歩けない。

途中で夷にすれ違い「ありがとうございました」と店のスタッフらしく挨拶《あいさつ》する。夷はもう一度「ごちそうさま」と微笑み、店を出て行った。忙しくて肉じゃがの感想を詳しく聞けなかったけれど、家に帰ったらゆっくり話せばいい。こんなふうに働いて、充実した気持ちになれて、ちょっと疲れて……そして帰る家がある。

これ以上の幸福があるだろうか？

自分がどれほど恵まれているか考えるたび、マメは同時に小さな恐怖も感じる。つまり……この幸福が失われたら、という可能性についてだ。それが絶対にあり得ないと言えないことは、マメも理解している。だが、せめて、肉じゃがとカレーの匂いに包まれている今は、考えないようにしよう。

「五百木さん、カウンター席でいいですか？」

マメが耳元で聞くと五百木はいつもの笑顔でうなずく。店内をゆっくり移動しながら、ほかの客のトレイに載っている苺大福に気がついて、唇をゆっくり「い ち ご」の形に動かした。

「うん、そうなんです。デザートは苺大福」

マメも微笑んで言う。今日五百木の首元を飾るのは柊《ひいらぎ》模様のスカーフだ。

彼女は、この近くに住んでおり、寝たきりの夫を介護しているのだという。いわゆる老老介護で、苦労は多いことだろう。時々この食堂にくることが、せめてもの気晴らしになっていていてくれればいいなと、マメは心から願っている。

五百木を美亜の隣に案内し、マメは

「美亜ちゃん、五百木さんにお茶を持ってきてくれる？」

そう頼んだ。この食堂では、水とお茶は自分で用意するスタイルだ。美亜は無言のままカウンターを立ち、給湯器へと向かう。お茶と水をひとつずつ手に持ち、こぼさないように慎重に持ってきてくれた。そしてお茶を五百木の前に置くと、小さな声で「ちょっと熱いよ」と言う。

「五百木さんは耳が遠いから、それじゃ聞こえないよ」

カウンターの内側に戻ったマメが言い、美亜はもう一度、今度は少し大きな声で「お茶、熱いよ」と伝えた。五百木は嬉《うれ》しそうに頷く。このふたりは食堂で何度も顔を合わせているのだ。美亜はとても無口だし、五百木は耳が遠いので、話をするわけではない。それでも美亜は、ほかの客の近くにいるより、五百木のそばに座っているほうが落ち着くようだ。会話をしなくていいので、気楽なのかもしれない。

「ご飯って、不思議ね」

店内の混雑が一段落し、晴香が頭のバンダナを結び直しながら言う。髪の毛が食材に落ちないようにするためのもので、マメもおそろいの柄で髪を隠している。

「ぜんぜん知らない人でも、一緒にご飯を食べていると、距離が縮まるような気がするのって、どうしてなのかしら？」

「僕、先生に聞いてみたことがあります」

「マメくんが一緒に住んでいるお茶の先生ね？」

「はい。先生はなんでもよくご存じなんです」

保護者であり、家族も同然の洗足伊織について語るとき、マメは誇らしい気持ちになり、ちょっと高揚する。

「リラックスするからだろうと、先生はおっしゃってました」

「リラックス？」

「別の言い方だと油断、だったかな……。ご飯を食べるときって、緊張していたくないでしょう？」

「そうね。リラックスしていたい」

「でも、野性動物はご飯を食べてるあいだも油断できないわけです。だって、いつ猛獣が襲ってくるかもしれないし、ほかの獣にエサを取られちゃうかもしれないし」

「そういえば、テレビで見る野生動物って、いつも周りを気にしながら食べてるイメージがあるわ」

「ですよね。でも人間は知恵を使って、安全な環境で食事をできるようになったんです。農作物を作ったり、美味しい調理法もどんどん発明して。だからこそ、食事は人間にとって楽しいものになり、リラックスして過ごせる時間になった……」

栄養を摂取している最中の過度な緊張は、消化効率を落とすだろうからね……とか、難しい言葉も使っていたような気がするが、そのへんはあまり覚えていない。

「そんなふうに、人間にとって食事は楽しくリラックスするもの、という条件づけができあがりました。だから、たとえ知らない相手だとしても、食卓を共にすると……ええと、ポジティブな心理状態になりやすい、だったかな。仲間意識ができあがる、みたいな。それが先生の仮説だそうです」

「そっか。だから誰かと仲良くなろうとするとき、食事に誘ったりするのね」

「あっ、はい。そういうことだと思います！」

リラックスかあ、と晴香は呟《つぶや》いたあと、ほんの一瞬悲しげな表情になった。

「リラックスして楽しくご飯を食べる……あたりまえのようだけど、人間だけができる、特別なことなんだ……。逆に、家庭の中でそれができないとしたら……」

悲しい、よね。

最後はそう聞こえた。問いかけというよりは独り言のようだったので、マメはあえて返事をしないでおく。

この食堂には、いろいろな事情を抱えた人が来る。自分の家では、ろくに食事の場を持てないという人もいるだろう。また、仮に食事のできる場があったとしても、そこで緊張を強いられる場合もある。マメにしても、施設にいた頃の食事時間は楽しいとは言えなかった。それでも食べなければ生きていけないので、味もわからないまま必死に詰め込んでいた。

食べることは、生きることなのだ。

美亜はカレーを食べ終わり、苺《いちご》大福だけが残っていた。

じっと見つめている。どうやら、美亜はあんこが苦手らしい。

以前も、和菓子のデザートのときは手をつけないことがあった。マメとしては残念だが、デザートはあくまで嗜好品《しこう》だし、それくらいの好き嫌いは仕方ない。

「苺だけ食べてもいいよ？」

見かねて、マメは厨房《ちゅうぼう》の中から言った。行儀のよいことではないけれど、それでも多少のビタミンCは取れる。だが美亜は人形のように動かない。無口だが、周りの人をよく見ている子だ。マメが心を込めて、ここのデザートを作っているのも理解しているだろう。だからこそ、苺だけ食べるのをためらっている。これはどうしたものだろうと、マメも困ってしまう。

と、美亜の袖《そで》を、隣の五百木がそっと引っ張った。

美亜が五百木を見る。五百木は小枝みたいに細い指で、苺を指さした。それから同じ指で美亜を示してニコリと笑う。さらに大福の部分を指さし、今度はその指を自分の鼻先に向けた。

——苺は美亜ちゃんがお食べ。大福はおばあちゃんがもらうから。

そんな声が聞こえそうな仕草だった。美亜にも意図は伝わったのだろう。少しかさついた唇が「いいの？」という形に動く。マメはさりげなくふたりから目を逸《そ》らし、洗い物に専念するふりをする。

しばらくすると、ほかのスタッフが美亜と五百木の膳《ぜん》を下げてきた。両方ともきれいに完食されていて、マメはこっそり微笑む。

そんなふうに食事は終わったが、美亜はまだ席を立とうとはしない。少し落ち着きのない感じで店の中を見渡している。マメが「宿題あるの？」と聞くと、こくんと頷《うなず》く。店内が混んでいなければ、小・中学生はここで宿題をしていってもいいことになっていて、美亜もしばしばカウンターの端でそうしているのだ。

「なんの科目？」

「算数……割り算……よくわかんない……」

マメは布巾《ふきん》で手を拭《ぬぐ》いながら「一緒にやろっか」とカウンターを出た。数字は得意じゃないけれど、算数くらいならば教えてあげることができる。

美亜の隣に腰かけて一緒にドリルを開いた。美亜は小数の筆算で躓《つまず》いているようだ。どう言ったらわかりやすいかなと、マメも一生懸命考える。たとえば、洗足や夷だったらどんなふうに説明してくれるだろうか。

「えーと。まず、ここに立つ数を考えるんだ。7の中に3はいくつある？」

「……ふたつ」

熱心に説明するマメと、それを聞く美亜を、五百木が微笑みながら見守っている。ちょうど美亜が、五百木とマメの間に挟まれている形だ。

「そうそう。2が立って、余りが1だよね。その1を下ろして、今度は隣の……」

マメがそこまで説明した時、店内に新しい客が現れた。

ポキリ。

美亜の鉛筆の芯《しん》が、折れた。

四十前後の男性は、かなりくたびれたコートをまとっている。美亜はその姿を見て固まっている。まるでなにか、怖いものを見たかのように。

「おい、美亜」

スタッフたちの「いらっしゃいませ」を無視し、その男性はカウンターを睨《にら》む。少し斜めになっている立ち姿や、危うい目つきから酔っているのが感じ取れた。

「なにしてんだおまえ。家にいろって言っただろ」

「…………」

美亜がものすごい勢いで勉強道具をしまい始めた。異変を察知した男性スタッフのひとりが、あえて明るい声で男性に近づきながら、「こんばんは。美亜ちゃんのお父さんですか？」と聞く。

「ああ？　そうだけど？」

「美亜ちゃん、ご飯を食べてたんです。ここは子供がひとりで来ても大丈夫な……」

「うるせえよ、聞いてねえよ！」

男が怒鳴り返し、食堂全体がビリッと緊張した。間近で息を浴びた男性スタッフが顔をしかめたところを見ると、かなり酒臭いのだろう。

美亜はかばんを抱え、男のもとに歩み寄る。

素早い足取りだったが、どう見ても大好きなお父さんに近寄るという感じではない。早くしないと怒られるから――そんな美亜の気持ちは表情にも表れていた。過度の緊張による無表情。マメも子供の頃よくあんな顔をしていた。

「……ったくよォ、風呂《ふろ》の掃除しとけって言っただろ。おまえはなにひとつまともにできねぇのかよ。だいたい、こんなところに飯食いにきてんじゃねえよ。俺がろくに食わしてないみたいだろうがっ」

「……んなさい……」

消えいるような謝罪の声に、マメの胸が絞られるように痛む。

「くっそ、なんで俺が、おまえなんかの面倒見なきゃいけねえんだ……」

美亜の家には、母親がいないという事情は聞いていた。けれど父親がこんな人だなんて、今の今まで知らなかった。父親はぶつぶつ言いながら、挨拶《あいさつ》もなしに店を出て行く。美亜は項垂《うなだ》れてそのあとに続く。だが、店を出る直前、なにかを思いだしたように、急に振り返った。

「お、お金」

声は少し震えていた。百円の支払いをまだしていないことに気がついたのだ。

急いで小銭を出そうとするが、外から「なにやってんだ！」という怒鳴り声が聞こえ、体が萎縮《いしゅく》してうまく動かない。

男性スタッフが「大丈夫、次でいいよ」と返すと、頷いて、店を出て行く。無口な美亜だけれど、必ず「ごちそうさま」は言ってくれるのに……今日はそれもなかった。

「お父さん、どう見ても酔っぱらってたね……」

晴香がため息まじりに言う。男性スタッフは「参るよ、ああいう人には」とやや憤慨しながら厨房の中に入ってきて、声を低くし、

「ちょっと心配だな。血の繋《つな》がったお父さんじゃないから」

そう呟いた。厨房前のカウンターにはまだ五百木がいたけれど、耳が遠いので聞こえはしないだろう。晴香が「え、そうなんですか」とますます心配そうな顔になる。

「お母さんの再婚相手なんだって。でも、そのお母さんが家を出ちゃって……今、美亜ちゃんは、あのお父さんとふたり暮らし。ケースワーカーさんの話だと、お酒が入ってなければ、あそこまでひどくないらしいけど」

「美亜ちゃん、かなり怯《おび》えてました。ぶたれたりしてないでしょうか」

晴香の懸念は、そのままマメの懸念だった。

美亜の姿がかつての自分に重なる。弱い者が暴力に晒《さら》され続けると、あんなふうに過敏になるのだ。自分に暴力を振るう相手の一挙一動に、文字通りビクビクしてしまう。そこから放たれるであろう理不尽な力を予測し、咄嗟《とっさ》に身構えるのは、生物として自身を守ろうとする反射だ。圧倒的な力の前では、無駄な防御なのだとしても……身体はそういう反応をしてしまう。

「宿題、途中だったのに」

マメの呟《つぶや》きに、晴香が「そうよね」と同意してくれる。

「美亜ちゃん、マメくんと宿題やるの好きなのに」

「そうなんでしょうか」

「この食堂は、美亜ちゃんにとって安心できる居場所だったんじゃないかな。あったかいご飯が食べられて、宿題教えてくれるお兄さんがいて……。本当なら、自分の住んでいる家が、一番の居場所になるはずなのにね……」

居場所が、ない。

それは子供にとって、辛《つら》いことだ。

いや、大人だって自分の居場所をいつも探している。マメはもう子供ではないけれど、妖琦庵という場所がなければ——安心して帰れるあの場所がなければ、いったいどうなっていたことだろうか。

いらっしゃいませ、とほかのスタッフの声がした。

幼児三人を連れた五人家族の来店で、店内は再び活気を取り戻す。マメも気持ちを切り替えてカウンターの上を拭《ふ》く。

と、布巾の上に置いた手が、ふわりと温かくなる。

五百木の手だ。

長い人生を積み重ねた両手が、マメの右手を包んでくれる。

いくら耳が遠くても、今の状況を見ていれば、美亜になにがあったのか、そしてマメがどんな気持ちなのかはわかる。慰めてくれているのだ。

「……ありがとうございます」

優しくされ、涙ぐみそうになってしまう。

最近泣くのはずいぶん我慢できるようになったけれど、感情が揺さぶられやすいのは相変わらずで、なかなかコントロールが難しい。

たぶん赤く充血してしまった目が恥ずかしくて少し笑うと、五百木の細い目も、やっぱり涙ぐんでいた。

※

――おまえはなにもできないが、飯だけは旨《うま》い。

それが父の口癖だった。

正確に言えば「おまえはなにもできないが」の部分が口癖なのだ。文章の後半はその時々によって変わる。

おまえはなにもできないが、繕いものはうまい。

おまえはなにもできないが、近所づきあいは如才ない。

おまえはなにもできないが、家のことはひと通り任せられる――。

それらの言葉はたいてい母に向けられていたが、聞くたび私は違和感を得ていた。いつだって、威厳に満ちた父の口調。そしてその言葉をニコニコと聞いている母。それが我が家の日常であり、そんな光景の片隅で、私はなにかしっくりきていなかった。当時の私は、まだ小学校にもあがっておらず、もやもやした感覚を言葉で表すことはできなかったが、のちに違和感の正体に気がついた。

なにもできてなく、ない。

むしろすべてできている。

私の母は主婦として母親として、かなりレベルが高かったと思う。

母の料理はなんでも美味《おい》しかったし、たとえ十分な食材がなくても、様々な工夫で補っていた。裁縫の腕も達者で、古くなった母の着物が私の洋服になることもしばしばあった。町内の婦人会では役員を務め、回覧板に書く字も読みやすく美しかった。お茶やお花も嗜《たしな》んでいて、私にも時折教えてくれた。

それなのに父はいつも言うのだ。おまえはなにもできないが、と。

少し大きくなった頃、父のその台詞《せりふ》に腹が立たないのかと、母に聞いてみたことがある。母は笑いながら答えた。

――いいのよ、それで。お父さんは偉い方なの。だって、私たちのために、外で一生懸命働いてきてくださるでしょう？　それはとても大変なことなのよ。

母の言葉はもっともだった。

私だって父のことは尊敬していたし、怒ると怖いけれど好きだった。私が思ったのは父はもちろん偉いけれど、母だってすごい人なのではないか、ということだ。母は私の真っ白なハンカチに、小さな可愛い刺繍《ししゅう》を入れてくれる。花だったり動物だったり……日常の仕事の隙間を使い、なんということはない顔で、魔法のように可愛いモチーフを刺してくれるのだ。簡単にできるのかと思ったら、とんでもないことだった。母に教わったものの、指先を何度も針で刺してしまい、私は癇癪《かんしゃく》を起こして泣き出した。母は泣きわめく私を宥《なだ》めながら、

――簡単そうに見えて、そうでもないことってあるのよ。

そう言っていた。

私にとって母の仕事のすべては、まさしく簡単そうに見えてそうでもないことだった。ひとつひとつの仕事は複雑ではない。米を炊く、味噌汁《みそしる》を作る、布の端をかがる、洗濯をしてシャツにのりを利かせる、空の様子で布団を干す、襤褸《ぼろ》で靴を磨く……。だが、小さなシンプルな仕事が無数に絡まりあった時、それは大きなひとつの、複雑な体系をなす。

使える時間には限りがあって、どの仕事をいつやるのか、どんな天候の時になにをすべきなのか、計画し、計算し、臨機応変に進めなければならない。しなければいけない仕事は毎日少しずつ変わる。季節でも変わるし、世相によっても変わることがある。そのすべてに適応しながら、家族の日常を守ることが、どれほど難しいことか。

母はそれをやってのけたのだ。私のほかに兄と弟、三人の子供を育てながら。

それでも父の口癖は母が亡くなるまで変わらなかった。

おまえはなにもできないが、と言い続けた。
十二、三歳の頃だったろうか。私は決心した。
大きくなったら、手に職をつけて外で働こうと決めた。

家の中の仕事はあまりにも見えにくい。そして感謝されにくい。だからこそ意義があり、素晴らしいのだと考える人もいるだろう。でも欲張りな私はいやだったのだ。外で働いてお金をもらって、あわよくば誰かに「ありがとう」と言ってほしかったのだ。

母は、四十八歳の若さで亡くなった。父の口癖は本気ではなかったと思う。おそらく心の中では母に深く感謝していたはずだ。あるいは、私たち子供が見ていないところでは、妻に優しい言葉を伝えていたかもしれない。父は照れ屋で、夫婦仲はとてもよかったのだ。

その父も、残念なことに早くに亡くなってしまった。

両親を亡くしてしまった私にとって、「外で働きたい」という夢は、夢どころか唯一の現実的な選択肢となったわけだ。

三

めちゃ似てる、と思った。

あの人にこんなに似てる女が、この世に存在したのかと驚いた。しかも、自分の目の前に現れたのだから、これはもう、運命ってやつだ。絶対だ。甲藤はそう思った。

思ったのだが……。

「落ち着きましたか？」

「はい。なんか……みっともなく泣いたりして……すみません……」

座敷の定位置に座る主《あるじ》。もう籐椅子《とういす》は使っていない。

そして、甲藤が連れてきた女。

こうして近くで比べてみると、思っていたほど似ていない。奥二重の感じや、眉《まゆ》の形、鼻筋、尖《とが》り気味の顎《あご》など、似ている部分もあるのだが……むしろ、似てないところのほうが、際立って感じられる。

「お抹茶、とても美味しかったです」

「ちょうど茶箱を点検をしていたところでね。略式もいいところの点前《てまえ》ですが」

「先生のお茶で身体が内側から温まって……なんだかホッとしました。あんなに取り乱していたのが、恥ずかしいです……」

「心に平穏を取り戻してくれるのも、またお茶の効用です」

おそらく、高価なものなのであろう茶道具の前に凜《りん》と座り、

「鈴木《すずき》麗花さん、と仰《おっしゃ》いましたね」

そう聞く。

「はい」

「お会いするのは二回目だ」

「はい。あの時はろくにお礼も言えず、すみません」

「私の顔をご覧になって、驚いていたようでしたが？」

洗足はごくさらりと言ったのだが、麗花の肩はピクリと揺れた。言葉を探すように視線も揺れて「実は」と、言いにくそうに切り出す。

「かなり驚いていたんです。その……男性にこんなこと言うのは失礼かもしれませんが……洗足先生のお顔が……」

甲藤の呼び方に倣ったのだろう、麗花は「先生」という敬称を用いる。

「私の顔が？」

「母に、とても似ていて」

今までよりずいぶん早口で言った。小さな耳が赤くなっている。

母に似ている——それを聞いて、甲藤はなるほどと合点がいった。つまり、麗花は母親似なのだろう。結論として、麗花自身も洗足に似ていることになる。

麗花の言葉に、洗足がどういう反応を示すかと興味津々の甲藤だったが、当の本人は「なるほど」と軽く受け流し、そのあとで一瞬だけなにかに気がついたような顔をした。けれどその表情はすぐに消えてしまう。

「あの時、お怪我をされていたのでは？　杖《つえ》をお持ちでしたよね」

麗花に聞かれ、洗足が「ああ。ちょっと腰がね」と答えた。

「もう回復していますので、ご心配なく」

「へえ、腰痛？　先生もそんな歳なんすね」

つい口を滑らせた甲藤を、洗足がチラリと睨《にら》んだ。

「突発的なものだから、年齢は関係ありません」

「突発的っていうと……あ、ぎっくり腰ってやつ？　でもやっぱ、おじいちゃん的イメージが……あっ、すんません っ」

チラリだった目線がジロリに変わり、慌てて口を噤《つぐ》む。麗花が「ぎっくり腰ってすごく痛いんですよね」と申し訳なさそうな顔になった。

「しばらく動けないほど、って聞いたことがあります。そんな方にぶつかってしまったなんて、私……」

「いいえ、あの時はペインクリニックの帰りで、注射がよく効いてましたので」

「神経ブロック注射という治療法ですよ。神経のそばに麻酔薬を注射するわけです。あたしの場合はとても効果がありました」

「注射？」

「でも、注射じたいが痛くありませんか……？」

「注射の痛みより、腰の痛みが勝ってましたからねえ。……直後は本当に動けなかったんですよ。まさに魔女の一撃です」

「あのー、なんで魔女が出てくるんすか？」

甲藤の質問に、「ぎっくり腰のことをそう言い表す国があるんだよ。ドイツだったかな」と洗足は答える。

「へー。先生なら魔女に勝てそうだけど」

「なんであたしが魔女と戦わなきゃならないんだい。……麗花さん、この男がだいぶご迷惑をおかけしているのでしょう？　遠慮なく警察に突き出していいんですよ？」

甲藤は「そんなぁ」と情けない声を出す。だいぶリラックスした様子の麗花は、「正直、困ってましたけど……」と苦笑いを零《こぼ》し、

「でも今日はほんと助かりました。絡まれてるところを助けてくれて、泣きわめく私をここに連れてきて、先生に会わせてくれて……。甲藤さん、ありがとうございます」

そう続け、頭を下げた。まともに礼を言われ「あ、いや、べつに……」と甲藤は多少きまりが悪くなる。

麗花を助けたのは本当だが、なぜそんな顚末《てんまつ》になったのかといえば、今夜もやはりストーカーのごとく、あとをつけていたからなのだ。

経緯はこうである。

クリスマス前、脇坂を使った……いや、脇坂に協力してもらった作戦がものの見事に失敗したわけだが、甲藤は諦《あきら》めていなかった。というか、諦めがつかなかった。年が明けたら気分も切り替わるかと思ったのだが、手に入らないものほど欲しいという気持ちはますます強くなり、もはや一月末になってしまった。

手前味噌《みそ》だが、女にはもてるほうだ。

たまには目当ての相手に袖《そで》にされることもあったが、こっちがだめならあっちがある、という程度で、執着することはなかった。今回のように、特定のひとりを追いかけ回したのは初めてで、自分でも意外に思っていたのだ。

鈴木麗花の勤め先は把握していた。

彼女はほとんど残業がなく、六時半にはオフィスビルから出てくることもわかっていた。待ち伏せてはいたが、よからぬことをするつもりはなく、とにかくきっかけがほしかったにすぎない。とはいえ、そう簡単にきっかけを摑《つか》めるはずもなく、一定距離を空けたまま彼女の後を歩き……結果的に、つけまわしていた。住んでいるアパートもわかっていたし、そこで男と同棲《どうせい》していることも承知だった。何度か見た男はいたって凡庸で、いつも無難きわまりないスーツ姿だった。おそらく会社員なのだろう。

彼女がなぜ、あんな男を選ぶのか理解しがたかった。美しい彼女の隣に似合うのは、絶対に俺のほうだとも思った。ラーメンを食べながら脇坂にそう言ったら「ほんと、諦めが悪いな」と呆《あき》れられたが、そう簡単に諦められるはずもない。

本当に欲しいあの人は手に入らないのだから――せめて似た誰かに、そばにいてほしいではないか。

そんなふうに考えながら、今夜もアパートの前まで尾《つ》けてしまった。

女心がグラリとくる言葉を思いついたわけでもないので、彼女が部屋に入ったらそのまま帰ることになる。このパターンは初めてではない。なんだか俺、ちょっと情けなくないか？　甲藤がそんなふうに思った時……そいつは現れた。

ひょろっとした男が彼女に近づき、話している。

二言三言の後には、早くも剣呑《けんのん》な雰囲気になっていた。

――いいかげんにしてよ。貸してくれなんて言うけど、今まで渡したぶんだって、一度も返してくれたことないじゃない。

――ハハッ。今までのが返せるようだったら、借りに来ねえよ。

「――これ以上つきまとわないんだったら、今までの借金はチャラにしてあげていい。そのかわり、二度と顔を見せないで。

――なんだよ、冷たいなァ。

――金をせびりに来る元彼に、優しい女なんているわけないでしょ！

――マジで今日で最後だって。おまえ、さっきATMに寄ってただろ。そこで下ろしたぶんだけ、渡してくれりゃいいから。

確かに、麗花はATMに立ち寄っていた。つまり、この男はその前から彼女を尾けていたわけか。麗花の元彼らしいが、気持ちの悪いやつだ。まあ、甲藤もあまり人のことは言えないのだが。

麗花は当然、金を出すことを拒み続けた。するとヘラヘラしていた男はだんだん本性を現し、声色を低くして、脅しの言葉を口にしたのだ。

――いいのかよ、あのこと、彼氏は知らないんだろ？

麗花の身体がこわばるのが、物陰から隠れ見ていた甲藤にもわかった。

――マジメなリーマンなんだろ？　バレたらやべーんじゃねえの？

なにか弱みを握られているのだ。洗足とよく似た顔が、悲しみと悔しさで歪《ゆが》む。甲藤がそれを黙って見ていられるはずはないし、これはチャンスだという下心もあった。

――おい。

短い一言だけ発し、背丈ばかりひょろひょろと高い相手の前に立った。

《犬神》ならではの強い筋力で襟首を引き寄せ、すぐに突き放し、よろけたところを思い切り蹴《け》ってやった。たいして喧嘩《けんか》慣れしていない相手だったらしく、甲藤の予想よりかなりふっ飛んで、もうちょっと力を弱めればよかったかなと思ったほどだ。

――切れた女に、いつまでもつきまとってんじゃねえよ。

——な……なんっ……げふっ……。

なんだおまえは、とでも言いたかったのだろう。だが甲藤のケリはひょろい男の内臓にかなりのダメージを与えていたらしく、辛うじて立ってはいるものの、ろくに喋《しゃべ》ることすらできない。

——もっかい蹴ったら、内臓のどっかが破れるけど、いいか？

そう言いながら大股《おおまた》で近寄ると、呻《うめ》き声をあげながら退く。麗花はといえば、突然の展開についていけず、ただ呆然《ぼうぜん》と立ち尽くしていた。結局、男はそれ以上刃向かってくることもなく、甲藤は容易にひょろ男を撃退したわけだ。得意満面で麗花を振り返ったとき、男が捨てゼリフを吐いた。

——お、おまえなんか《口裂け女》のくせに！

それは麗花に向けた言葉だった。

まるで大きな石でも投げつけられ、それがまともに顔面に当たったかのように、麗花は絶句し、その場で膝《ひざ》が崩れた。甲藤は男を追いかけ、もう一発ぶっとばしてやろうかとも思ったのだが、それよりも麗花のことが心配だ。走って逃げ去る男を放置し、歩道の上に座り込み、脱力している彼女に駆け寄った。自分も地面に膝をつき、俯《うつむ》く麗花を覗《のぞ》き込んで声をかけた。

——おい？　あの男はもう行ったから、大丈夫だぞ。

麗花が顔を上げた。

街灯の光量でもわかるほどに青白い頬に、涙が伝っていた。しゃくりあげながらボロボロ泣き、その目は甲藤を見ているようで見ていなかった。甲藤がどんな言葉で宥《なだ》めてもただ首を横に振るだけで、立ち上がろうとしない。どこにも怪我をした様子はないが、精神的な衝撃が大きいようだった。泣いている時の麗花はあまり洗足に似ていなかった。怪訝《けげん》な顔をしてこちらを見ている通行人に「あ、なんでもないんで」と言い訳する羽目になる。麗花はちっとも泣き止まず、もはや甲藤はお手上げの状態で、諦めかけて聞いたのだ。アパートに彼氏いるなら呼んで来てやろうか、と。

——それは、だめ。

涙声で、だがはっきりと麗花は答えた。そして新しい涙を目の縁に溢《あふ》れさせながら、

——彼は呼ばないで。それはだめなの。だってあたしは………。

《口裂け女》だから。

そう言ったのだ。

麗花いわく、自分はきっと、妖人《ようじん》《口裂け女》なのだと。そしてそれが現在の彼氏に知られたら嫌われてしまう。さっきのひょろい男はそれをネタに、麗花から何度か金を巻き上げていたらしい。

《口裂け女》なんて妖人、いるのか？　少なくとも甲藤は聞いたことがなかった。こういう時は、あの人だ。甲藤の頼みをやすやすと聞いてくれるとは思わないが、か弱い妖人女性が泣いているのならば、その人は力を貸してくれるだろう。

かくして、現在、甲藤と麗花は洗足家にいる。

甲藤の判断は正しかったようで、麗花は落ち着きを取り戻していた。

先月、脇坂とともに説教された時には冷え冷えしていた座敷だが、今夜は暖かく、ふんわりと香の匂いが漂っている。熱すぎない白湯《さゆ》が出され、マメの手作りであろう小さな羊羹《ようかん》が出され、それから洗足の点《た》てた抹茶が出されたのだ。お薄、というらしいが、甲藤の味覚ではべつに薄くもなくて、思ったよりずっとうまかった。もちろん甲藤のぶんは「ついでですよ」と出されたわけであるが。

「甲藤くんの雑な説明しか聞いてませんから、詳しい事情はわかりませんがね。とりあえず最初に言っておきましょう。《口裂け女》という妖人は存在しません」

「……いないんですか……？　《口裂け女》……」

「いません。あれは昭和五十年代に流布した噂の類《たぐい》で、いわば新しい妖怪《ようかい》ですから」

「あの……そういう、新しい妖怪というのは、いないわけですか？」

ふむ、と洗足が麗花を見る。

そして甲藤はふたりを見比べる。やっぱりそれほど似ていない。こんな言い方は麗花に失礼だろうが、本物と偽物を並べると、違いがくっきりするというか……。

「麗花さん、あなたはご自分が妖人だという自覚はあるのですね？」

「あ、はい。妖人判定はしてて……というか、以前の勤め先でほとんど強制的にされたんですけど……」

「そうですか。ではまず、妖人と妖怪の違いを正しく認識してください。妖怪の存在は立証されておらず、現実のものではありません。妖怪は日本人の心の中に住んでいる、という説ならば、私も賛同しますがね」

「はい……」

「一方、妖人は実在します。あなた、甲藤くん、そして私も妖人だ。我々のような存在はずっと昔から、他の人々と同じように生活していた。稀《まれ》に特殊な能力を持つ者がいて、それが妖怪伝承と混同された。あるいは、彼らの力をたまたま知った者の言い伝えが、妖怪伝承を生みだす場合もあったでしょう。それがつまり、今現在【妖人属性】と呼ばれているものです。《河童《かっぱ》》、《小豆《あずき》とぎ》、《管狐》などなど。ただし【妖人属性】は人の主観による、とてもあやふやなものですから、科学的な判別はできません。もしかしたら遺伝子配列にそれぞれの特徴があるかもしれませんが、まだそんな研究は誰もしていない。政府の管理している台帳ですら杜撰《ずさん》もいいところで、自己申告制になっている。そんな適当でいいかげんな属性なら、管理するのは無意味だと思いますがね」

へー、適当で、いいかげんなのか。

洗足の説明を聞いていた甲藤に、ひとつの疑問が浮かんだ。今は口を挟まない方がいいような気もしたが、このまま話が進むのも据わりが悪いので、小学生よろしく、「先生」と挙手してみる。

「……なんです」

洗足は予想どおり迷惑げな顔をしたが、拒絶はされなかった。

「えっと。先生は見ただけで、相手の【妖人属性】がわかるんすよね。でも、今、その【妖人属性】は適当でいいかげんなものだとも、言いましたよね。とすると、先生に見えているのは適当でいいかげんな【妖人属性】なんすか？」

「……きみはあたしにケンカを売ってるのかい？」

「とっ、とんでもないですっ。ヴェロキラプトルに売っても先生には売りませんよ。ただ俺は素朴な疑問として……」

「なんで恐竜と比べるんだい。……まあ、きみが混乱するのは仕方ないとしよう。あたしが見ているもの、今は便宜上【妖人属性】としているものはね、かつて【徴《しるし》】と呼ばれていました。これは古い言葉で、いつから使われていたのかはあたしも知らない。そして、特別な能力や特徴が【徴】として成り立つまでは、一定以上の歳月……言ってみれば歴史が必要なんですよ」

「歴史？」

「そう。つまり【徴】は一世代のみのものでなく、遺伝的に引き継がれる」

甲藤と麗花、それぞれを見ながら洗足は続けた。

「能力の発現がまばらでも……例えば、母にある能力が娘には出なくて、だが孫にはあった、みたいな場合だね。もっと稀にしか発現しないケースもある。それでも一族の者は、過去の記録や口伝により、自分たちの家系に特異な者が現れることを知っている。

そうやって時間をかけて定着したひとつの傾向が、【徴】なんです。厳密にいうと、あたしに見えているのは【徴】であって【妖人属性】ではないんだよ。面倒だから、いちいち訂正しませんがね。……以上のような理由により」

洗足は言葉を切り、甲藤を見た。

「《口裂け女》はいない……わけっすね。そんな歴史の浅い妖怪は、妖人であるはずがないってことか……」

答えた甲藤に、「そういうことだね」と頷《うなず》いた。及第点をもらえて、安堵《あんど》する。

「では……では、私は………」

「《口裂け女》なんかじゃないってことだよ！　安心していいんだぜ！」

甲藤は意気込んで、麗花に言った。

「だいたいさ、誰が最初にそんなこと言ったんだ？　あんたが口裂け女だなんて、ひでえこと。さっきのやつか？」

「……ええ……あの男は、阿賀谷《あがや》は私が妖人だって知ってるから……そうに違いないって……最初に言われたのは、別れ話がこじれた時で……」

「ったく、ろくでもねえ奴だな。なんであんたが、そんなふうに言われなきゃいけねえんだよ。口裂け女どころか、すげえ美人なのに！」

俯きがちな麗花の代わりとばかりに、甲藤は声を荒げた。別れた女に金をせびるだけでもみっともない話だというのに、脅し取ろうなんてゲスもいいところだ。

洗足も一緒になって怒ってくれればいいのに、なにやら茶を掬《すく》う細い匙《さじ》みたいなものを、涼しい顔で拭《ふ》いている。古くさい道具をするすると動かしているが、きっとこれらも作法の流れなのだろう。難しいことはわからないけれど、指先まで完璧《かんぺき》に計算されたかのような美しい動きだった。

「今日は甲藤くんがその男を追い返したそうですが、今後も来ないとは限りませんね」

「……はい……」

「そしたら、俺がまた」

「きみは黙ってなさい」

ぴしりと言われて、甲藤は仕方なく口を閉じる。正座の脚が痺《しび》れてきて、もぞもぞしてしまう。麗花はずいぶん前に足を崩していいと言われていたが、甲藤は言ってもらえないのだ。

「あなたを脅してる男……阿賀谷、でしたかね」

「はい」

「彼は、あなたが《口裂け女》だと、現在の交際相手にばらす、と脅している？」

「そうです……」

「妖人だということをばらす、ではなく？」

「はい。私が妖人なのは、今の彼も知ってて」

「なるほど」

紫色の布切れ——袱紗《ふくさ》、というやつか。それをなにやらややこしい動きで畳みながら洗足は頷く。

「ならば、もう問題はありませんね。先程私は、《口裂け女》などという妖人はいないとお話をしました。つまり阿賀谷とやらの脅しは成立しないわけで、怯《おび》える必要はない。これにて一件落着」

洗足は袱紗を帯に挟み、「……と、言いたいところですが」と続けた。

「実のところなにも解決していない——違いますか？　麗花さん」

麗花がハッとした顔で息を呑《の》み、洗足を見る。

「本当に解決するためには、あなたはあの事実《こと》を告白しなければならない」

「……っ」

「その告白にはリスクが伴う。だからこそ、今まで阿賀谷の言いなりになってきた」

「どうして……それを……」

「推測で申し上げたまでですが……どうやら、当たっていたようですね」

麗花は深く俯《うつむ》いてしまった。

話の軌道が大きくズレた気がして、甲藤にはさっぱりわからない。黙っていろと言われたばかりなので、口を挟むわけにもいかず、ふたりを見比べるばかりだ。

「告白するべきだとは言いません。プライベートかつセンシティブな問題ですから、あなた自身で決めなければ」

「……じ、自分でもわからないんです。私はどうするべきなのか……。彼に嘘ついているようで、申し訳ないという気持ちはあります」

「黙っているのと、嘘をついているのは別でしょう」

「そうかもしれませんが……でも、正直、苦しいんです。告白したら、楽になれるだろうかと考えることもありますが、だけど……もしすべてを失ってしまったらと……」

麗花の声はもはや消え入りそうだ。洗足は茶道具を、美しい木目の箱にしまいながら「すべてを失う、ですか」と麗花の言葉を繰り返す。

「では、お聞きします。あなたの言う、すべてとはなんですか？」

「それは……」

麗花はしばらく考えるように視線を彷徨《さまよ》わせ、やがて答えた。

「し……幸せ、です。幸せになることです」

洗足は穏やかに頷き「それは確かに、大切だね」と返す。

「今の彼は……やっと、出会えた、優しい人なんです。かっこいいわけじゃないし、お金持ちでもないし……だけど、私のことをちゃんと認めてくれて、私が必要だって言ってくれて、大切にしてくれます。来年には、籍を入れる予定もあって」

マジかよ、ともう少しで声を出しそうになってしまった甲藤である。

「おめでとうございます。あたしが今夜、ここであなたに一服差し上げたのもなにかの縁です。縁ある方には、幸せになっていただきたい」

「わ……私は……」

洗足の声はとても優しいのに、麗花の声はなにかに怯えるように上擦っていた。

「洗足先生。私は……幸せになれるんでしょうか……？」

「そればかりは、あたしにもわかりかねます」

「私は……幸せにならなければいけないんです。母のぶんも、幸せに……」

麗花の声は震え、再び目に涙が溢《あふ》れる。

母のぶん、とはどういう意味なのだろうか。

「うちは母ひとり子ひとりで……でも母は、私が六歳の時に、病気で亡くなってしまいました。あんなにきれいだったのに……苦労が多くて、幸せとはいえない人で……でも、私、約束したんです。お母さんのぶんまで、幸せになるって」

そんな生い立ちだったのかと、甲藤は多少気まずい気分になった。追いかけ回しておきながら、麗花の過去についてなにも知らなかったのだ。

「あなたは、お母さんとの約束を果たそうとしているのですね？」

洗足の問いに、麗花は涙を拭《ぬぐ》いながら「はい」と答えた。

「絶対に幸せになってね……病気がかなり悪くなってから、そう言われたのが忘れられません。でも、幸せになるのって、簡単じゃない。とくに私には難しいことでした。努力はしました。ずいぶん頑張ったと思います。だけど、どうにもならないことが多すぎて。根本的な、どうにもならないことが……。だから」

麗花は顔を上げた。涙はもう止まっている。

「努力の方法を変えました。母との約束を守るために。……それを悪いことだとは、思ってません」

自分を落ち着かせるように、呼吸を整えて続ける。

「私は祖母に育てられたんですが、祖母も私の気持ちをわかってくれました。その祖母も去年亡くなってしまい、すごくさみしくて……私をわかってくれる人が、誰もいなくなってしまって……」

ちょっと待て、彼氏はどうなんだ？　と甲藤は訝《いぶか》しく思う。優しい今彼は麗花の理解者にカウントされないのだろうか？

「だけど、最近、また出会えたんです」

麗花は目の下を指先でそっと拭い、マスカラが落ちていないか確認しながら、少し笑って言う。

「私の理解者、っていうか。話を聞いてくれる人……。以前、阿賀谷にお金を毟《むし》り取られて、悔しくて悲しくて、公園で泣いていたら、その人が温かい缶コーヒーを差しだしてくれて」

語りながら、麗花の顔に少し笑みが戻る。

「それをきっかけに、話を聞いてもらうようになって」

「え」

つい声に出してしまった甲藤を見て、麗花が「あ、女性ですよ」とつけ足す。

「とても優しい方で、時々、公園でお会いするんです。ふたりでベンチに腰掛けて、ただ話を聞いてもらうだけなんですけど、私はずいぶん慰められてます。……つい最近も、さんざん愚痴ったばかりで」

でも、と俯き、たたみ直したタオルハンカチを膝《ひざ》に、麗花は続ける。

「そんなふうに、理解してくれるほうが珍しいんです。ほとんどの人は、私のしたことをよくは思わない」

私のしたこと？　また話がわからなくなってきて、甲藤は頭を掻《か》く。

「ただ幸せになりたいだけなのに……私は白い目で見られ、興味本位の人にひどいことを言われたりもする。だから隠してきました」

「今おつきあいされている彼も、あなたを非難すると思いますか？」

洗足は一貫して口調を変えず、静かに尋ねる。

「それは……わかりません。もしかしたら、あの人なら理解してくれる……？　ああ、でも……どうだろう……」

言い淀《よど》む声は次第に力なく、小さくなっていく。

「仮に……彼が私の選択を理解してくれたとしても……」

「資金調達の方法を聞かれたら、困ると？」

麗花ははっと顔を上げ、目を見開いて洗足を見た。

なぜ、とその表情が訴えている。

「彼がその疑問をあなたに向けても不思議ではない。……いや、むしろあなたは、その質問をされることのほうが怖かったのではないですか？　どうやって費用を捻出《ねんしゅつ》したのかと聞かれた時、なんと答えればいいのかと」

「…………」

麗花は言葉を失い、明らかに動揺していた。

ますます話がわからなくなって、座布団の上でこっそり足を崩しながら、甲藤は困惑する。資金だの費用だの、今度は金の話なのか。

「私は……どうしたら……」

さっきと同じセリフを麗花は口にする。

洗足はスッと伸びた背中のまま、すべての道具を箱にしまい、その箱を丸い盆の上に載せた。この人が背中を丸めるところを、甲藤はまだ見たことがなかった。

一連の動きを終えると、改めて麗花のほうに身体を向ける。

「あなたが幸せになれるかどうか、あたしはわかりませんが……ひとつだけお伝えしておきたいことがあります」

どこかぼんやりと考え込んでいた麗花が「は、はい」と姿勢を正す。

「あなたが摑《つか》める幸せは、ひとつだけです」

「……ひとつ……」

「つまり、あなたの幸せだけ。他人の幸せは摑めません。おわかりですか？」

「……はい……それは、なんとなく……」

まあ、当たり前だよなと甲藤も思う。人それぞれに幸せはあるのだろうから。

「したがって、あなたが、お母さんの代わりに幸せになることもまた、不可能です」

「……………」

麗花は一瞬、きょとんとした顔になった。

だがそのあと、小さく唇が動き「あ」という形になる。

「あなたのお母様は、『自分のぶんまで幸せになってほしい』と言ったかもしれません。しかし、もちろんそれは、『あなた自身の人生を、幸せに生きてください』という意味だったはずです。……わかりますね？」

「…………はい……」

「なにをもって幸福とするか、それは人によって違うでしょう。ですがあたしは、ひとつだけ共通している条件があると思うのです」

「それは、なんですか？」

麗花が、身体をグッと乗り出して聞く。幸福の共通条件――甲藤も興味があった。

「自由であること」

シンプルな答だな……最初はそう思った。しかし、では自由とはどういうことか、と改めて考えると、また首を傾げてしまう甲藤だ。

「自由の定義もいくつかありますが、この場合はごく自然に、なににも縛られていない状態、と考えてください。……麗花さん、あなたは今、自由ですか？　自分で自分を縛ってはいませんか？」

麗花はなにも答えない。じっと動かず、瞬きもほとんどせず、彼女が今、なにかを懸命に考えているのが伝わってきた。洗足は、そんな麗花を急《せ》かすことなく、静かな佇《たたず》まいで待っている。

自由、か。

甲藤はたぶん、自由だろう。気ままに、好き勝手やっている人生だ。そういう意味では自由だ。けれど、洗足の「自分で自分を縛っている」という言葉が気になる。自分を縛っているのが自分ならば、それに気がつかない場合も多いのではないか。たとえば自分で、『これが私の自由にほかならない』という呪いをかけてしまったら……いったい誰がその呪いを解く？

「……甲藤さん」

ふいに麗花に呼ばれて甲藤は「あっ、ハイ」と身体を向ける。足のしびれを直そうと不自然な形で座っていたため、体勢が崩れてみっともない形になった。

「私、以前水商売していたんです」

「へ？」

唐突な告白に、やや戸惑った。

「水商売っていうか、要するに風俗嬢です」

「あー……」

それでさっき金の話が出ていたのかと、遅ればせながら納得した。現在は普通の事務職に就いているようだし、その過去は隠したいのだろう。

「自分がつき合ってる彼女から、そういう告白されたらどう思いますか？」

「うーん、どうかな。まあ、知りたくはないかなあ」

真剣に聞く麗花に、甲藤は正直な気持ちを口にした。よその男と結婚まで決まっている女に、今さら耳障りのいいことを言っても始まらない。

「知りたくない？　許せないじゃなくて……？」

「うん。なんつーか、そのへんは適当に……。言うとしても、やってた仕事の内容はマイルドにぼやかすとか、そんな感じでごまかしてくれれば」

「ごまかしちゃっていいんですか」

「だってさあ。それって、なにか理由があってやってたわけじゃん？」

甲藤の言葉に、麗花が軽く目を瞠《みは》る。

「でなきゃ、ああいうきつい仕事しないだろ。それに、誰にだって知られたくない過去はあるわけでさ。なんでも正直に言わなきゃダメってことは、ないだろ。俺だって人に言えねえ黒歴史、山ほどあるし。昔のことより、これからのほうが大事なんじゃないの？　……あっ、先生、俺、今いいこと言いませんでした？」

洗足に聞くと「そうでもない」とそっけなく返される。

「……が、まあ、多少は麗花さんの参考になったかもしれないね」

「はい。甲藤さん、ありがとうございます」

「おお、感謝された！　先生、俺、いいアドバイスしました！」

「図に乗るんじゃありませんよ。だいたい、麗花さんの彼氏ときみでは考え方が違うだろうし、役立つアドバイスなのかは甚だ疑問だ」

「確かに、タイプとしてはかなり違いますね」

麗花が微笑んで言う。力みが取れて、リラックスが戻ってきたようだ。

この綺麗《きれい》な女が風俗嬢をしていたのかと、ついまじまじ見てしまいそうになったが、さすがに差し控える。

誰しも知られたくない過去がある……そう言ったのは本音だ。終わったことに縛られていては、身動きがとれなくなる。自分が幸せになるための舵《かじ》を取るためには、両手が解き放たれていなければならないのだ。

あ、と甲藤は気がつく。そうか——これが自由か。

「自分がどうしたらいいのか……まだ、迷いはたくさんありますけど」

麗花はもう俯《うつむ》かなくなっていた。

「でも、ここでお話できてよかったです。少なくとも、自分が《口裂け女》なんかじゃないって、はっきりしましたし」

「……彼氏、きっとわかってくれるよ」

甲藤は麗花を見て言った。今はもう、洗足に似ているとはあまり思わなかったが、それでも彼女が美人なことに変わりはない。

「あんたにはなんか事情があって、そのために身体張って金稼いで、そんで、自分なりの幸せを探してるわけだろ？　自分を変えたいと思って、努力して変わったんだ。ぜんぜん、いいだろ、そんなの。むしろ偉いだろ。アレになりたいコレになりたいって言いながら、結局なにもしないでいる奴らより、ずっと前向きじゃん」

「甲藤さん」

麗花が、今までで一番感情に溢《あふ》れた目を甲藤に向ける。それはもちろん恋愛感情とは違っていたが、それでもいいと思えた。少しだけ、自分のことを信じてもらえたような気がしたからだ。信じてもらえるというのは……もしかしたら、好かれるのと同じくらい、気持ちが満たされるのだろうか。

「……ま、今のは多少、いい意見だったね」

洗足がごくごく小さな声で呟《つぶや》いたのを、甲藤は聞き逃さない。

「うお。マジすかっ」

褒められた喜びで前のめりになった時、足の痺《しび》れが限界に達し、そのまま畳に額をぶつけることになったが——それでも、嬉《うれ》しさは消えなかった。

四

これは何の匂いだったか。春先に屋外を歩くと、しばしば鼻を掠《かす》めていく香り。鱗田はいつも考えてしまう。花の匂いなのはわかっている。名前も思い浮かんでいる。ただし、頭の中にふたつの候補が浮かんでしまい、正解がどちらだったか思い出せない。最近やっと、携帯電話をスマートフォンなるものに替えたので、それを使って調べてもいいし、誰かに聞いてもわかるのだろうが、そこまで躍起になる気力は湧《わ》かず、花の名前など知らずとも、その芳香にただうっとりしていればいいような気もする。

「あ、沈丁花《じんちょうげ》。いい匂いですね」

と、思っていた鱗田なのに、いきなり正解が提示されてしまった。

「……そっちだったか」

「え？」

「いつも迷うんだよ。沈丁花だったか金木犀《きんもくせい》だったか」

「全然違うじゃないですか。金木犀は秋ですよ？」

隣を歩きながら、脇坂が言う。

「両方ともよくある庭木で、季節の変わり目に、どこからともなく匂ってくるだろ」

「まあそうですけど……でも見た目がまったく別モノです。花の色も形も。金木犀は金っていうぐらいだから、黄色です」

なるほど、そう覚えればいいのか。よし次の秋は間違えずにすむぞ。そう心中で頷いた鱗田だが、年の離れた相棒刑事には「どっちでもいいよ、花の名前なんか」とややぶっきらぼうに言っておく。

「おまえは花の名前や菓子の名前には詳しいな。男の女子力ってやつか」

「好きですからね、両方。……っていうか、もう、その女子力っていうのやめません？　だいたい花やお菓子の名前と女子、関係ないですし」

「……いや、そういうのは女のほうが詳しい……ような、気がする」

「気のせいですよ。うちの姉なんか、バラと牡丹の区別がつくか怪しいもんです」

「何番目の？」

「一番上ですね」

脇坂は女きょうだいばかり五人もいるらしい。そのせいなのか、本庁でも女性職員の中にひとりだけ紛れていたりするが、まったく違和感がない。

「なんかこう……あまりに『女子力高い』って言われすぎて、そもそもそれってなんなの？　っていう気分なんですよね、最近」

「そりゃおまえ……細かい気遣いができるとか……」

「けど男だって細かい気遣いできる人、いますよね？」

「男の場合は、繊細さより大胆さがよしとされるんじゃないのか？」

えー、と脇坂は納得がいかない顔をする。

「繊細とか大胆とか、そんなの男女差っていうより個人差だと思うんだけどなあ」

「面倒くさいな、おまえ。男はこう、女はこう、ってしといたほうが、なんとなく据わりがいいんだろ。世間的に」

たいして考えもせずに口にした鱗田だが、言った直後にモヤッとした。

この違和感はなんだろうと考え――気がつく。いま鱗田は、自身の意見よりも世間の空気を優先させたのだ。鱗田自身は、脇坂の言うことにも納得できるし、性差より個性で考えたほうがよいケースは多々あると考えている。が、同時にそれを面倒くさがる社会や世間も理解でき……そちら側に譲歩したのだ。しかも、ごく自然に。

これはなかなかに、恐ろしいことなのではないか？

「女子力とかじゃなくて、さっきの僕は『花の名前にちょっと詳しい人』なんですよ。むしろそのほうがシンプルでわかりやすいと思うんですけど。ウロさんだと、えーと、『将棋指しの名前に詳しい人』？」

鱗田がなぜスマホ購入に踏み切ったのかといえば、将棋の実況中継が簡単に見られるからである。数少ない趣味なのだ。アプリの導入は脇坂に教わった。

「なんだそりゃ。せめて棋士って言えよ」

「そういえば、先生も将棋するんでしたっけ？」

「先生は碁だよ。俺はあっちはさっぱりだ」

そんなことを話しながら、東京の下町を歩く。

このあたりは古い民家や寺が多く残っていて、ちょっとしたタイムスリップ気分を味わえる。日向《ひなた》のブロック塀の上で、白い餅《もち》みたいにでっぷりとした猫が、気持ち良さそうに眠っていた。こんな日を、麗《うら》らか、というのではないか。

次の角を曲がれば竹藪《たけやぶ》が見える。

その先に、妖琦庵がある。

洗足伊織。夷芳彦。弟子丸マメ。

三人の妖人《ようじん》が住まう、古い日本家屋にもう幾度訪れたことだろう。

警視庁、ヒト変異型遺伝子保有該当者（通称妖人）対策本部……略してY対《ワイたい》。鱗田と脇坂はY対に所属する刑事であり、しばしば洗足伊織に捜査協力を依頼している。それと同時に、洗足家の人々は保護対象であり、監視対象でもある。

彼らを狙う犯罪者、《悪鬼《あつき》》がいるからだ。

その男は、洗足伊織の血縁者——異母弟《おとうと》だ。

「先生、気を悪くするだろうなあ……」

脇坂が気鬱《きうつ》な声を出す。

道すがらの雑談は、その件を思い出したくないゆえでもあった。鱗田も同じように気が進まないが、これればかりは仕方ない。刑事というのは、疑うのが仕事なのだ。

「失礼します。Y対、参りました」

脇坂が玄関の前で声をかける。

あらかじめ連絡は入れていたので、夷がすんなりと出てきて「広間にどうぞ」と言われる。広間と言っても、さほど広いわけではない和室だ。茶の湯では四畳半以上の座敷は『広間』になるのだという。

春とはいえ、三月はまだ冷える。無駄なものはひとつたりともない座敷では、炭の入った火鉢が穏やかな温《ぬく》もりを生みだしていた。日常生活で火鉢を使っている家を、鱗田はほかに知らない。

主《あるじ》が現れる。

脇坂は座布団から降りて頭を下げ、紙袋から手土産を出し「気持ちばかりですが」と差しだした。このあたりの一連の流れはとてもスムーズだ。この家に出入りするようになった最初のうち、畳のへりを踏んで叱られていた脇坂が懐かしい。

「……お気遣いなく」

主が、少しつまらなそうに返す。この人は脇坂がヘマをして、お小言を言ってる時の方が生き生きしている。

「マカロンです。お口に合うかわかりませんが」

洗足が頷《うなず》き、夷がマカロンの詰め合わせを受け取る。実のところ、鱗田はいまだにマカロンというものがよくわからない。脇坂がちょくちょく買っているので、何度かお相伴に与《あずか》ったが、食べてもよくわからない。ケーキでもないしクッキーでもないし、やわらかいかと聞かれればそうでもないし、堅いかと聞かれてもそうでもない。なんだか、ものすごく曖昧《あいまい》な菓子である。曖昧ではあるが、旨《うま》い。

夷が菓子とともに一度退室すると、洗足が「さて」と上座から鱗田たちを見た。

「今日はマメに関する件だとか」

「はい」

脇坂が答え、鱗田も頷く。緊張が伝わったのだろう、洗足が「だいぶ言いにくい話のようだね」とふたりを見据える。

「脇坂くんの軽口がこうも少ないと、かえって気味が悪い。いやな話なら、さっさと聞きましょう。ウロさん」

促され、鱗田は「では」と愛用している手帳を内ポケットから取り出した。まだスマホにメモるという高等技術は未習得だ。

「一昨日《おととい》のことですが、ここから七キロほど離れた町のアパートで、土屋豊《つちやゆたか》という男性が殺害されました」

「新聞で読みましたよ。マメもショックを受けてました。その男を一度見たことがあるそうです。……マメ、お入り」

廊下に控えていたのだろう、襖《ふすま》が開いて、弟子丸マメが丁寧に頭を下げた。座敷に入ってきて、洗足の隣に座る。その後ろから夷も盆を持って続き、各々に茶を配る。「おもたせですが」と、豆皿に載ったマカロンも添えられていた。

「鱗田さん、脇坂さん、お疲れさまです」

マメは綺麗《きれい》な礼をする。ここの主と家令のお仕込みなわけだから、動きが洗練されているのは道理ではあるが……それでもなお、今までとはどこか違った印象があった。なんというか……こう、大人っぽくなったのだ。

《小豆《あずき》とぎ》はネオテニー型妖人とやらで、見た目がとても幼い。マメも最近まで庇護《ひご》欲をかき立てられる、可愛らしい少年の雰囲気を漂わせていたが、この数か月でずいぶん変わった。少年から青年への変貌《へんぼう》——外見だけの話ではなく、顔つきや話し方、佇《たたず》まいなども彼の成長をうかがわせた。

人はどんな時、成長するのか。

鱗田が考えるに、幸福しか知らない人間は成長しようがない。苦難や逆境にぶち当たり、それを乗り越えた時だけ人は成長できるのであり、マメもまた、先だっての秋にそういう経験をしたのだ。

「マメくん。最初に、大切なことをお聞きします」

脇坂が身体をやや乗りだし、友達口調ではない真剣な声を出す。マメも緊張の面持ちで「はい」と応じた。

「一昨日、午後四時から七時のあいだ、どこにいましたか？」

「え」

この質問をされれば、誰だって動揺する。自分になんらかの嫌疑がかけられているとわかるからだ。マメも戸惑いの表情を隠せない。

「おととい、ですか」

「そうです」

もしかしたらマメ以上に緊張している脇坂を見て、鱗田は内心でこいつもまだまだだなと思う。刑事がそんな強《こわ》ばった顔をしていては、思い出すものも思い出せないではないか。一方で洗足は、いたって静かな風情だった。この聡《さと》い男には、予想ずみの展開だったのかもしれない。

「ええと……ええと……」

必死に思い出そうとしているマメに、鱗田は「あれ」と声をかけた。

「髪、切ったかい」

唐突に関係ないことを聞かれ、マメは「あ、はい」と一瞬気の抜けた表情になり、そのあとで「あっ」と今度は大きな目を見開く。

「そうです。一昨日、切ったんです。ちょうど夕方で……僕、ローズさんの美容院にいました」

「ふむ」

鱗田は頷く。ローズさんは少し前髪を切りすぎたんじゃないだろうかと思ったが、そこは言わないでおく。

「四時の予約で伺って、五時すぎには終わってたんですけど、そこからローズさんたちにお茶とお菓子をごちそうになって……お店を出たのは六時ぐらいだったかな。夷さんから電話があって、帰りに生姜《しょうが》をひとかけ買ってきてほしいと頼まれて、商店街の八百屋さんに寄って帰ろうとしたんですけど、途中でフラワータナカの奥さんに呼び止められて……あ、僕、そこで飼ってる犬の散歩を時々していて、もともと先生がやってらしたんですけど、去年のクリスマス前に先生が……」

「マメ。そのへんは割愛していいです」

洗足が言葉を挟むと、マメは「すみません、僕の話はまとまりがなくて」と少し頬を赤くした。鱗田は洗足が犬の散歩をしている姿を想像してみるが、なんとなくしっくりこない。縁側に座り、じっと猫を抱いているほうが似合う気がする。

「ええと……それで、お花屋さんで少しお喋《しゃべ》りしてたんです。それから帰ったら、結構遅くなってしまって、夷さんに、どこまで生姜を買いに行ってたんだい、って言われてしまって」

商店街のあちこちで可愛がられているマメの様子が目に浮かぶようだ。念のため裏は取るが、これでマメのアリバイは確定になった。脇坂は明らかに安堵《あんど》した顔になり、

「そっか。美容院か！　うんうん、髪の毛すっきりしていいね！」

と、いつもの明るい口調に戻る。

「――で？」

ひんやりと冷たい声は洗足だった。

「聞こうじゃありませんか。マメが疑われた理由を」

家族同然に可愛がり、庇護しているマメが疑われていたのだから、不機嫌になるのは仕方ない。鱗田は「実は」と切り出した。

「どうも奇妙な現場でして……。まあ、被害者の土屋さんはこの一年ほど酒浸りで、借金もあちこちにありました。ですから、たとえば借金取りがアパートに来て、揉《も》めている最中に暴行された、というようなことなら不思議ではないんですが……」

「新聞には首の骨を折られて、とありましたが」

「死因としてはそうなりますな。そこに至るまでの経緯は、まだマスコミには流していません。現場の詳細は……」

鱗田は脇坂をチラリと見て、おまえが話せ、と促す。この事件を後輩が正確に認識しているか、ついでに確認もできる。脇坂は鱗田の意図を察し、「ご説明します」と居住まいを正し、語り出した。

「被害者はガムテープで目隠しをされ、かつ両手両脚を拘束された状態で倒れ、首の骨を折られて死亡していました。検死によると、まず超短時間作用型の睡眠薬で眠らされ、そのあいだに拘束されたようです。現場は被害者の自宅アパートで、日中の犯行です。

午後二時から五時のあいだに殺害されたと考えられますが、今のところ有力な目撃情報はありません」

ぱちん、と洗足が扇子を鳴らす。

「奇妙ですね」

「奇妙なんです」

鱗田が返し、脇坂も頷いた。夷は無言のまま控えているが、なにがどう奇妙なのか、この家令はもう理解しているだろう。

「わざわざいったん眠らせて、縛って、首の骨を折る。なんだってそんな手順が必要だったんでしょうな？　ちなみに犯人は素手で首の骨を折っています」

手帳をいったん畳み、鱗田はペンの尻《しり》でこめかみを押す。洗足はなにも言わず、鱗田の説明の続きを待っているようだった。

「被害者の背後から、両手で首を抱えてゴキッ、てやつでしょう。フィクションではよくありますが、実はそんな簡単じゃありません。コツを習得すれば可能ですが、練習できるもんでもないし……要するに、プロの仕事なんですよ。首の折り方だけ見れば。だが、そうすると睡眠薬を飲ませて縛り上げるなんていう、まどろっこしい真似がしっくりこない」

「現場にメッセージらしきものは？」

洗足が聞いた。

「メッセージかどうかはわかりませんが」

鱗田は一度、マメを見る。熱心に話を聞いているマメは、突然見つめられ、不思議そうに鱗田を見返した。

「小豆がありました」

マメの大きな瞳《ひとみ》がさらに見開かれる。

「被害者の口に詰められていたんです。煮炊きしていない生のまま」

マメは言葉を失い、洗足が軽く眉《まゆ》を寄せた。寄せた、という表現は厳密ではないかもしれない。洗足の長い前髪は、左の眉と目をすっかり隠してしまっているからだ。隠されたその目は意図的に封じられており、その理由を鱗田はいまだ知らない。

「その小豆によって窒息死したというのではなく、死んでから詰められたもののようですが……ますます犯人の意図がわからない。この現場に残された小豆、そして被害者の娘と知り合いだったこと。これがマメくんの疑われた理由です。そんなことで容疑がかかるのかと、ご不興でしょうが、我々は……」

「マメのアリバイを確定させることを最優先させた――ですね」

「はい」

洗足は不機嫌顔のままではあったが、それでも「ウロさんのお気遣いは理解します」と言ってくれ、鱗田としても胸を撫《な》でおろす思いだった。

「マメくん、土屋豊さんについて、知ってることを話してくれる？」

いつもの気安い口調に戻り、脇坂が切り出す。

「はい、僕が今お手伝いしている食堂の常連さんに、小学四年生の女の子がいるんですが、そのお父さんです。ただ……血は繋《つな》がってないと聞きました」

「うん。土屋美亜ちゃんだね。二年前、美亜ちゃんのお母さんと豊さんが再婚したんだ。でもお母さんは出ていってしまっていて……まだ連絡がつかない」

「お母さんは、なぜいなくなってしまったんですか？」

「近所の人の話だと、ほかに好きな人ができちゃったみたいだね……」

要は、別の男と逃げたのだ。まだ小学生の娘を置いて逃げた彼女の心情は、鱗田にはわからない。薄情だわがままだと責めるのは簡単だが、彼女なりの事情や葛藤《かっとう》があったかもしれない。いずれにしても子供には辛《つら》い状況だ。

「脇坂さん、美亜ちゃんはどうしてるんでしょう」

「今は親戚《しんせき》の家にいるよ」

「もしかして、亡くなっている豊さんを発見したのって……」

いや、と脇坂は首を振り「幸い……と言っていいのかな。美亜ちゃんではないんだ」と答えた。マメはいくらか安心したようだが、それでも少女の現状を思ったのか、力を無くして俯《うつむ》いてしまう。

「美亜ちゃんが家に帰りたがらないことに、担任の先生が気がついてね。ケースワーカーと先生がアパートに出向いて、その時に発見された」

その間、美亜は学童保育の施設で待機していたという。

「美亜ちゃんからも話を聞く必要があったから、僕と女性警察官の二人で会ったんだよ。美亜ちゃんはショックを受けたのか元気がなかったけど、聞いたことにはちゃんと答えてくれた。この数日、お父さんにとくに変わった様子はなかったらしい。要するに、寝ているか酔ってるかでかけてるか、だね。ふたりだけで暮らしてて、ご飯とかどうしていたのって聞くと、インスタント食品や……時々、ひまわり食堂に行ってた、って。あそこのカレーは美味しいからって話してくれた。マメくんの話も出たよ」

「僕の？」

「そう。優しいお兄ちゃんが宿題教えてくれるって」

マメが少し笑って「そんなふうに言ってくれたんだ」と呟《つぶや》く。脇坂もマメを見て笑みを見せた。マメと脇坂は、互いを尊重しあう友人同士という、ある種の理想的な関係を築いている。脇坂もまた、マメの近くにいる者としてその苦難に巻き込まれ、怪我を負いつつも刑事として成長しているのだ。去年の騒動でヒビの入った腕は、もうすっかりよくなった。

「……美亜ちゃんと、父親の関係だがね」

今度は鱗田が口を開いた。

「近隣の人の話だと、仲よし親子というわけではなかったようだ。豊さんが食堂に来た時、どんな感じだった？」

「美亜ちゃんは怯《おび》えてるように見えました」

マメが答える。

「酔ったお父さんが来たとたん、緊張したのがわかりました。……これは僕の個人的な意見ですが、お父さんに暴力を振るわれていた可能性があると思います」

はっきりとした口調だ。鱗田は頷《うなず》き「警察もそう考えてる」と同意した。

「美亜ちゃんの身体に、いくつかあざが見つかったんだ。本人は転んだとかぶつけたとか言っているが……美亜ちゃんは、どんな子だい？」

鱗田は絶妙に飲みやすい温度のお茶で喉《のど》を潤してから、さらに聞く。

「そうですね……おとなしくて、遠慮がちで……いつも周りの目を気にしているような感じがありました」

「あの食堂で、美亜ちゃんと一番親しくしていたのは？」

「僕だと思います。その僕とでも、そんなにたくさん喋《しゃべ》るわけではなくて」

「土屋さんが食堂に現れた日、彼の様子はどんなふうだった？」

「うーん……僕は美亜ちゃんのほうが気になっていたので、お父さんに関しては、かなり酔ってるなと思ったことくらいしか……。美亜ちゃんを叱りつけてましたね。風呂《ふろ》の掃除をしてないとか言って。あ、あと」

マメが苦々しい顔で「なんで俺が、おまえなんかの面倒見なきゃいけないんだって……」とつけ加えた。

「ひどい言葉を聞いて、いやな気分になりました」

「まったくだよ。……まあ、だからって殺されていいってわけじゃないけど……」

脇坂の言うように、どんな人間であれ殺されていいはずもない。

だが、土屋豊の場合、その死を悲しんでくれる者は少ないようだ。今のところ、聞き込みのために土屋豊の死を知らせても、「あー、あいつ死んだの」という素っ気ない反応ばかりだ。家族とは疎遠で、友人というよりは酒やギャンブル仲間が多く、金絡みのトラブルも少なからずあった。

そのあともマメからいくつか話を聞いたが、捜査の進展に関わるような事実は出てこなかった。マメはしきりに美亜を心配しており、脇坂が「落ち着いたら会えるよ」と慰める。

マメは今日も食堂のボランティア活動があるそうで、途中で退席した。

「マメくん、頑張ってますね」

脇坂の言葉に、夷が「人の役に立てて嬉《うれ》しいようです」と返した。主《あるじ》は黙って茶を飲んでいたが、やがて静かに立ち上がり、庭に面した障子を開ける。

そのまま掃き出し窓を少し開けて、風を入れた。

あ、と鱗田は少し顔を上げる。

また香ったのだ。沈丁花《じんちょうげ》が。

「ひまわり食堂には、もう？」

座布団に戻って言い、洗足が鱗田たちを見た。

「捜査一課の人間が伺いました。聞き込みによると……スタッフの皆さん、マメくんと同じことを仰《おっしゃ》っていたようです。美亜ちゃんの担任の先生や、ケースワーカーにも会いましたが……被害者をよく言う人はいないものの、殺されるほどの怨恨《えんこん》に繋がりそうな話は出ていません」

部屋の中、沈丁花の香りはだんだん薄くなっていた。いや、薄くなったのではなく、鱗田の嗅覚《きゅうかく》が香りに慣れてしまったのだろう。

「父親は問題のある人物だったにしろ、妻が出て行ったあとも家に残り、血の繋がらない娘の面倒は見ていたわけですよね？」

質問したのは、新しいお茶を配る夷だ。脇坂がウーンと唸《うな》り、

「というより……むしろ、あのアパートしか居場所がなかったんじゃないかと。家賃は美亜ちゃんのお母さんが振込み続けていたんですよ。豊さんは、時々日払いの仕事をしていましたが、その収入はほとんど酒とギャンブルに消えていたようです。美亜ちゃんは、家での食事は菓子パンやカップ麺《めん》しか食べていない様子でした」

「私もその子を見ましたが……健康的な顔色ではありませんでしたね」

夷がぽつりと言う。夷も主に似て、あまり感情を表に出す方ではないが、性根は優しく情が深い。

「先生は、美亜ちゃんに会ったことはないですよね？」

脇坂が洗足を窺《うかが》いつつ尋ねる。

「ないね。あたしはまだ、その食堂にも行ったことがないし」

そう答えた洗足は脇坂を見てはおらず、静かな動作で扇子を広げたかと思うと、自分の前をゆるりと扇《あお》いだ。小さな羽虫がいたようだ。

「実は……美亜ちゃんは、妖人《ようじん》なんです」

「ああ、なるほど。だからY対《きみら》が動いている、と。被害者も？」

「いえ、土屋さんは違いました。ただ、美亜ちゃんが妖人だということは知っていて、酒に酔うたび、薄気味悪いだとか、そういう言葉をぶつけていたようです。大声を張り上げるので、近所でも大勢が聞いていて……」

「脇坂くん」

扇子をパチンと閉じ、洗足はそれを帯に挟む。

「もしかしてきみは、この事件の被疑者が妖人だと思っているんですか？　同じ妖人として、可哀想な美亜ちゃんを助けるために、土屋さんを殺害したと？」

脇坂がガバッと頭を下げ「すみませんっ」と詫《わ》びた。

「僕ではないです。僕がそう思っているわけではないのですが、なんか、上のほうの人が、そんなことを言い出したらしく……！　僕とウロさんは、仮に美亜ちゃんを助けるためだとしても、妖人に限らないだろうと反論したのですが……！」

「下っ端の意見はスルーというやつでして。誠にすみません」

最近覚えた言葉を使い、鱗田も頭を下げる。洗足はハァァ、と大袈裟《おおげさ》なため息をついて「せまじきものは宮仕え、ですか」と嘆いた。

「そういうことになりますなあ」

「で、いつものごとく、捜査協力をしろと？」

「はい。マメくんへの疑念は晴れたので、その点はご心配いりませんが、捜査本部は当面、妖人が関連している前提で捜査を進めるかと。あの、口に詰められた小豆《あずき》が……どうもショッキングだったようで」

「言っておきますが《小豆とぎ》に、人を殺して口に小豆を詰める習性などありませんよ？　ただ小豆をとぐのが好きなだけなんです。むしろ、そんなことに小豆を使うのは冒瀆《ぼうとく》でしょうよ」

ですよねえ、としみじみ頷く脇坂だ。

「そのとおりだと思います。……あの、参考までにお聞きしますが、《小豆とぎ》のほかに、小豆に関わる妖人っていないのでしょうか？　妖怪《ようかい》だと、小豆ナントカというのはたくさんいて、だいたいみんな、『川とか井戸の近くで、小豆を洗うような音を立てる』というところは共通みたいなんですけど」

洗足はしばし視線を浮かせて考えたが「いないねえ」と答える。

「《小豆とぎ》くらいだと思いますよ。まあ、妖怪と同じで、呼び名の変化は多少あるでしょうが」

「そうですか……」

「偏った目線で捜査を進めれば、袋小路《ふくろこうじ》だと思いますがね」

「はい。そこは僕たちも心して、捜査本部に意見するつもりです。ですので、先生も何《なに》卒《とぞ》、捜査へのご協力をよろしくお願いいたします」

「おお、脇坂さんが刑事のようだ」

感心したのは夷で、脇坂が「あの、僕、刑事です」とわざわざ言い添えているのが可《お》笑《か》しい。洗足も小さく笑ったのを、鱗田は見逃さなかった。

「そういえばそうでしたね。ところで最近、甲藤くんには会いましたか？」

「いいえ、あの件以来は会ってないですね」

「あの件？」

鱗田が脇坂を見上げると、しまったという顔をする。夷がそれを見て「おや、ウロさんには話していないわけだ」とやや意地悪く笑った。こんな顔をすると、この人は本当に狐っぽい。

「その……べつに楽しい話でもありませんし」

「そうですか。私はなかなか楽しかったけどね」

「夷さん、勘弁してください」

なにやら慌てている脇坂を横目で見はしたが、鱗田はそれ以上は聞かなかった。そののちはマカロンなど食べつつ雑談し、三十分ほどしてふたりは洗足家を辞する。

帰り道、ただ黙って歩く。

鱗田の知らないところで、この若造がなにをしでかしたのか、あえて問い詰めない。

「…………」

ひたすら、無言キープだ。

「ウロさん」

「…………」

「あの、ウロさん……」

鱗田は返事もせず、かといって怒った素振りもせず、淡々と歩き続けた。やがて、

「ぬあああああ」

と脇坂が奇天烈《きてれつ》な声を立て、鱗田の行き先に立ちはだかった。

「違うんですって、ウロさん。べつに隠していたとかそういうんじゃないんです。そもそもはですね、僕じゃなくて甲藤なんですよ。あいつだけが叱られるべき話だったのに、僕まで巻き込まれてしまったというか……」

堰《せき》を切ったように喋《しゃべ》り出した若い相棒を見ながら、鱗田は満足かつ、やや不安にもなる。こんな簡単に自白する男が刑事でいいのだろうか。だがこういったところが脇坂の好ましい点でもあり……いやそれ以前に、刑事は自白させる側か。

「先生に似てる女？」

道すがら、甲藤と企てたナンパ計画の失敗話を聞き、鱗田は言った。

甲藤の惚《ほ》れた相手は顔が洗足伊織に似ているのだという。

「はい」

「そりゃ、さぞ美人なんだろうが……怖そうだな」

「その人は怖くはないですよ。うーん、先生を女性にして若くして、怖い成分をだいぶ抜いた感じ……？　あれ、でも先生から怖い成分を抜くと、ほとんど先生じゃなくなるような……」

「なんだそれ。あの人の主成分は『怖い』なのか」

「いえその、悪い意味じゃなくて。怖いというか厳しいというか辛辣《しんらつ》というか、いつかなる時も、あの袂《たもと》の下に毒舌手榴弾《しゅりゅうだん》をたわわにぶらさげて、なんの躊躇《ためら》いもなく投げつけてくるかっこよさというか。……褒めてますからね？」

「変な褒めかただな。それに、その手榴弾は誰彼なしに投げられるわけじゃないだろ」

「ですね……主なターゲットは僕ですね……愛のムチ……。まあ、とにかく、その女性は当然ながら中身は先生じゃないので、怖くないと思います。ちゃんと会話したことないからよくわかりませんが。似てるのは顔で……目尻《めじり》がスッとした和風美人というか……鼻筋も……鼻……うん……………」

脇坂が言葉じりをもやもやと終わらせたので、鱗田は「なんだよ」と続きを促した。

「いえ、その……確定情報ではないのでやめておきます」

「はあ？」

「違ってたら申し訳ないし」

脇坂はひとりで勝手にウンウンと頷《うなず》いたかと思うと、「マカロン美味《おい》しかったですか?」と話を変えてしまう。中途半端な感じはあったが、甲藤のナンパ話など問い詰めたところで仕方ないので鱗田は「まあな」と答えた。続けてなんの気はなしに「あれはよくわからない菓子だな」と呟《つぶや》くと、

「わからなくないですよ。あれはですね、卵白を泡立てたメレンゲを生地に……」

と脇坂が熱く語り出したので「へえ」とか「ほう」とか適当に相槌《あいづち》を打ちながら、頭ではまったく別のことを考えていた。

洗足伊織に似た女、か。

ちょっと見てみたい。そんなふうに思いながら、鱗田はかかとの磨《す》り減った靴で歩みを進めた。

◆

母さんは、美人だったの。

私が六歳の時に死んじゃったから、そんなに覚えてないんだけど……でもきれいだった。うちは母子家庭で、母さんはクラブの雇われママをしてた。私はまだ小さかったから、「夜遅くにごはんを食べたい人のお店」なんて言葉を、素直に信じてたんだけどね。着物が好きで、だけどお金かかるからって、古着を自分で仕立て直したり、手先も器用だったんだと思うな。美人だったけど、男を見る目はなかったのかも。時々、ひとりで泣いてた。あんまり幸せとはいえなくて、でも無理して笑うタイプの人。そんな感じ。

子供って、バカだよね。それとも私がバカだったのかな？　大きくなったら、自分も母さんみたいな美人になれるんだって思ってた。私がそう思い込んでるから、母さんも否定できなかったのか「うん、麗花ちゃんは美人になるよ」って言われて育って。私は鼻はぺちゃんと潰《つぶ》れてて、目は重たくて眠そうな一重で、頬骨が妙に高くて……つまり、おブスちゃんだったの。でも大きくなったら変わるんだと信じてた。醜いアヒルの子が、本当は白鳥だったみたいに。

でも、そのうち容赦なく現実を突きつけられる時がきて。しかも、その頃母さんはもう死んじゃってて。

だから私は恨み言を向ける相手もいなかった。お母さんだけ美人でずるいって、不満をぶつけて発散することもできなかった。あたしを引き取ってくれたおばあちゃんはすごくいい人で……しかも、笑えるくらい私に似てるの。そんなおばあちゃんに「ブスだから、クラスでいじめられてる」なんて、言えないもんね。

思春期の頃はきつかったなあ。……あのね、変なハナシだけど、初体験は早かったんだ。十五歳のちょっと前。同じクラスの男子で、見た目は普通。でも背が高くて、成績はわりとよくて、そこそこ人気のある子だったんだよね。家が近所で、コンビニで偶然会うことが多くて、なんとなくふたりで公園とかぶらつくようになって。初めては、私の部屋。土曜日の昼間、おばあちゃんは公民館でカラオケサークルがあるから、いなくて。だから土曜日はいつも、そういう感じで……三回くらい、したあとで、聞いちゃったの。その子が、クラスの男子に自慢げに話してるところ、偶然。

——やれるって。楽勝。ブスだもん。すぐやらしてくれるよ。おまえら、可愛い子狙いすっからだめなんだって。ブスいっとけよ。暗くしたら顔なんかわかんねーもん。

男子たち、笑ってた。あれは……傷ついたなあ。心臓が、肋骨《ろっこつ》の中でボロボロ崩れるみたいな気分。つらかった。子供って、残酷だよね。まあ、大人になっても、男は残酷で……このあいだ話した阿賀谷みたいなのもいるし……。

やだ、どうしたの？　泣かないで。もう平気だよ、昔のことだもん。

ごめんなさい。変な話して。泣かないで……ね、なにか甘い物でも食べよっか？

五

――あなたは、あなたの食べたものでできているのです。

そう教えてくれたのは、基礎栄養学の講師だった。

――あたりまえと思うでしょうが、忘れている人が多いのです。私たちの身体は、私たちが食べたもので成り立っています。なにを食べるかで、どんな身体になるか大きく変わります。もちろん運動や生活環境なども、身体形成に影響を及ぼしますが、基本は食事なのです。

晴香が大学生の頃だから、もう十年以上昔の話である。

それでもこの話はよく覚えていた。晴香にとって、新鮮な気づきだったからだ。具体的な目標もないまま、ただ食に興味があるからと選んだ栄養学科だったが、この話を聞いて、改めて学ぶ意欲が湧いてきた。

――人間以外の生物は、自分がなにを食べるべきか知っています。

講師はそんなふうに続けた。

三十代後半くらい、よく通る声の女性だった。

——また、食べてはいけないものも知っています。厳しい環境の中で生き残っていくための本能として、知っているのです。人間以外の生物は調理をしません。調理は、進化の過程で脳が大きくなった人間だけの特権です。火を熾《おこ》し、肉を焼くことによってタンパク質を変成させ、消化を良くする……やがて、調理、あるいは加工によって人は美食を知ります。農耕、栽培、食生活は豊かになり、食文化が生まれ、私たち人間はもはや本能だけで食事をするわけではありません。自分にとって、より美味しいものを食べます。ところが残念なことに、その美味しいものは、現代人にとって、身体によいとは限らないのです。

台所で食器を洗いながら、晴香はかつて教わった事を思い出していた。

スポンジに洗剤をつけすぎてしまい、ムクムクとした泡が必要以上に立つ。皿にこびりついたクリームソースをこそげ落とす。しばらく放置していたので取れにくい。先にスパチュラで拭《ぬぐ》いとっておくべきだったのに、失念していた。

——私たち人間にも本能は残っています。人が本能的に美味しいと思うのは、油や砂糖などのカロリーの高いものです。なぜなら、長い歴史の中で、我々は常に飢えていたからです。いつ食べ物にありつけるかわからない状況で効率よくカロリーを取ろうとすると、油脂や糖質が優先されることになります。だからこそ私たちの脳は、脂っこいものや甘いものを美味しいと感じるのです。

このクリームソースは牛乳ではなく豆乳で作った。

牛乳には乳脂肪が含まれるが、豆乳ならば脂肪は少なく、良質なタンパク質が取れる。豆乳が苦手な人でもクリームソースにしてしまうと、ほとんど気がつかない。

——本能が美味しいと感じるものばかり食べていると、肥満や栄養バランスの悪さを招き、やがては病気にもなりえます。この本能に打ち克《か》てるものが知性であり、その知性を培うものが食育です。健康のためになにを食べたらいいのかを考え、様々な食物をバランスよく摂取する……それは、学ばなければできないことなのです。

そう。だから晴香は学んだ。

栄養学はもちろん、調理学、食文化の歴史、生化学も学んだ。発酵学も好きだった。いまだに味噌《みそ》と梅干は自分で作っている。驚かれることも多いけれど、手間はかかるが難しいものではないのだ。

私たちの身体は、私たちが食べたものでできている。

つまり家庭の中で食事を作っている人は、家族の身体を作っていることになる。大切な仕事だ。とてもとても、大切だ。

「……っ」

ステンレスのシンクに涙が落ちる。

浅く入った傷の形に細く流れ、すぐに水道の水と混じり、排水溝へと消えていく。悲しいから泣いているのか、悔しくて泣いているのか、自分でもよくわからなかった。

シンクは汚れた食器だらけだ。

ロールキャベツの豆乳クリーム煮。オーブンで作る揚げない唐揚げ。うなぎを巻いた卵焼き。パクチーのたっぷり入ったタイ風サラダ。レンコンと白ゴマ入りのいなり寿司《ずし》。デザートには、苺《いちご》をたくさん使った牛乳寒天……。

用意した食事は綺麗《きれい》になくなった。来客たちは、みんな喜んで食べてくれた。男女六名、いろんな年代の人がいると聞いていたので、献立は熟考した。考えすぎて、和洋中とごちゃまぜのラインナップになったが、むしろそれがよかったようだった。唐揚げはみんなに人気だったし、ロールキャベツは若い男性が夢中で頬張ってくれた。タイ風サラダは女性に大好評で、レシピをねだられたほどだ。もちろん喜んで教えてあげた。やや年配の男性は、鰻《うま》巻きをひとりで半分ぐらい食べてしまい、ほかの人たちから「ずるいですよ」と笑いながら怒られていた。いなり寿司は最後に出したのだが、競争のようにみんなの手が伸びて、あっという間になくなった。

――すごいです。ぜんぶ美味《おい》しくて、私、ここんちの子になりたいくらい！

――いやあ、ほんとうまいよ。栄《さかえ》くんはいい奥さんをもらったなあ。

――先輩が丸くなっていくわけがわかりましたよ。こんな美味しい料理を毎日食べてたら、しょうがない！

――いやいや、これ実はヘルシーに作ってありますよ？　唐揚げカリッとしてるけど、揚げてないやつですよね。ロールキャベツのクリーム煮も豆乳使ってるって仰《おっしゃ》ってたし……美味しくてしかも健康的なんて、完璧《かんぺき》ですよ。

夫の上司、同僚、部下たちは晴香の手料理を絶賛してくれた。

デザートまできれいに平らげると、ほろ酔い加減で満足げに帰っていった。晴香たち夫婦を入れて八人分の料理を早朝から作り、彼らが滞在していた午後一時から七時までの六時間、飲食店の店員のように動き続け、かなり疲れた。それでも、美味しそうに食べている笑顔を見られて、晴香もとても嬉《うれ》しかった。頑張ったかいがあったと思った。晴香の作ったものが、彼らの血肉となるのだ。

けれど。

晴香の努力と成果を認めてくれない人が、ひとりだけいた。

——メニューに統一感、なさすぎ。

会社の人たちが帰った後、夫は開口一番そう言った。

——やっすい居酒屋みたいな、ナンデモ感ありありだったよな。食器が統一されてる分、居酒屋のほうがまだマシかも。

あまりの言葉に愕然《がくぜん》とした。なにをどう言い返したらいいのかわからず、まだ散らかったままのテーブルを前に、晴香は立ち尽くした。

——それに、揚げない唐揚げってなに？　意味がわからない。揚げてなきゃ、唐揚げじゃないだろ。ああいうなんちゃって料理、やめてほしかった。みんな遠慮して言わないけど、唐揚げは油で揚げたほうがうまいに決まってるよ。そういう料理なんだからさあ。ロールキャベツのクリーム煮もそう。普通に牛乳でクリームソース作ればいいのに、なんでそうしないわけ？　今日来てた岸本《きしもと》さん、豆乳得意じゃないんだよ。無理して食べてもらって申しわけなかった。ヘルシーに工夫しましたとかさあ、そんなの自己満足にすぎないわけ。他人に、っていうか、めったに来ない会社の人たちに……俺の上司とかに、押しつけるもんじゃないだろ？　そもそも、俺をこれだけ太らせといて、今更ヘルシーってなに？　やるなら最初からやっとけって話だよ。最近、体型のこと色々言われるんだよ。冗談交じりっぽいけど、目が笑ってないんだよ。やりにくくてしょうがないよ。会社での俺の立場とか、もっと考えてくれよ！

そんなの考えてるに決まってる。

考えてるから、今日だってこんなに頑張ったんじゃないか。

そう叫びたかったけれど、怒りと悲しみで身体が震えてしまい、声すら出なかった。

人間は感情が高ぶると、本当に絶句してしまうのだと、晴香ははじめて実感した。ただ涙目で、夫を見つめるしかできなかった。

言いたい放題のあとは、さすがに気まずくなったのか、夫は自室に引っ込んでしまった。後片づけの手伝いなどしてくれるはずもない。思えば、今日の食事会のあいだも、夫は少し様子がおかしかった。機嫌良くしてはいたが、それが妙にわざとらしいというか……無理をしているというか。おそらく、ずっと晴香に文句を言いたくて、それを我慢していたのだろう。

だからって、あの言い方は……。

「…………っ」

泡だらけの皿を摑《つか》んで床に叩《たた》きつけたい衝動に襲われる。

皿の割れる派手な音は、夫の部屋まで届くだろう。彼は出てくるだろうか。そして、晴香に「言い過ぎた」と謝るだろうか。謝られたら晴香は許せるだろうか。……自分の作った料理を貶《けな》されるということは、自分自身を貶されるのに似ている。

食器は洗い終わった。綺麗になった。シンクも磨いた。ステンレスのシルバーは光るほどで、けれど映りこんだ自分の顔は歪《ゆが》んでいる。

エプロンを外し、リビングに戻る。

扉の向こうに夫の部屋があるが、なんの物音もしない。ヘッドホンをかけてオンラインゲームでもやっているのだろう。会ったこともない相手とのほうが、気楽にコミュニケーションがとれると言っていた。晴香にはよくわからない。自分の発言に対して相手がどんな顔をしているのか見えないのに、不安にならないのだろうか。顔文字やスタンプだけで判断してしまっていいのだろうか。眉《まゆ》ひとつ動かさない無表情さで、ニコニコマークを送っているかもしれないのに――。

聞いたことはないけれど、きっと夫はこう答えるのだろう。

実際に会ってたって、みんな顔に笑顔スタンプ押してるみたいなもんだろ、と。

壁に掛かったシンプルな電波時計を見る。

八時を回ったところだ。

顔にスタンプを押さない人もいる。少なくとも晴香がそう信じている人はいる。

そういう人たちに会いたくなった。ひまわり食堂のみんなだ。彼らの顔を見れば、明日の朝も、夫に笑顔でおはようと言える気がする。そろそろ閉店作業にかかる頃だろう。

今日はシフトに入ってないが、手伝いが増えるぶんには、歓迎してくれるはずだ。

日が暮れるとまだ寒い。薄手のダウンジャケットを手にし、自転車の鍵《かぎ》を握って、晴香はマンションを出る。夫に声はかけなかった。

夫は、変だ。

最初からではなかった。交際期間が一年、結婚して三年だが、こんなふうになったのはここ半年ほどのことである。もとは優しくて……悪く言えば、気が弱いというほどに優しくて、やや内向的で、世渡りのうまいタイプではなかった。押しの強い男性が苦手だった晴香は、穏やかな夫に惹《ひ》かれた。この人とならきっとよい家庭がつくれると思った。あの頃は、まさか夫にこんなふうに傷つけられるとは夢にも思っていなかった。

なにが夫を変えてしまったのか。

知りたい。けれど知るのが怖い。

……もし、自分のせいだったら。

あんなに優しかった夫を、こんなふうにしたのが、晴香だったならば。

考えながら自転車を走らせていた晴香は、脇道からふいに出てきた人影に、心臓が止まりそうになった。

思い切りブレーキをかける。上体が前のめる。

「ごめんなさいっ」

叫ぶように言い、自転車を降りた。ぶつかってはいない。だが、驚いた歩行者は尻餅《しりもち》をついてしまってた。どうやら高齢の女性のようだ。晴香は謝罪を繰り返しながら、その女性が立ち上がるのに手を貸す。

「えっ、五百木さん！」

晴香が転ばせてしまったのは、ひまわり食堂の常連のおばあちゃんだった。

「五百木さんだったなんて。ほんとにすみません。私が減速していなかったから……」

謝り続ける晴香に、五百木は笑みを見せて首を横に振る。気にしないでという意味だ。とくに怪我はしていないようなので、晴香はホッとする。

「これから食堂に行くんですか？」

耳の遠い五百木のため晴香は耳元で聞くと、すぐに頷《うなず》く。

「じゃあ、一緒に行きましょう。定食が残ってるといいですね」

ひまわり食堂の閉店時間は九時で、ラストオーダーは八時半だ。けれど人気の定食は八時すぎに終わっている場合も多い。五百木は小首を傾げた。残ってないかもしれないね、という意味かもしれないし、あるいはよく聞こえなかったのかもしれない。今日のスカーフはドット柄で洒落《しゃれ》ている。

自転車を押しながら、晴香はゆっくり歩いた。

五百木のペースだとラストオーダーの八時半に間に合わないかもしれないけれど、だからといって追い返されることがないのも、ひまわり食堂のいいところだ。

「私も今日はシフトじゃないんですけど、なんだかみんなの顔が見たくなって」

自転車を押しているので、五百木の耳元に顔を近づけることができない。たぶん晴香の話はほとんど聞こえていないだろう。それでも、五百木は絶妙のタイミングで頷いてくれる。食堂でもよくそんなふうにしていて、それは彼女なりの処世術なんだろうな、と晴香は思う。

聞こえていないことが、晴香の気持ちを楽にした。

「夫とケンカしてしまって。……ケンカ以前かなあ。私はなにも言い返すことできなかったし……」

街灯の乏しい住宅街を歩きながら、晴香は今日あったことを話す。

「ひどいですよね。私は一生懸命作ったのに……あんなこと言う人じゃなかったのになにがどうしてあんなふうに……」

変わってしまったのか。

何度もその問いにぶつかって、考えて、ひとつの結論が浮かんでしまう。

「……もしかして、私のせいなのかなって」

他に原因が思いつかないのだ。この三年で生活環境は変わっていない。引っ越しもしてないし、夫は転職も異動もしていない。

仕事はかなり忙しいようだが、それも最近に始まったことではない。夫の実家にも大きな変わりはないし、友人関係でなにかあった様子もない。そもそも、夫にはあまり友人がいない。

「あのね、五百木さん。あの食堂ではみんな隠してないから、もうご存じかもしれませんけど……私、妖人《ようじん》なんです」

五百木は軽く晴香を見上げた。妖人、の部分だけ聞こえたのかもしれない。

ひまわり食堂を起《た》ちあげた代表者は妖人ではないのだが、妖人差別には反対の立場を取っている人で、スタッフには何人かの妖人がいるのだ。例えば、あの可愛い弟子丸マメもそのひとりである。

「妖人属性とか、よくわからないんですけど……私、なにか変な妖人なのかなって。変っていうか……自分の近くの人に悪い影響を及ぼしてしまうような……」

しばらく前に読んだ、ウェブの記事が脳裏に浮かぶ。

家族の中に妖人がいたせいで、次々に悪いことが起きるという話だった。インターネット上の情報を鵜呑《うの》みにしてはいけない。妖人に対して悪意を持っている人が、話をでっち上げているだけ……そう思い、不愉快な気持ちで読んでいたけれど、あれがもし本当のことだったら。

あの記事が本当ではないにしろ、似たような事例があるのだとしたら。

「そう考えると、悲しいより怖くて……」

語尾が少し上擦ってしまった。ふいに五百木が晴香の手に触れてくる。自転車のハンドルを摑んでいた手の甲を、ポンポンと優しく叩いてくれた。

晴香は五百木を見る。

五百木は葡萄色《ぶどういろ》のニット帽の下、優しい瞳《ひとみ》を向けてくれている。話の内容がわからなくても、晴香が苦しんでいることは伝わるのだろう。自分よりずっと細い指の慰めに、晴香は再び泣き出しそうになってしまう。

ああ、ほら、こんなふうに……直接会っていれば、その体温で励ましてもらえる。

涙は我慢できたが、途中で自転車を止め、晴香は洟《はな》をかまなければならなくなった。五百木のティッシュをありがたく使わせてもらう。

ゆっくり歩いて、ひまわり食堂に着くと、残念ながらやっぱり定食は終わっていた。でもご飯と汁物が残っていて、五百木にはおにぎりと豚汁が出される。それで充分だと言うように、五百木は微笑む。

ちょうどマメも来ていて、新しいデザートの試作をしていた。

「練りきりと、きんつばです」

「わ、きれい！」

思わず声が出る。薄いピンクの中に白がぼかしてある練りきりは、桜の花びらを象《かたど》ったものだった。

「マメくん、器用ね。こんなの作れちゃうなんて！」

「うわあ、そんなふうに褒められちゃうと、何度失敗したか言えなくなっちゃいますよう……僕、ほんと不器用なんです。一緒に練習してた夷さんなんか、すぐ上手になったのに……」

「このあいだの吊《つ》り目の方？　うん、あの方はなんでも上手にこなしそう。でも努力して上手になったなら、マメくんだってすごいよ」

晴香の言葉に、マメは頬を赤くして「ありがとうございます」と素直に喜ぶ。晴香はマメの正確な年齢を知らない。高校生くらいに見えるのだが、学校にいってる話は聞かないので、もう少し上かもしれない。いずれにしても、これくらいの年齢でこんなに純真で素直な男の子は珍しいのではないだろうか。ひまわり食堂に来る誰もが、彼のことが大好きだった。

「季節的に、この練りきりにしたい気もするんですけど……実は、結構コストがかかるんですよね」

「和菓子屋さんで買っても、練りきりって結構高いものね」

一緒に試食していたほかのスタッフも「定食の値段は上げられないしなあ」と考え込んでいる。

「きんつばも食べてみてください」

マメの言葉に、みんなが小さく切り分けられたきんつばを摘《つ》まむ。きんつばは、粒あんを寒天で固め、周囲を薄い小麦粉の生地で包んである和菓子だ。

見た目の華やかさはないが、あんこの素朴なおいしさがストレートに伝わってくる。

晴香は和菓子が好きだが、きんつばを食べるのは久しぶりだった。

「んっ。……桜の塩漬けが入ってる」

最初に声を発したのは三十代の男性スタッフだ。

「僕、甘い物ちょっと苦手だから、こういうのあんまり食べないんだけど……あんこのしっかりした甘さと、桜の塩漬けが絶妙だよ。美味《おい》しい！」

「ほんとですか！　よかったあ……。最初は甘さを控えめに作ってみたんですけど、そうすると、味がぼやけちゃうんですよね」

「マメくん、これ本当に美味しい！　しっとり優しい薄皮に、桜の塩漬けが隠れてて……ふっくらした粒あんと一体化するのね」

晴香も手放しで褒めた。マメはとても嬉《うれ》しそうに「こっちだと、材料費もあまりかかりません」と説明する。

「あれ、五百木さん？」

晴香の隣できんつばを試食していた五百木が、うつむいて肩を小さく震わせていた。

さっき転んだ時、実はどこか痛めていたのだろうか。晴香は驚いて椅子から降り、床に膝《ひざ》をついて五百木の顔を覗《のぞ》きこむ。

「…………っ」

五百木は涙ぐみながらきんつばを食べていた。

「ど、どうしました？」

焦る晴香に気がつくと、少し笑って首を横に振る。大丈夫という意味だろう。ほかのみんなも心配そうに五百木を見守る中、きんつばを食べ終えて顔を上げた。

晴香が渡したティッシュで涙を拭《ふ》き、五百木は息を整えるように、か細い身体で深呼吸する。それから、マメに向かって、とても小さな聞き取りにくい声で、

「なつかしい」

そう言った。本当に小さな声だったので、マメも晴香も五百木のすぐそばで耳を澄ませなければならなかった。

「懐かしい？　きんつばは五百木さんにとって、懐かしいお菓子なんですね。なにか特別な思い出があるのかなあ」

マメが聞くと五百木が、微笑んで頷《うなず》く。

「どんな思い出か知りたいなあ」

「……ひみつ」

やはりとても小さな声が答える。

「そっか。秘密なんだ」

残念そうなマメのあとで、晴香が「ということは、恋の思い出かしら」と続けた。

すると、五百木は耳をパッと赤くして、まるで十代の乙女のような顔ではにかむ。その素振りがとても可愛らしくて、晴香の心まで擽《くすぐ》ったいような感じがした。

全員の意見が一致して、四月前半のデザートは桜きんつばに決まった。

きっとお客さんたちも喜んでくれるね——みんなそう言いながら、笑顔になる。つい一時間前まで凹《へこ》みきっていた晴香の心も、だいぶ回復していた。ひまわり食堂という場があってよかったと、心から思う。料理は好きだし、それが人の役に立つならと始めたボランティアだったが、救われているのはむしろ晴香自身だ。ここは晴香にとって大切な居場所になっている。

ふと、美亜の事を思い出す。

悲しい事件については聞いていた。父親を亡くした美亜は親戚《しんせき》の家に預けられ、最近は姿を見せていない。あの子にとっても、ここは居場所だったはずだ。温かい食事と、宿題を見てくれる大人たち……。

今、新しい居場所が見つかっているといいのだけれど——そう思いながら、晴香はみんなにお茶のおかわりを注ぎ始めた。

六

「桜、咲きませんね」

常磐《ときわ》が、面長を空に向けて言う。

「だな」

玖島《くじま》は短く答えた。三月も残すところ一週間だ。東京のソメイヨシノは蕾《つぼみ》を綻《ほころ》ばせかけたものの、この数日の冷え込みで、咲く気が失《う》せてしまったらしい。今年は例年よりやや遅めの開花だろうと天気予報士が言っていた。

「玖島さんは桜、好きですか」

「昔はな」

「ということは、今は違うと」

「最近は桜を見るとなんだか焦る。もう春が来たのかと。……桜が咲いたらあっという間に夏になって、そうかと思うと秋になって、若者がぞろぞろ仮装してるなと思った直後にクリスマスで、ついこのあいだ雑煮を食べたかと思うと、桜だ」

「それだけ忙しいということですね」

「ああ」

多忙なのもあるし、年齢的なことも関係しているのだろう。玖島も四捨五入すれば四十という年代になり、二十代の頃より明らかに時間の流れが速い。このあいだ、鱗田にそう零《こぼ》したらフッと鼻で笑われて「俺なんざ、もう正月しか意識できんよ」と言われた。毎年、ハタと思うと正月、ということか。なんだかあっというまに一生が終わりそうだ。それを充実した人生といっていいものかどうか、玖島にはよくわからない。

「自分は桜にいい思い出がないんです。学生の頃、卒業式の日に満開の桜の下で告白して、見事に振られまして」

「それは桜のせいじゃないだろう」

「身も蓋《ふた》もないですね。でも、桜のせいも多少あったと思います。自分のようなウマヅラチビが、あんな綺麗《きれい》な花の下で告白なんかするもんじゃありません」

いささか自虐的な常磐の発言は、あるいは心の準備だったのかもしれない。顔は長いのに背が低いという、常磐の残念な特徴をズバリ表したあだ名……それをつけた主《あるじ》のもとへ、今ちょうど向かっているのだ。ちなみにそんな常磐だが、学歴は高く、正義感も強い。その若さで捜査一課に配属されているのも、優秀な証《あかし》である。

常磐と玖島の所属を正しく言うと、警視庁捜査一課特別係Y対連携班、だ。ごく最近設置された部署で、庁内ではY連《ワイれん》が通称となりつつある。通称というか……「あの面倒くさいY対と連携させられている、気の毒な奴ら」という感じのニュアンスだ。

面倒くさいY対というのは、Y対に所属している人間……つまり、鱗田や脇坂が面倒くさいというよりも、妖人《ようじん》が関わる事件そのものの複雑さを意味しているのだろう。あるいは、Y対には欠かせない協力者——妖琦庵の主についての言及かもしれない。

「ま、とにかく季節的には桜ですし、手土産も桜餅《さくらもち》にしてみましたよ」

常磐の言葉に、玖島は「なんだって？」と思わず歩みを止めた。

「おまえ、桜餅買ったのか？」

「はい。玖島さんが手土産を用意しろって言ったんですよ？　菓子折りでいいって」

「いや、言ったが、桜餅はだめだろう。あんこだろそれ」

「そりゃそうです。あんこです」

「マメくんがいるじゃないか」

「弟子丸マメがどうかしたんですか？」

「……常磐、おまえ、ケーキ焼くのが得意な女の子の家に招待されて、手土産にケーキ持っていくか？」

「え。持って行っちゃいけないんですか？　だってケーキ焼くのが得意なら、ケーキ好きでしょう？」

「あのな、そんなんだから桜の木の下で振られるんだよ……」

「は？」

玖島の言いたいことが常磐に伝わらないうちに、妖琦庵に到着してしまう。

今から菓子折りを買い直せるはずもなく、もはや、洗足から冷たい視線と嫌みを浴びるのを覚悟するしかない。呼び鈴がないため、玄関前で「失礼いたします」と玖島は声を上げる。家令が出てくるかと思ったが、鄙《ひな》びた引き戸をカラリと開けたのは……。

「あ。先生」

玖島は両手を体側に沿わせ、腰から体を折って頭を下げる。出迎えてくれたのは、この家の主、洗足伊織だった。今日もやはり和装である。

「いつもお世話になっております。この度も捜査へのご協力、大変ありがたく……」

「よろしくお願いします。これはつまらないものですが」

せっかく玖島が丁寧に挨拶《あいさつ》しているというのに、せっかちな常磐が先走って土産を突き出す。心の中で舌打ちしながら頭を上げると、隻眼の茶道家は、常磐の差し出した和菓子店の紙袋を冷めた目で見ていた。

「……玖島さん」

「は、はい」

「せっかくの手土産も、渡し方ひとつでこのように台無しです」

「大変失礼しました。おい、常磐っ。手土産ってのは、いきなり玄関先で突きつけるもんじゃないんだよ。きちんと挨拶をして、袋から出して……」

「我々警察官は、市民の税金で働く身ですよ。そんな面倒くさい手順より効率優先にすべきです。違いますか、洗足先生」

ああ、始まった。なぜか常磐は洗足伊織につっかかりたがる。

「面倒くさくて意味不明な手続きや慣例で溢《あふ》れかえってるお役所の方に言われたくないですね。だいたい、礼儀をただの『手順』と考えてる時点でお話にならない」

「では、礼儀とはなんなのですか」

「本気で聞いているんだとしたら、げんなりだ。礼儀とは敬意を表す気持ちです。それを省略するということは相手への敬意を省略してることになります」

「礼儀正しい人間が、本当に敬意を持っているとは限らないと思いますが」

「ほとんどの場合で本当の敬意なんぞ持っていないからこそ、礼儀という形を整えるんでしょうが。初めて会った、見ず知らずの人間に対してだって礼儀作法は大切です。互いの敬意が少しでも感じ取れれば、人はそれにふさわしい行動を取ろうとする。外側の形を整えることから始まるものもあるんですよ。……言っときますがね、あたしだってきみらに心の底からの敬意なんざ期待しちゃいません。それでもこうして無償で時間を割き、協力しようってのに、きみは最低限の礼儀もすっ飛ばすわけかい」

「いえ、自分が言いたいのは……」

まだ反論しようとする常磐の後頭部をガシッと摑《つか》み、強引に頭を下げさせながら「大変申しわけありません」と玖島は謝罪した。洗足伊織が面倒くさい人であるという意見に反対はしないが、最近もしかしたら常磐のほうが面倒くさいんじゃないかと思うこともある。玄関先でこんなやりとりをしている時間こそ惜しい。

「後ほどよく言って聞かせますので……どうかご協力を」

洗足は頭を下げている玖島にわざと聞こえるようなため息をついたあと、「で？」と聞いた。

「それは、なんです」

紙袋の中身を聞かれたのだった。ここで桜餅と答えなければならない、絶望感たるや……脇坂あたりだったら、気の利いた洋菓子でも用意したのだろう。しかし嘆いたところで始まらない。覚悟を決めて「桜餅です」と答えつつ、しおしおと頭を上げる。

しばし沈黙が流れた。やっぱりだよな、桜餅はないよな……手土産を自分で用意しなかったことを激しく後悔しながら、必死に言い訳を考える玖島に、洗足は再び問う。

「どっちの」

「は？」

「どっちの桜餅ですか」

「どっちとは……」

「道明寺《どうみようじ》か長命寺《ちようめいじ》かですよ」

なぜいきなり寺が出てくるのだろうかと戸惑う玖島を見て、洗足は「ああ、ものを知らない人は……」と嘆く。

「桜餅は二種類あるでしょう。粒々した半透明の餅で餡《あん》を包んでるタイプと、薄いピンクのクレープみたいなので、くるんでいるのと！」

「と、常磐、どっちだ？」

「あ、はい。クレープ的なほうです」

「……お入り」

「は？」

聞き返した玖島に「さっさと入りなさい。今日は芳彦がいないから、今ひとつな茶しか出ませんがね」と玄関の中に入っていく。やっと許可が下りたことに安堵《あんど》し、玖島と常磐も洗足家の中に入った。指示された和室で待っていると、主自ら、茶の載った盆とともに入ってくる。桜餅の載った小皿もあった。

「先生、我々はお構いなく……」

「お構いなくと言われても、うちは三人家族で桜餅は五個入りでしたよ。ここで出せという意味としか」

「おい常磐、なんで五個買うんだよ……」

「だって三個では少なすぎて格好がつかないでしょう」

「そういう時は桜餅三個と、草餅三個とか……そういう感じにだな……」

「偶数はよくないとマナーの本にありましたが」

「それはそうだが、ケースバイケースというか」

「そのへんにしておきなさい、玖島さん。常磐くんは気が利かないだけで他意はないんでしょう。今日はこの桜餅に免じて許してあげようじゃありませんか」

上座についた洗足は、そう言いながらさっそく桜餅《さくらもち》に黒文字を入れる。

なんだか少し嬉《うれ》しそうだ。機嫌のいいうちに事件について聞いてしまうのが得策だろう。そう思った玖島は、軽く身を乗り出した。

「先生。今日お伺いしたいのは……」

「まだ」

「……はい？」

「まだです。食べ終わってからにしてください。どうせ、桜餅《これ》が美味《おい》しくなるような話題じゃないでしょう？」

ちらりとこちらを見て言われ、玖島はおとなしく口を閉じる。殺人事件の話なのだから、なにを食べても美味しくはならないだろう。

「……桜餅は、マメくんの手作りをたくさん召し上がってるかと思ってました」

かと言って押し黙っているのも居心地が悪く、そんな話をしてみる。

「食べてますよ。今年も何度か作ってたね。……ただ、マメが作るのは道明寺のほうなんですよ」

「ああ、粒々のほうですか」

「作り方を教えた芳彦が道明寺派でしたからね……。いや、あれが嫌いというわけではない。あれはあれで美味しいですよ？　でもあたしにとって桜餅といえば、やっぱりこの長命寺のほうでね」

「では、彼にそっちを作ってもらえばいいじゃないですか」

無頓着《むとんちゃく》に提案した常磐を「なに言ってるんだい」と洗足が睨《にら》んだ。

「こしあんを炊いて、道明寺粉を蒸して、桜色に染めて、手蜜をつけながら丁寧にくるんで、桜の葉の塩漬けで包む……手間のかかるものなんです。マメがそうやって、一生懸命作ってくれてるのに、今になって長命寺派だとか言えるわけないでしょう。あの子が落胆するじゃないですか！」

「いや、それくらいで落胆は……」

「百歩譲って落胆が大げさだとしましょう。だとしても、マメはこの何年間か私に気を遣わせてしまったんだなと、反省してしまうわけですよ。反省が悪いわけではない。悪いことをしたら反省するのは当然ですからね。でもマメはこの場合、悪いことをしましたか？　美味しい道明寺を作っただけです。むしろ、最初から長命寺が食べたいと言わなかったあたしが悪い。なのにマメが落胆したり反省したりするくらいなら、あたしは自分が長命寺派ということを一生隠し通したっていいね。まったく、きみは人の心というものがわかっていない。そういう人に、その桜餅はもったいないほどだ」

「……え……いや……ええと……すみませんでした。よかったらこちらも……」

どうやら常磐も洗足に対してどう振る舞えばいいか、多少わかってきたらしい。おそらく心の中では（あんたの大好きな長命寺桜餅買ってきたの、俺だけど？）と思いつつも、自らの小皿を洗足に差し出す。そう、それが正解だ。

洗足はあっさり「そうかい」と言って、二個目の桜餅を食べ始めた。

「さて」

桜餅を食べ終わり、懐紙で指を拭《ぬぐ》い、ぬるくなったお茶を一口飲むと、洗足は玖島を見て「また誰かが殺されたというわけですか」と切り出した。

残念ながら、その通りである。

「はい。今、鱗田と脇坂が現場に行っているので、私たちがお邪魔した次第で」

「なるほど。妖人《ようじん》なのは被害者、容疑者、あるいは関係者？」

「重要参考人です」

自分の前にあった茶托《ちゃたく》と湯呑《ゆの》みを脇に寄せ、常磐は硬い口調で説明を始める。

「鈴木麗花、二十八歳女性、契約社員。彼女は妖人、く……」

「あの人は《口裂け女》ではありませんよ」

「え？」

常磐の小さな目が見開かれる。

「被害者は阿賀谷という男で、麗花さんの元交際相手。彼女をつけまわし、金の無心をしていたこともある……違いますか？」

「……違いません。しかしなぜ、あなたが……」

驚いた常磐が洗足を問い質《ただ》そうとするより早く、玖島は聞いた。

「先生。鈴木麗花はここに来たことがあるんですね？」

「ええ」

すんなりと洗足が認める。

「一月の末でしたから……そろそろ二か月が経ちますかね。自分は《口裂け女》なのかと思い悩んでいたので、そんな妖人はいないと教えてさしあげました」

「……いない？」

常磐が眉間《みけん》に皺《しわ》を刻む。

「けれど、彼女の住むアパートの住人から、そういう証言が」

「麗花さんに借金を拒まれた阿賀谷とやらが、『こいつは《口裂け女》だ』とでもがなり立て、それをアパート住人が聞いたのでは？　そもそも彼女を《口裂け女》だと言いはじめたのは、阿賀谷だそうですから。別れ話がもつれた時に始まった、いわば嫌がらせです」

「先生は、鈴木麗花と以前から面識が？」

玖島の質問に、洗足は静かな口調で「いいえ」と答えた。

「このあいだが初対面です。甲藤くんが連れてきました。その阿賀谷に脅されているところを、彼が助けたわけです。麗花さんに片思いしていたようでね」

甲藤……この一年ほどで、洗足家に出入りするようになった男だ。

「まあ、相手にされてませんが――とにかく、そんな経緯で彼女はここにやってきた。繰り返しますが、《口裂け女》ではありません」

「では、鈴木麗花は妖人ではないんですか？」

常磐の早合点に、「誰もそうは言ってないでしょう」と洗足が冷ややかな声を出す。

「彼女は妖人ですよ。ただ《口裂け女》ではない。なぜなら《口裂け女》などという妖人はいないから。……これ以上平易には説明できない」

「しかし、《口裂け女》がいないのだとしても、彼女がそう呼ばれるようになったのにはなにか理由が……」

「だから、阿賀谷の嫌がらせですよ。仮に……ほかの理由があったとしても、今回の事件にどんな関係が？」

「関係あるかもしれないから伺っているんです。それが我々の仕事です」

強気の常磐を「ふうん」と眺め、洗足は、

「それは御苦労なことです。が、あたしの口からは言いたくありませんね。彼女のプライバシーに関わることですし、そもそも、彼女が重要参考人になっている……つまり、疑われている理由もまだ聞いていません」

「あ、失礼しました」

玖島が説明を始めた。

「実は、被害者が亡くなった当日から、鈴木麗花と連絡がつかないんです。会社には休暇届が出てるんですが、自宅にはいないし、携帯電話も通じない。かつ、彼女と被害者のあいだにトラブルがあったのも事実です。そのため、現在のところ重要参考人として、情報を集めているわけでして」

「人を殺して逃げる時に、休暇届？」

「その点は、確かに不自然でして……正直なところ、私も彼女が犯人だとは考えていません。しかし、所在がわからないのが問題なんです。同棲《どうせい》中の恋人にすら、行き先を言ってない。ただ『自分の気持ちを整理しに行く』と言い残して出かけたと……」

「意味深ではありますが、あたしなら誰かを殺す前に、そんな台詞《せりふ》は残さないね」

「ごもっともです。が、少なくとも鈴木麗花は被害者に恨みを持っていたわけです。金銭トラブルもあったようですし。……先生、彼女が過去に、水商売をしていたのはご存じですか？」

洗足はごく静かに「ええ」と答える。

「聞いています」

「新宿の風俗店で、確認がとれています。なかなか際どいサービスが売りの店でした。けれど、現在の恋人が、その事実を聞いていないとしたら？　もしや、阿賀谷はそれをネタに、彼女を脅していたのでは……」

洗足はなにも答えなかった。玖島の予想では「それを調べるのがあなたがたの仕事でしょうが」と一蹴《いっしゅう》されるはずだったのだが……それもない。ほんの僅《わず》か、洗足がなにか迷っているような気配があった。この人はなにかを知っている。玖島はそう確信し、身を乗り出す。

「先生。ご存じなら教えて下さい」

そう頼んだあと、もうひとつ付け加える。

「連続殺人事件の可能性が高いんです」

「玖島さん、それは」

常磐が慌てる。そう、これはまだ秘匿情報であり、民間人に知らせていいものではない。だが、この男に……洗足伊織に信用されるためには、こちらも手札を見せる覚悟が必要なのだ。

「連続殺人事件？」

「はい。事件はまだ続くかもしれない。鈴木麗花さんが無関係ならば、早急にそれを証明しなければ。先生が情報提供してくださるなら、私も詳細をお話しします」

「玖島さん、そんなこと勝手に」

「うるさい、常磐」

強い口調で、部下を黙らせる。時にはルールを逸脱しても、得るべきものがあるのだ。杓子定規《しゃくしじょうぎ》になりすぎて解決が遠のき、被害者が増えては本末転倒だ。……もっとも、玖島がそんなふうに考えるようになったのは、わりと最近のことではあるが。

「玖島さんがそこまで仰《おっしゃ》るなら、お話ししましょう」

伏せられていた洗足の視線が上がる。

「事件に関係しているとは思いませんがね。鈴木麗花さんは……」

「整形なんですよね！」

唐突に聞こえた声――掃き出し窓の向こうからだ。

庭から室内を窺《うかが》っていた男に、洗足は鋭い視線を向けた。ガラス越しに、男がピシリと姿勢を正し「あ、すみません。こんなところから」と屈託なく詫《わ》びる。

脇坂洋二。

警視庁Y対所属、四月が来れば三年目なので、もう新人とはいえない。甘ったるい顔に細身のスーツがよく似合っているが、相変わらず刑事らしさに欠ける。まあ、たぶんこの男は何年経ってもこの調子なのだろう。

「玄関で声をかけたんですが、反応がなかったもので。玖島さんと常磐さんがこちらにお邪魔しているのは聞いていましたから、庭から入らせていただきました」

掃き出し窓を開けつつ、軽やかに言い訳する。洗足は渋い顔をしたものの、

「きみの無作法を叱るより、話の進行を優先させよう。早く入りなさい」

と促した。脇坂は頭を下げ、靴を脱ぎ始める。

「おい。整形、と言ったか？」

急《せ》いた調子で常磐が聞く。脇坂は慣れた様子で座敷にするりと入り、正座してから靴脱ぎ石の革靴の向きを揃えつつ「そうです、美容整形」と答えた。

「鈴木麗花さんは、複数回の美容整形で容貌《ようぼう》をかなり変えているのではないかと」

これまた慣れた調子で一番下座に座布団なしで座り、続けた。

美容整形……本当だろうかと、玖島は洗足を見る。洗足の表情に驚いた様子はなく
「そういうことですよ」と玖島を見て告げる。

「彼女を脅していた阿賀谷はその事実を知っていた。だから麗花さんのことを《口裂け女》などと罵《ののし》ったわけです」

口裂け女——玖島の感覚では、妖怪《ようかい》というより都市伝説に近い存在だ。髪の長い、マスクをした女が近寄ってきて、「わたし、きれい？」と聞く。不気味に思いながらも「きれいだ」と答えると、マスクを外しながら「これでも？」と耳まで裂けた口を見せる——驚いて逃げても、ものすごい速さで追いかけてくるらしい。

「己の美醜を気にする妖怪……という意味で揶揄《やゆ》したと……？」

「でしょうね」

洗足は玖島に軽くうなずいてみせ、脇坂に「きみはなぜわかった？」と聞く。

「はい。最初はもしかしたら、っていう程度でした。麗花さんがマスクを下げた時、小鼻のところに傷跡があったんです。小さい傷だけど、その部分はメイクしてなかったので見えました」

「それだけで整形だと？」

常磐があからさまに怪訝《けげん》な顔で言う。だが脇坂は気にする様子もなく、「鼻翼縮小手術っていうのがありまして」と自分の小鼻を指さして言った。

「ここを小さくして、鼻をすっきり見せるわけですね。術式はおもにふたつあります。

内側法と外側法、どっちも鼻の穴のほうから切開するんですけど……内側法なら傷は目立ちにくいです。外側法は鼻翼の外側に傷跡ができちゃって、場合によってはその傷跡が消えにくいこともあります。麗花さんは以前、外側法でやったんじゃないかな。もしかしたら、手術をした医師の腕があまりよくなかったのかもしれない。で、違う医者に行って傷跡を消す処置の相談をしたのかなと思いました。あの時がちょうどその帰り道だとしたら、小鼻の部分だけ、化粧が取れていても不思議じゃないですし。お医者さんに見せるときは、メイク取るでしょう？　で、そこだけファンデが取れてるのもアレなんで、マスクをかける、と」

すらすらと……というか、脇坂がしゃべってるとペラペラと、という感じなのだが、とにかく澱《よど》みなく語る。話そのものはなるほどと納得できるのだが、玖島がよくわからないのは……、

「おまえ、なんでそんな美容整形手術に詳しいんだ」

まさしく、常磐が聞いたその点であった。

「姉が形成外科医なんですよ。だからいろいろ話を聞いたことがあって」

「え、おまえの姉さんが美容整形外科医なのか」

「違います。美容整形外科と、形成外科は別です。形成外科は美容目的じゃなくて……例えば事故で見た目が損傷されたときに、なるべく元に戻す、みたいな」

「待て。前は日本画のアーティストだとか言ってなかったか？」

「あ、それは三番目の姉ですね。医師は長女です。ええと、話を続けますけど、僕がそう思ったのはあくまでも素人目だし、裏づけが出たのはつい先程です。麗花さんの現在の交際相手……今西《いまにし》さんとおっしゃいますが、ゴミ箱の中から、美容整形外科の診察券が何枚も出てきたと話してくれました」

「麗花さんが診察券を捨てた？」

洗足に聞かれ、脇坂は「らしいです」と頷《うなず》いた。

「整形のこと、先生はいつお気づきに？　本人から聞いたんですか？」

「いや」

ごく短い答は、詳しいことを語るつもりはないという意思の表れでもある。そのへんの察しは早い脇坂は「まあ、そんなわけで」とすぐに話を戻した。

「単なる診察券の整理か、あるいはなにか心境の変化があったのか……。とにかく、鈴木麗花さんは美容整形手術を繰り返していた。そしてそのための費用を、風俗で働くことで得ていたという過去もあります。ウロさんがつい先ほど聴取したところによると、今西さんは、麗花さんの過去の仕事についてご存じだったそうです。彼女を気遣って、知らないふりをしていたんですね。共通の友人から聞いたとか……人の口に戸は立たないって本当だなあ」

「え、じゃあ整形についても知ってたのか？」

玖島の問いに、脇坂は「そっちは、ゴミ箱の診察券で気がついたと」と補足する。

「つまり、今さっきですね。むしろ、それで納得できたそうです。彼女がなぜそういうところで働いていたのか腑《ふ》に落ちたと話してました。麗花さんのことをとても心配して て……人殺しなんか絶対にしていない、早く帰ってきてほしいと」

「ということは、もう鈴木麗花は恋人に対し、なにも隠す必要がなくなったんだな。なのにそれを知らないまま、どこかに雲隠れしてしまった……」

「自分の過去をネタに阿賀谷に脅されて、とても悩んでいたんだと思います」

「悩むぐらいなら、最初から整形なんかしなきゃいいんだ」

いささか粗暴に言い捨てたのは、体育会系気質の常磐である。それに対して脇坂が珍しく、ムッとした顔を見せて言い返した。

「自分の顔なんですから、自分がどうしようと勝手じゃないですか」

「勝手だとも。勝手にすればいいが、それを隠しておきたくて右往左往したり悩んだりするのは自業自得だろ。整形した自分を恥じてないなら、堂々と整形したといえばいい」

「そんな堂々とした性格なら、大金かけて自分の見た目を弄《いじ》ったりしません」

「要するに、心が弱いから整形するんだ。多少顔の造作がまずくても、心が強ければやっていけるはずだしな。事実、俺だってウマヅラチビだが、堂々と生きている」

「常磐さんはそうでも、そう思えない人もいるんです！　もし僕が常磐さんの顔だったら、いろいろ考えるかもしれないし！」

「おまえ、俺の顔がそんなひどいって言いたいのかよ！」

バシッ！

鋭い音が、二人の若い刑事の会話を強制終了させる。洗足が扇子で畳を叩《たた》いたのだ。

「……五月蝿《うるさ》い」

固まった両者を睨《にら》みながら言い、さらに玖島まで「若手警察官の教育を、もう少しどうにかしたらいかがです」と、とばっちりを食らう。

「くだらない言い争いで、時間を無駄にしないでほしいね」

「すみません」

脇坂はやや小さくなって、常磐は多少不服そうに、同じ台詞《せりふ》を口にした。

「脇坂くんの言うとおり、容姿について悩んでいる人を、安易に批判するものではありません。容姿に限らず、当人にしかわからない悩みに、他人がああだこうだと嘴《くちばし》を容《い》れるのは無遠慮で無神経だ」

扇子が傷んでないか調べながら、洗足は「それに」と続ける。

「麗花さんの場合、ただ闇雲に美人になりたかったわけではないんですよ。彼女はおそらく……早くに死に別れた、母親の顔に近づこうとしていたんでしょう」

「母親、ですか？　しかし母子《おやこ》ならば、なにもせずとも顔は似ているのでは……」

玖島はそう言いながら、自分でも言葉の途中で、そうと限ったものでもないか、と気がつく。案の定、洗足に「似てない親子など、いくらだっているでしょうが」とつっこまれてしまう。

「両親のどちらかだけに似ている場合もあれば、両親ともにまったく似ていない場合もある。染色体レベルで考えれば、２の23乗の組合せがあるんです。いろんなパターンが出てくるのは当然だ」

「２の23乗……」

「８３８万８６０８種類です、玖島さん。ランダム・アソートメントといいます」

常磐が少しばかり自慢げに言ったが、数字が大きすぎてピンとこない。

「ええと……まあ、麗花さんは母親に似てなかった。で、整形を繰り返して母親の顔に近づこうとしていた……？　それは、母親への思慕ということで？」

「思慕であり、一種の呪縛《じゅばく》であり……」

「呪縛？」

洗足はパチン、と扇子を鳴らして「……まあ、事件に関係のないことです」と話すのをやめてしまった。それから、玖島に「で？」と不機嫌な顔を向ける。

「え？」

「玖島さんは、麗花さんを疑ってはいないんですね？」

「はい。物証は何もありませんし……確かに、鈴木麗花さんにとって阿賀谷は嫌悪すべき存在だったでしょう。だからといって、殺害まではしないだろうというのが、個人的な見解です」

そうなのだ。いくら嫌っていようと、人を殺す動機としては弱すぎる。

「それに……あんなふうに殺す必要も、まったくない」

洗足の鋭い視線が刺さり、「あんなふう、とは？」と聞かれる。

「玖島さん。さっき、あなたは連続殺人事件をほのめかしましたね？」

「はい」

玖島は洗足をまっすぐ見据えて、頷いた。

「荒川《あらかわ》区連続殺人事件――捜査本部ではそういう名称になりました。今回の事件は、土屋豊殺害事件と同じ手口が使われているんです」

土屋豊の事件と、阿賀谷翔《しょう》の事件は、いずれも荒川区で起きている。距離はそう離れておらず、直線で四キロ程度だ。

「つまり、阿賀谷は睡眠薬で眠らされ、拘束された状態で、首の骨を折られて死亡。そして小豆《あずき》を口に詰められていた点も同じです」

洗足が黙る。

帯に挟んでいた扇子を再び手にし、親骨をスッと撫《な》でた。しばらくなにか考えていたようだが、やがてごく静かな口調で尋ねる。

「模倣犯の可能性は？」

「小豆が口に詰められていた件については、報道されていないんです。情報規制していますので。なのに、現場の状況はあまりにも共通点が多すぎ……」

玖島の言葉の途中で、ヴィーンと振動音がした。

脇坂が「すみません」とスーツのポケットから電話を取り出し、発信者を見てすぐに通話ボタンを押す。躊躇《ためら》いなく電話に出たということは、捜査関係者からの連絡だ。全員が、脇坂の様子に注目する。

「はい。……え、麗花さん、見つかったんですね？　はい……は？　高野山《こうやさん》……？　なんでまたそんなところに」

高野山とは……和歌山の、か？　弘法《こうぼう》大師の……ええと、真言宗の総本山がある、あの高野山に鈴木麗花が？

「宿坊？　……はい……あ、そういう……ああ……」

途中から納得声になった脇坂が、通話を終えた。

「麗花さん、高野山にある宿坊にいたそうです。一週間の修行体験ツアーで、その間、携帯電話も使用不可だそうで」

「ああ、それで連絡がつかなかったのか」

なるほど、と玖島も理解する。常磐は「宿坊？」と眉《まゆ》を寄せているので、それがどういうものか知らないのかもしれない。

「一般の人を宿泊させてくれるお寺さんです。坐禅《ざぜん》体験、写経体験、読経《どきよう》体験などをしながら、忙《せわ》しない日常からちょっと離れる、みたいな」

「それに鈴木麗花が？」

「心のデトックスになるということで、昨今、若い女性にもなかなかの人気なんですよ。

……あ、そうか。麗花さん、書き置きどおり、心の整理をしに行ったんじゃないかな。

今西さんに、すべて告白するための心の準備っていうか……」

「寺で修行の真似事をしたくらいで変われたら、誰も苦労しない」

常磐は憎まれ口を叩いているわけではない。そういう嫌みな男ではないから、本当に、心からそう思って言っているのだ。玖島は上司としてそんな常磐を理解しているが……

「ま、そうだね。変われない人は、百年修行をしても変われないでしょう」

洗足はどうだろうか。またしてもピシャリと叱られるのかと危惧《きぐ》したが、
常磐に向かって言う洗足の声は、怒っている風ではない。

「だがね、常磐くん。変わりたいとずっと望んで、けれど一歩を踏み出す勇気がなかなか持てなかった人が、なにかのきっかけでそういう場へ赴き、情報過多な世間から距離を取り、ひたすら自分と見つめ合う数日を過ごしたら……変化はあるんです。人間そのものが変わるわけではないが、思考や判断への影響力はある。左の道が正しいとわかっているのに、楽に進める右を選んでいた人が、立ち止まって考えるようになる。確かに、短い期間だけの効果かもしれない。お山を下りた途端、もとの自分に戻るのかもしれない。……仮に、そうだったとしても」

変わりたいと思って行動した人を、否定してはいけません——洗足はそう語った。

そこからすべてが始まるのだから、と。

なんとなく、わかる。

玖島の周りにも、いつも「変わりたい」と願っている人は多くいた。夢、理想、あるいは目標。そこに辿《たど》り着くためには、今のままではだめだとわかっていたはずの人々。けれど、その中で、実際にアクションを起こした人はそう多くない。「変わるのは簡単じゃないから」と半笑いで嘆いておしまいにしてしまう者の、なんと多いことか。

では、自分はどうだったか。

玖島も人の批判などできる立場ではない。ただ、最近はようやく洗足の言葉の意味が、いくらか理解できるようになったというだけである。

一方、常磐は難しい顔で洗足の言葉を咀嚼《そしゃく》していたようだが、やがていつもよりだいぶ抑えめの声で「かも、しれませんね」とだけ返した。幾分は納得できたが、全面同意はしかねる、というところだろうか。

ともあれ、鈴木麗花の疑いは晴れた。

宿坊で寝起きをともにしていた複数名が、彼女のアリバイを証明しているのだ。

それでは、いったい誰が、土屋豊と阿賀谷翔を殺害したのか――。

「現在のところ、土屋豊と阿賀谷翔の関連性は見つかっていません。両者に共通しているのは、性格と素行に問題のある成人男性だという点くらいです。職場も出身地も違うし、共通の知人も見つかっていない……ただ」

玖島の言葉を引き受けるように、常磐が「身近な関係者が、妖人《ようじん》です」と言い切る。

土屋は、アパートを出て行った妻が妖人であり、一緒に暮らしていた美亜も妖人だ。

阿賀谷は、元交際相手の鈴木麗花が妖人で、彼女に金をせびっていた。

「身近に妖人がいる人なんて、それほど珍しくないと思いますけど」

脇坂の言葉に、常磐は「それだけじゃない」と今度は洗足を見た。

「両者とも、ここと……洗足家と関係があります」

洗足は腕組みをして黙ったまま、肯定も否定もしなかった。不服顔になったのは脇坂で、ずりっ、と膝行《しっこう》して常磐に近づく。

「土屋豊さんの件は関係といえるほどのものではありませんよ。マメくんが仲良くしていたのは、娘の美亜ちゃんで、事件にはなんの関わりもない。阿賀谷さんのほうも、そりゃ、麗花さんはここに来たんでしょうが、彼女の嫌疑は晴れました。被害者本人は、洗足家の誰とも知り合いなわけじゃない」

脇坂の言い分もわかるが、それでもやはり——ひっかかる。玖島としても、いやな感じが拭《ぬぐ》えないのだ。

「犯人の目的が、見えません」

玖島は洗足に告げた。ただパチン、と小さく扇子が鳴る。玖島にはそれが同意の徴《しるし》のようにも聞こえ、言葉を続ける。

「すぐ殺さず、まず眠らせたのはなぜか。なにか聞きたいことがあったのか？　あるいは恐怖を感じさせるためか？　口に小豆を詰める意味は？　犯行はいずれも日中か夕刻で、被害者の自宅。なのに目撃情報がほとんど出てこない。……なにもかも、不明瞭《ふめいりょう》で、ぼんやりしていて、非常に気持ちが悪い。不気味です。そのせいかはわかりませんが、どうしても……」

あの男を連想してしまう。

人を殺すことを楽しめる、あの男だ。人間の首を折るなど、鼻歌まじりにできるはずの男。すでにいくつもの事件の特別指名手配被疑者として追われているが、いまだ足取りは摑《つか》めていない。もはや海外に逃亡したのでは、と考える者もいるが……玖島はまだ国内に潜伏しているようと考える。おそらくは、東京にいるのではないか。

なぜなら、洗足伊織がここにいるからだ。

あの男が――青目甲斐児《あおめかいじ》が唯一執着する相手が、兄である洗足だからだ。異母兄弟であり、互いに唯一の肉親でもある。

「玖島さんのご懸念はもっともです」

洗足はふだんと変わらない口調のままだった。

「同じ手口のふたつの殺人事件に、多少ではあれ、この家が関わっている。となれば、青目の影を気にするのは当然でしょう。あたしも、奴が絶対に無関係だとは言い切れません。だが……」

パチン。またしても、扇子の音だ。洗足はいらついた時にもよく扇子を鳴らすと脇坂が言っていたが、考え事の時もそうなるようだ。囲碁や将棋の棋士が対局中に扇子をパチパチやるようなものか。

「だが、なんです？」

常磐が急いて聞く。洗足は常磐を見ずに、扇子を広げながら「どうも、しっくりこない」と返した。半分まで広げられた扇子は、すぐまた閉じられる。

「は？　しっくりくる殺人とは、なんなんです？」

「違いますよ、常磐さん。先生は、今回の事件が、青目の犯行としてはしっくりこないと仰《おっしゃ》ってるんです」

「まぐれ当たりでしょうが、脇坂くんの言うとおりです。言葉を選ばずに言うと、青目のやり方にしては……脚本の出来がよくない」

「脚本？」

聞き返した玖島に、洗足が頷《うなず》く。

「殺人事件をこんなふうに表すのは不謹慎でしょうが、奴は殺しそのものより、そのお膳立《ぜんだ》てに熱心なんですよ。まるで脚本を練るかのように、他者を操作し事件を起こす」

「口に小豆《あずき》を詰めるとか、いかにも劇場型犯罪的で、青目らしいと思いますが」

常磐の反論に洗足は「そうは思いませんね」と静かに答える。

「なぜです？　だって、現場に小豆を置けば、警察は弟子丸くんを疑う可能性が大きい。事実、そうなったわけでしょう？」

「ええ、Y対さんがうちに来ましたね。そしてあっというまにマメのアリバイは確定した。……そんな稚拙な罠《わな》を、あの男がはりますかね？」

逆に聞かれて、常磐が答に詰まっている。代わりに玖島が「先生」と洗足を見た。

「これが青目の犯行ならば、もっと練り込まれているはずだ、ということでしょうか」

「そんなところです。もっとも、これからそうなっていく可能性もあります。ですから青目が関わっている可能性は否定しません。ただ、青目に気を取られすぎて、もし無関係な犯人だった場合は、事件の解決が遅くなってしまう」

「はい。内々で捜査本部が立ち上がっていますが、捜査に偏りが生じないように尽力いたします」

玖島の真摯《しんし》な言葉は洗足にも届いたようだ。

扇子を畳の上に置くと、見とれてしまうほどの優美なお辞儀をし「重々、お気をつけて」と言ってくれた。玖島も慌ててガバリと頭を下げ「精進いたします」とやや力んで返した。理由はわからないのだが、なにやら頬が火照《ほて》ってきて困った。

結局、洗足の家を訪ねたことによる収穫はこれと言ってなかったことになる。

鈴木麗花が《口裂け女》ではないこと、そもそもそんな妖人はいないことは明白になったが、同時に彼女のアリバイもはっきりし、捜査としては一歩も進んでいない。

「いいなあ、玖島さんいいなあ。『重々、お気をつけて』だって。僕、あんなふうにねぎらってもらったことありませんよ。いいなあ。っていうか、ずるいなあ」

さっきから、脇坂がずっと同じ事を言っている。

玖島は内心で、「いいだろう、うらやましいだろう」と自慢しつつも口にはしない。

洗足に労《ねぎら》われ、なんだかとても嬉《うれ》しかったらしい自分についても、秘匿しなければ。

「まあ、あの先生も私の苦労については察してくれているということだ」

「僕だってそれなりに苦労してますよ？」

「苦労の質が違うんだよ。Y対が好き勝手に捜査できるのは、私が必死に上を説得してるからなんだぞ。……ストレスのせいか、最近抜け毛が多くて……」

抜け毛に関しては玖島なりの冗談だったわけだが、脇坂が真面目な顔で「あ、それは気がついてました」などと言うので、思わず頭頂部に手をやる。そろそろ育毛剤を買ったほうがいいのだろうか。

「……注文、しましょう」

しばらく黙っていた常磐が、やおら言った。

洗足家を出たあと、三人は本庁に戻る道すがら、蕎麦屋《そばや》に入ったのだ。ここで鱗田と待ち合わせをしている。玖島は初めて入った店だが、なんというか……昭和だ。ビルの谷間にこんな鄙《ひな》びた店が存在していることが、ちょっとした奇跡のようにも思える。奇跡などという言葉を使うと何やらよい響きだが、要するにかなりボロいということだ。品書きの紙もだいぶ黄ばんでいる。

「そうだな。注文しよう。脇坂、ここはなにがうまいんだ」

「冷やしきつねうどんがうまいらしいです」

「らしいってなんだよ」

「食べたことがないんです。二回くらいチャレンジしたんですけどね……」

「意味がわからない。チャレンジしてるなら食べてるだろ」

「注文すりゃあ、わかるよ」

背後から聞こえてきた声に振り返ると、いつものようにくたびれた表情の鱗田が立っていた。刑事コロンボよろしく、ヨレヨレのトレンチコートが似合いそうな鱗田だが、まだ新しい、なかなか洒落《しゃれ》たスプリングコートを着ている。

「……それ、脇坂に選んでもらったんですか？」

玖島がためらっていた質問を常磐がした。こういう時には便利な部下である。

「デパートに強制連行されたんだよ。せめてコートくらいちゃんとしたのを着ろってな……十二着も試着させられたぞ。死ぬかと思った。二度と行かん」

「え、コートみたいな大物を買う時は、それくらい試着しますよね？」

玖島と常磐は「しない」と即答し、脇坂が「ええ～」と素で驚いている。

「親爺《おやじ》さん、注文いいかい？」

どっこいしょ、と鱗田が脇坂の隣に座る。並んだ両名を見て、凸凹コンビというのはこういうことをいうのだなと玖島は思った。

「エ、なんにしまショ」

小柄で髪の薄い店主がやってきて、鱗田のためのお茶を追加で置く。玖島は冷やしきつねうどんを注文し、常磐は温かいきつねうどんを注文した。

「えーと、僕は天丼セットで、冷たいおそば。ウロさんは？」

「俺ァ、カレーどんぶり」

全員が注文を終えると、店主は「はいヨォ」と厨房《ちゅうぼう》に引っ込んでいく。中途半端な時間だからか、ほかの店員の姿はない。いわゆるワンオペである。

「ウロさん、カレーはカレー屋さんで食べればいいのに」

「蕎麦屋のカレーが好きなんだよ。……で、先生はどうでした」

洗足について聞かれ、玖島は「あの人、桜餅《さくらもち》を三個食べましたよ」と答える。結局玖島も桜餅に手をつけなかったので、洗足の胃に収まったのだ。

「鈴木麗花については、甲藤が洗足家に連れてきたことがあるそうで。でもまあ、結局彼女はシロでしたし……青目甲斐児の関わりについても、否定はしませんでしたが、しっくりこないと言ってましたね。奴の犯行にしては脚本が甘いと」

「血腥《ちなまぐさ》さも足りないなァ。被害者は両方男で、齧《かじ》られた痕跡《こんせき》もないし」

「ああ、そういえば、奴に耳を噛《か》みちぎられた被害者がいましたね。そういう性癖は理解できんな……」

「性癖というか」

鱗田はちらりと周囲を気にした。店主は厨房の奥で仕事をしているし、ほかに客は誰もいない。

「おやつなんだろ」

その返答に常磐が思いっきりしかめつらになり、脇坂も微妙な顔つきになった。もちろん青目の人肉嗜食《ししょく》については承知だが、食事前の話題としてはふさわしくない。

「いずれにしても情報量が少なすぎます。被疑者を青目に絞れる段階ではないですね」

脇坂の言葉に「だな」と鱗田がおしぼりで手を拭《ふ》く。それにしても、と首を傾げたのは常磐だ。長い顔が斜めになる。

「小豆の意味が、まったくわからない……」

「ですよね。小豆とぎ以外に思いつくものといえば……お市《いち》の方《かた》の小豆袋とか？」

「なんだ、それ」

知らなかったらしい常磐は、脇坂が「ほら、信長《のぶなが》の妹のお市の方が、浅井《あざい》の謀叛《むほん》を知らせたやつですよ」と説明する。歴史ドラマが好きな玖島は知っていたし、鱗田も小さく頷いている。

「陣中見舞いと称して、両端を結んだ小豆入りの袋を送ったんです。でも信長、小豆は嫌いだったらしくて、なんでこんなもの送って寄越したんだろうと考え……『あっ、袋のねずみ、という意味か』と妹の真意に気がつくんです」

「普通に、手紙とかにそう書けばいいのに」

「いやいや、お市の方は浅井に嫁いでいるので。つまりスパイ的行動だったわけですよ。

……わりと有名な歴史小ネタだと思いますけど」

「俺は理系なんだよ。玖島さん、二つの事件で使われた小豆は同じものですよね？」

「そうだ。もうとても食べれない古いものだったらしい」

「小豆《あずき》って乾物だろう？　食えなくなるのかい」

鱗田に聞かれ「いつかは食べれなくなるんじゃないですかね」と答える。小豆など調理したことないので玖島にはよくわからなかった。すると理系馬面の常磐が、「豆はタンパク質ですから、そりゃ、時間と共に変性しますよ」とやや自慢げに言い、続けて、

「しばらく、ひまわり食堂に監視をつけたほうがいいのでは」

と提案する。

「マメくんがボランティアをしている食堂ですか？　なぜ？」

脇坂に聞かれ、「半分は勘だが」と続けた。

「土屋美亜ちゃんは被害者から虐待を受けていた可能性が高い。しかも被害者と血が繋《つな》がっていない。……つまり、美亜ちゃんには被害者を恨む十分な理由がある。かといって、もちろんあれは小学生の犯行ではない。……だが、誰かがその子の代わりに土屋を殺したんだとしたら？」

「つまり、善意からの代理殺人かい」

鱗田が顎《あご》を掻《か》きながら言い、常磐は頷《うなず》く。

「食堂のスタッフは、美亜ちゃんのつらい環境を知っていた。弟子丸マメのアリバイははっきりしていますが、ほかの人たちも調べたほうがいいのでは。とくに、犯行日時シフトに入ってなかったスタッフは洗ってみる必要があると思います」

常磐の提案に、玖島は「調べてみるか」と呟《つぶや》いた。スタッフを疑うというよりも、シロであることの確認作業に近いが、なにか見えてくるものがあるかもしれない。

「でも、阿賀谷さんはひまわり食堂となんの関係もないですよ？」

「そこだなァ」

古い椅子をミシミシと鳴らして鱗田が身体を軽く揺する。

「二つの事件はどう見ても同一犯と考えられるのに、共通してる関係者が見つからない。ここが突破できりゃ、だいぶ進展するんだが」

「どうせ殺すのに、一度眠らせた理由はなんなんでしょう……？」

脇坂が前髪を弄《いじ》りながら考えている。

「話をする必要があった……と考えるのが自然ですよね。となると、睡眠薬の効用が切れるまで、犯人はじっと待っていたことになる。なんか、辛抱強いなあ。力任せに殴り倒して、縛り上げてもいいのに」

「そしたら叫ばれるだろ」

「刃物で脅すとか、声を出させない方法はいろいろあると思いますよ？」

「睡眠薬をどうやって飲ませるか、って問題もあるしな……」

呟いたのは鱗田だ。

「コーヒーだの紅茶だのに混ぜたわけでもなさそうです。現場には、そういった形跡はなく、少し水の入ったコップが残っていて、ただし睡眠薬成分は未検出」

玖島の言葉に、鱗田も「そこなんだよ」とウーンと唸《うな》る。

知人の犯行だとすると、被害者とともにお茶なり酒なりを飲む状況もありえるだろう。

その時点で、睡眠薬を相手の飲み物に入れることは可能だ。だが、ふたつの殺人現場に
……厳密にいうと、殺人事件の起こった部屋のシンクに残っていたのは、底の方に少し
水道水の残ったコップだけである。

ちょうどそこで、丼《どんぶり》の載った盆を両手に持った店主がやってきた。

「はい〜、きつねの冷たいのと温かいの〜」

玖島と常磐の前にうどんが置かれる。だしの色が予想より薄く、いい香りがしていた。

「……殺される直前、なんらかのやりとりがあったのは間違いないと思うんだが」

ぼそりと鱗田が言い、玖島のうどんをじっと見つめた。

「なんです？」

「……あってるのか……」

「はい？」

店主がまたやってきて、鱗田と脇坂の前にそれぞれ品物を置いた。

「あれ？　ウロさんカレーうどんでしたっけ？」

玖島が聞くと、なにやら悔しそうな顔で「いや、カレーどんぶりだ」と答える。その
隣で脇坂も「ああ……おそばがホット……」と身悶《みもだ》えていた。そういえば脇坂は天丼と
冷たいそばのセットだったような気がする。オーダーの勘違いがあったらしい。

「釈然としないな。なんでそっちのふたりはあってるんだ。冷たいきつねうどんと、温かいきつねうどん……」

「……あっ、わかった。僕わかっちゃいましたよ、ウロさん。本当はこっちも間違ってるんですよ。でも冷たいうどんが温かくなって、温かいうどんが冷たくなったから、結果オーライになっちゃってるだけなんですよ……！」

「……むっ。それか」

「くうっ、その手があったなんて……！」

なにやら苦悩している凸凹コンビを見ながら、玖島は割り箸《ばし》を取る。昼も抜き、桜餅も食べていないので、かなり腹が減っていたのだ。きつねうどんは、甘めの揚げがなかなかうまい。常磐も掃除機みたいな勢いでうどんを啜《すす》り始めた。

「合ってないのに、合ってるなんて……！」

「脇坂、俺たちも次回はあの手でいくぞ」

「うう……了解です」

ふたりがなにを言ってるのかはよくわからないが、脇坂と鱗田がいいコンビになりつつあるのは確かなようだ。まったく似ていないのに、うまくやっている。

自分と常磐はどうなるのだろうと考えながら、二枚目の揚げを箸《はし》で折り畳む。なかよしこよしになりたいわけではなく、事件解決の実績を挙げられるコンビになれるか、という話だ。

――話をする必要があった……と考えるのが自然ですよね。

今さっき脇坂が言った言葉が、妙にひっかかっている。

青目もまた、被害者との対話を好む。相手が怖がるのを見るのが楽しいのかもしれない。あるいは、それを楽しむ自分を、兄である洗足にアピールしたいのか。

では、今回の犯人は？　死を目の前にした被害者になにを話したかったのだ？　あるいは、なにを聞かせたかった？　そもそも、彼らが殺されなければならなかった理由は？　そして、今なにより一番知りたいのは――。

事件はまだ続くのか？

三人目の犠牲者が出るのか？

それを阻止するため、自分はなにをするべきなのか？

「玖島さん。揚げ食べないなら、もらいますけど」

思考に集中していたところで常磐にそう言われ、玖島は慌てて揚げを口の中に押し込んだのだった。

※

思うに、お見合いなるシステムはよくできている。結婚の目的が、新しい家族という社会の一単位を作ることであるならば、ある程度若いうちに誰かの紹介で知り合ってしまったほうがいい。恋愛結婚を否定するつもりはないし、どちらが楽しいかと言われればそれは恋愛結婚だろう。ただし恋愛は長く続かない運命にあり、結婚というのはつまり継続だ。恋愛と結婚は、もともと相性がよくないのだ。

私はお見合いで結婚した。

早くはなかった。私は仕事を持っていたので、当時としては遅めだった。相手は一回りも年上で、そのぶんしっかりした、男らしい人に見えた。紹介してくれた仲人《なこうど》さんは「とても真面目で誠実な人だ」と言っていた。その言葉は間違っていなかったけれど、真面目というのは堅苦しいということであるし、誠実というのは誰に対して、あるいはなにに対して誠実なのかが問題だ。

私の夫は、自分の所属している会社に対して誠実だった。

それはたぶんいいことなのだろう。夫は、彼の学歴としてはかなり出世したし、上司からも信頼を得ていた。時には自分の休日を削り、骨身を惜しまず会社に尽くした。

私の役割は家を守ることだった。そして子供を育てることだった。

せっかく手にした仕事だからと、渋る夫に懇願し、結婚後もしばらくは働いていた。けれど妊娠してからは、そうはいかなかった。大きな腹を抱えてまで働くなんて、俺の甲斐性《かいしよう》がないようで格好がつかない。夫はそう言い切った。安定期に入った健康な妊婦にとって、ある程度の運動はむしろ好ましいのだと、何度説明しても無駄だった。たぶん夫にとって、そういった医学知識を理解することより、社会的な体裁の方がずっと大事だったのだ。

夫は決して頭の悪い人ではなかったが、自分が理解しないと決めたことに対しては、見事なまでに思考停止した。

子育ては女の役割であり、夫が理解する必要のないことのひとつだった。最初の息子は夜泣きが多く、育てにくい子供だった。夜起こされると夫はひどく不機嫌になるので、私は子供をおぶって、アパートの前をうろうろと歩いた。そのせいで睡眠不足になったのだが、夫は「おまえはいくらでも昼寝できるだろう」と取り合ってくれなかった。彼の中で子供は、母親が眠い時にはおとなしくしてくれる生き物だったらしい。

息子が少し大きくなると夫は優しい父親になった。

私がびっくりするほど、優しかった。優しいというのは、つまり叱らないのだ。相変わらず仕事が忙しかったので、子供と顔を合わせる時間は短かった。その間ぐらい、子供に好かれていたかったのだろう。夫は子供を甘やかし、子供がわがままを言うと「お母さんに怒られるぞ」と窘《たしな》めた。

そして公共の場所で子供が騒いだ時には「もっとちゃんと躾《しつ》けないと、周りに迷惑だろうが」と私を叱った。

……こんなふうに書き連ねていると、夫の悪い部分ばかりが浮き彫りになっていくが、彼は決して悪人ではなかった。あの当時どこにでもいた、仕事人間の父親にすぎない。私も二人目を産む頃にはかなり図太くなってきて、夫の言葉など右から左へ流せるようになった。最初の頃のように、自分は愛されていないのではないかと、子供をおぶったまま泣いたりはしなくなった。

手狭だったアパートから、団地に引っ越すことになった。

新街区と呼ばれたそこは、神様が新品の白い消しゴムをたくさん並べたような、団地ばかりがずらずらと建つ新興住宅地だった。私と同じような家族構成の人たちがたくさんいて、友人もできた。団地の中には綺麗《きれい》な芝生もあって、シロツメクサがたくさん生えていた。下の息子と花かんむりを作ったことは今でも覚えている。小さな手が、一生懸命に私の真似をしていた。

あの団地は今でもあるのだろうか。

あったとしてもずいぶん古くなったことだろう。

七

「……というわけで、藪蛇庵《やぶへびあん》の醍醐味《だいごみ》を、玖島さんと常磐さんに伝えられなかったんですよ。ちゃんと注文通りの品が来ちゃったものですから」

「注文通りにくるのは普通でしょうが」

「そこが普通じゃないのが藪蛇庵の楽しいところです。スリルとサスペンスです」

「単に、店主の記憶力に問題がある蕎麦屋《そばや》じゃないか。もっとも、きみの記憶力もだいぶあやしいようですがね……。脇坂くん、きみは昨日も我が家に来たんだが、覚えてないのかい？」

「いえ、覚えてます。昨日こちらにお邪魔して、それから藪蛇庵に行ったんです」

「おや。覚えているにもかかわらず二日連続で来たわけだね。ということは問題があるのはきみの記憶力ではなく、その図々《ずうずう》しさのほうというわけか」

嫌みたっぷりに微笑まれたが、この程度で挫《くじ》ける脇坂ではない。

「昨日は仕事で、今日はプライベートですから！」

負けじと笑って返すと、右眼だけでジロリと睨《にら》んだ洗足が、

「うちの敷居も低くなったもんだ」と、苦々しく言った。今日はちょっと珍しく、モダンな雰囲気の着物で三和土《たたき》に立っている。アンティークっぽい柄は銘仙だろうか。ブルジュ・ハリファか洗足家かというくらいで」

「いえいえ、いまだ高いです。ブルジュ・ハリファか洗足家かというくらいで」

「黙んなさい。そしてそこをどきなさい。草履を出すんだから」

「あっ、おでかけですか？　もしや、ひまわり食堂へ？　だとしたら僕もお供します」

「結構です。きみにお供してもらうぐらいなら、犬や猿や雉《きじ》のほうがだいぶましだ」

「そうおっしゃらず。僕はきびだんごを要求しませんよ？　それに、実はマメくんから連絡をもらって。ひまわり食堂で正式にアルバイトすることになったそうですね！」

　紺足袋《たび》の足を草履に入れながら「それで来たなら、直接ひまわり食堂へ行ったらいいだろう」と、どこか面白くなさそうに言う。

「僕もそうしようかなと思ってたんですが、マメくんに、先生を連れてきて欲しいと頼まれまして。先生、まだ一度もひまわり食堂にいらしてないそうじゃないですか。マメくんいわく、『僕が働いてるところを見ると、きっと先生は心配しすぎて、ヒヤヒヤしちゃうんだと思う』と」

「…………」

「『でも、それはある意味、僕を信じてないことにもなっちゃうわけで、それを僕に悟られて、傷つけたくないっていうのもあるかも』……とも言ってました。マメくんて、ちゃんとわかってるんですよね。えらいなあ」

「……………あたしはまた別の日に行くとしよう。脇坂くん、きみは好きにしなさい」

「あっ。だめですよ、先生。それマメくんが一番恐れてる展開です。ちゃんと聞いてください ね。マメくんが一番言いたかったのはここだと思います」

――僕は確かにまだ未熟で、ほかのスタッフに注意されることも多いけれど、そうやって少しずつできるようになっていくんだと思うし、頑張っていくつもりだし、頑張っているところを一番見て欲しいのは、誰よりも先生なんです。先生のおかげで、僕は今こうしているんだから。

「だ、そうです」

「……………なんとも、ショックだね……」

靴箱に片手を置いたまま、洗足がため息交じりに言った。

「どうしてです？　マメくんは先生に本当に感謝して……」

「マメのことではないよ。あの子はもともと、人に対してとても気遣いのできる子だ。食器はしょっちゅう割ってしまうが、そんなことはささいな問題にすぎない。あたしがショックだったのは、きみに『ちゃんと聞いてくださいね』などと言われたことですよ。ちゃんと聞いてくださいですって？　きみがこのあたしに？」

「あっ、いや、それは口が滑ったというか、言葉のあやというか……」

「しかも、本当にちゃんと聞くべき話だったというところが……ますますショックだ。

ショックというか、釈然としない。地面から雨が降ってきたらこんな気分なんじゃないですかね。まったくもう……ほら、早く出なさいよ。鍵《かぎ》かけるんだから」

なにやらおかんむりではあるが、出かける気にはなったらしい。脇坂の背中を突きながら自分も玄関の外に出て、引き戸に鍵をかける。

「夷さんはご一緒じゃないんですか」

「別件で出かけてます。……言っておきますが、きみが迎えに来なくてもあたしは行くつもりでしたよ？」

「はい。一瞬行って、影からちょっとだけ見守る感じで、すぐ帰っちゃうおつもりだったんですよね？　マメくんはそれも予想してて、僕に一緒に来てほしいと」

「…………」

洗足は舌打ちしそうな顔をしていたが、さすがにそんな下品な真似はせず、いつもより早足で歩く。脇坂は少し後ろをついていった。

鱗田もいて、三人で歩くことは今までにもあったが、洗足とふたりだけという機会はなかなかレアだ。歩調をやや緩め、距離を取ると背中全体が見やすくなる。真っ直ぐだけれども、頑《かたく》なさのない背中は、百合やカラーの茎を思わせた。上体に無駄な揺れのない、美しい歩き姿。足音も静かなものだ。脇坂が以前和装した時、草履で歩くとどうしてもパタパタと音がしてしまったのだが、なぜか洗足はそうならない。歩き方にもコツがあるのかもしれないが、聞くのは今度にしよう。

距離をもとに戻す。洗足の、少しだけ後ろに。

すぐそこにある黒髪が揺れて、着物に焚《た》きしめた香の香りが届く。

昨日は春だというのに冷え込んだ一日だったが、今日はだいぶ暖かい。空はふんわりした青で、飛行機雲のラインが二本たなびいていた。こぢんまりした公園の入り口に大きな桜があって、二、三分の咲き加減だ。あと数日で四月だが、東京の桜は満開までしばらくかかるらしい。

ちょうど、脇坂の目線近くで、幹からポコンと開いた花があった。

「へえ……幹にも咲くんだなあ」

独り言程度の呟《つぶや》きだったのだが、洗足は振り返らないまま「胴吹き桜ですよ」と教えてくれた。

「どうぶき？」

「幹を胴体に喩《たと》えたんでしょう。胴吹きは老木に多いようです」

「なるほど。人間でいうとウエストとか背中からぽこっと咲いてる感じですかね」

「人間に花は咲かないよ」

「先生の背中から桜が咲いてても、あんまり驚かない気がします」

「あたしはびっくりします」

「先生、桜はお好きですか？」

とくに意図のない問いだったのだが、洗足は一瞬、返事をためらったように見えた。

見えたといっても、後ろ姿だけなのではっきりはわからない。

「……綺麗《きれい》すぎる、と思うね」

珍しく曖昧《あいまい》な返事だった。桜が好きか、という問いかけの回答になっていない。あえてそう答えたのだろうから、好きか嫌いかは言いたくない、あるいはわからない、ということなのだろう。

「僕は好きです。春の桜、夏の向日葵《ひまわり》、秋の紅葉に冬のモミの木」

「子供の絵日記のような屈託のなさだが、悪くない」

「桜が終わると、先生のお庭に花海棠《はなかいどう》が咲きますね」

「ああ」

「去年の春は、先生ずっと風邪ひいてましたよねえ」

「きみは脇腹を刺されてた」

「そうでした。痛かったなあ、アハハ」

洗足がちらりと振り返り「笑うところですかね」と呆《あき》れて言った。もちろん他人の怪我では笑えないが、自分のかすり傷だし、しかももう治っている。昔痛くても、今痛くないならば問題ない。身体の傷はそういうものだけれど……心の傷は何度でも痛むから厄介だ。

「そういえば先生、脚はすっかりいいんですか？」

「脚？」

「年末、杖《つえ》を使ってらしたでしょう？　お正月のご挨拶《あいさつ》の時も、ちょっと動くのがつらそうでしたし」

何度も、どうしたのかと聞こうと思ったのだが、機を逸してしまったのだ。

「……………ああ。もうなんともないよ。で、マメはバイトについて、きみになにか言ってなかったかい。心配事だとか」

「あ。はい。えーと、今までとやることは変わらないけど、お金をもらう以上責任があるから緊張する、ってメールにありました。でも、マメくんなら大丈夫ですよ」

洗足から返事はないが、纏《まと》う空気に険はない。おそらく、マメを一番心配し、同時に信じているのは洗足なのだ。マメの中に棲《す》んでいた、もうひとりの彼すらも含めて。

徒歩だと距離があるので、少しだけバスを使って向かう。ふだん、マメはひまわり食堂に自転車で通っているそうだ。バス停からは、歩いてほんの二分足らずだ。

開店の三十分前ならば、ほぼすべての支度が終わって落ち着いている頃だとマメから聞いていた。洗足に「ほら、露払い」と促され、脇坂が先に中に入る。

「こんにちは。お邪魔します」

「脇坂さん、来てくれたんですね。……先生！」

脇坂の後ろにいる洗足を見つけたときのマメの顔ときたら、小学生の男の子が授業参観で、母親を見つけたときのような笑顔だった。最近ずいぶん大人っぽくなってきたが、こんな様子は以前のマメのままで微笑ましい。

「先生、こちらにいらしてください。皆さんに紹介します。脇坂さんも！」

何人かのスタッフが輪になって、洗足と脇坂を迎え入れてくれた。洗足は丁寧に名乗ってから、「マメをよろしくお願いいたします。至らないところは叱ってやってくださ い」と皆に頭を下げた。その隣で、マメも改めて仕事仲間たちに礼をしている。

「心配ご無用ですよ。マメくんの働きぶりはもうよくわかってます。……お皿洗いが苦手なのも、ね」

NPOの代表だという男性スタッフが、マメに目配せして笑う。マメが慌てて「す、すみません」と返したので、どうやら最近もなにか割ってしまったらしい。

「ごめんごめん、冗談。マメくんのデザートは好評ですから、正式に働いていただけるのは、こちらもとてもありがたいです」

「先生、僕、皆さんにご迷惑おかけしないように頑張ります！」

「そうだね。頑張りなさい」

洗足に優しく励まされ、マメは本当に嬉《うれ》しそうだ。

働くって、嬉しいことなんだなあと脇坂は思う。いや、働くことというより、誰かに必要とされること……承認欲求、というやつだろうか。この欲求は金銭欲などよりよほど強い、と聞いたことがある。たしかに、どれほどの金持ちになったとしても、誰からも認められない存在では悲しすぎだ。脇坂にしても、もし警察官という仕事が、誰からも認められず、評価されず、感謝されないのだとしたら……果たして、選んだだろうか。

「脇坂さん、定食、召し上がってくださいね」

「もちろん」

マメに促されて、店内の奥、カウンター席に洗足と並んで腰かけた。今日の定食はそぼろ丼に、わかめときゅうりの酢のもの、お吸いものに、マメの作った桜きんつばだ。素朴で家庭的な味つけはとても美味《おい》しく、脇坂も洗足も当然ながら完食した。

デザートの桜きんつばを食べる頃、ひまわり食堂は開店の時間になる。

あっという間に満席になり、脇坂は「すごいねえ」と感心しつつ、カウンターの中のマメを見る。

「でしょう？　早めの時間帯はお年寄りが多いですね。もうしばらくすると子供連れのお母さんたちだとか」

なるほど、高齢者の姿が目立つ。ひとりで来た人も、顔見知りを見つけて相席したりしている。食堂であり、同時に地域のコミュニティーとして成り立っているのだ。

再び扉が開いて、三十代とおぼしき女性が店の中に入ってきた。高齢の女性を伴っており、彼女と一緒にゆっくりカウンターに向かって歩いてきた。

「晴香さん、五百木さん」

マメがふたりに笑顔を向けた。

「先生、お話ししたことありますよね。料理が上手な晴香さんと、常連の五百木さんです。ほら、僕のきんつばをすごく褒めてくださった……」

「ああ、こちらが」

洗足はカウンター席を立ち、五百木と呼ばれたおばあさんに席を譲る。

「マメがいつもお世話になっています」

「あ、先生。五百木さんは耳が遠いので、あんまり聞こえないかも」

マメはそう言ったが、挨拶されたことは雰囲気でわかるのだろう。五百木がニコニコと笑いながら、お辞儀を返す。それからマメはふと思い出したように、晴香という女性のほうを見て「あれ？　今日シフト入ってませんよね？」と小首を傾げた。

「うん、そうなの。でも……マメくんの先生がいらっしゃるって聞いて……」

晴香は遠慮がちに言いながら、洗足に向かって頭を下げる。

「こちらで調理を手伝っている、晴香と申します。マメくんから先生のことをお伺いして……あの、もしお時間があればなのですが、相談に乗っていただければと……」

自分の中の戸惑いを振り切りながら言葉にしている、そんな雰囲気だった。

洗足は晴香をしばらくじっと見ていたが「構いませんよ」と答える。洗足に相談したいと言うこと、そして洗足がそれを受け入れたこと——以上のふたつから、晴香が妖人《ようじん》なのだろうと脇坂は察した。

「あたしの時間はありますが、ここはほぼ満席ですから、場所を変えたほうがいいね」

「あ、事務所が一応……うーん、でも狭すぎるかも」

事務所というよりパソコン置き場で、とても狭いのだとマメが説明する。

それでは駅の近くまで行って喫茶店なりを探そうか……という話になった時、五百木がそっと晴香の袖《そで》を引っ張った。彼女の耳の近くで、なにか言ったようだ。

「え、五百木さんのお宅？　確かにここから近いけど……ご迷惑じゃないんですか」

どうやら自分の家を使ってくれと言っているらしい。ちっとも迷惑ではないと言うように、微笑みながら首を横に振る。

「だけど、ご病気のご主人が……あっ。すみません」

晴香が自分の口を手で押さえ、しまった、という顔をした。

「……先月……お亡くなりになったんですよね。ごめんなさい、私ったら……」

五百木は笑みを絶やさないまま、気にしないでいいから、というように首を横に振る。洒落《しゃれ》たシフォンのスカーフがふわりと揺れた。

「たしかに五百木さんのお宅なら、私も周りを気にしないですみますけど……」

「では、お言葉に甘えることにしましょう」

決断を下したのは洗足だった。さらには意外なことに、「脇坂くん、きみも来なさい」と言い出す。

「え」

脇坂はびっくりしたが、晴香も戸惑っているようだ。それはそうだろう、妖人としての相談ということはプライベートな話である可能性が高い。そこにまったく関係ない脇坂がいては、話しにくいに決まっている。

「この男は脇坂洋二といい、不本意ながら私に縁のあるものです。浅慮だったり、軽薄だったり、馬鹿だったりすることもありますが、信用はできます」

みっつ貶《けな》されて、ひとつ褒められた感じだが、そのひとつが非常に大きかったので脇坂としては嬉しかった。マメも「脇坂さんは大丈夫ですよ」とお墨付きをくれ、脇坂自身も晴香に向かって姿勢を正し、「はい、たまに馬鹿ですが、お話を漏らすようなことはいたしません」と約束する。最初はポカンとしていた晴香だが、やがてプッと小さく噴き出し、「それでは脇坂さんもご一緒に」と同意してくれる。

マメとスタッフに美味しい食事の礼を告げ、ひまわり食堂を出る。

五百木の歩調にあわせてゆっくり進みながら、改めて晴香に自己紹介をした。名前と年齢、職業についてはどうしようかと思ったが「警察官です」とだけ言っておく。その職務を通じ、洗足と知り合ったことも伝えた。

「警察の方なんですか。あまりそう見えませんね……あ、悪い意味ではなく」

「あはは。よく言われます。ケーキの美味しいカフェでフロア係やってそう、とか」

「ギャルソンエプロン似合いそうです」

「似合うと思います！」

元気よく肯定したら、また笑われてしまった。五百木はずっとニコニコしていて、洗足は黙って歩いている。

十分ほどで五百木の住む、木造二階建ての家に到着した。

洗足家ほどではないが、結構古そうだ。だが玄関前の段差は、あとから解消されているようで、改修があったんだなとわかる。中に入ると、靴箱の上に大きなだるまが飾ってあった。本当に大きく、脇坂でも抱えて持つことになりそうなサイズだ。これもまた古く、所々塗料が剝《は》がれていて、昭和感を醸し出している。

五百木に手招かれ、茶の間に通された。

畳の上にホットカーペット、その上に座卓という六畳間はすっきり片づいていた。綺《き》麗《れい》好きな人らしい。家財は古いが丁寧に手入れされていたものが多く、埃（ほこり）っぽさはまったくない。茶の間に続いているキッチンは新しい設備が入っているようなので、やはり何年か前にリフォームしたのだろう。薄型のテレビと、電話機も……あれは確か、詐欺の電話を防止できる機能がついている最新型だ。お年寄りの家では役立つ。

「五百木さん、今はおひとりで暮らしてるんですか？」

玄関の表札には、五百木義徳《よしのり》とあった。さきほど晴香が言っていた、先月亡くなったという旦那《だんな》さんだろう。

「息子さんがふたりいらっしゃるんだけど、それぞれ独立されているそうです。五百木さん、ずっとひとりで献身的に旦那さんを介護してらして」

晴香はそう説明してから、茶の間の一角にある小さな仏壇を見て「お線香をあげてもいいですか？」と五百木に聞いた。五百木が丁寧に頭を下げて感謝の意を表してから、仏壇のろうそくに火をともした。

脇坂と洗足も、焼香させてもらう。遺影はなかった。亡くなったばかりだし、写真を見るのが辛《つら》いのかもしれない。焼香がすむと、晴香と洗足、そして脇坂は座卓を囲み、五百木がお茶を持ってきてくれる。添えられている菓子は……。

「あ、きんつば。五百木さん、本当にお好きなのねえ」

微笑んで晴香が言う。

「きんつばは、五百木さんの思い出の味なんですって。ご主人との思い出かしら」

晴香の言葉が聞こえたのかどうかわからないが、五百木は穏やかな目のまま、話の邪魔にならないように隅のほうに座った。まずはみんなでありがたく、きんつばをいただいた。さっきひまわり食堂で食べたのも、きんつばだ。かなり小さめのサイズだったので、脇坂としては二個目でも余裕である。

「……深川《ふかがわ》の『花井《はない》』」

黒文字を使いながら、言ったのは洗足だ。

「すごいですね先生。食べただけでお店がわかるんですか、利き酒ならぬ利ききんつばですか！」

「きみの目玉は足の裏についてるんですか？　そこに包み紙があるだろう」

「あ。ほんとだ」

「いただいたのは、あたしも初めてだよ。老舗《しにせ》なんでしょうかね。とても美味しい。マメに教えてあげなければ」

「へえ、きんつばってこう書くんですねえ。金鍔《きんつば》……鍔って、刀の、あの鍔なのかな」

そんなことを話しながらきんつばを食べ終わると、晴香が居住まいを正した。

「お借りしている場所ですし……単刀直入に申し上げます」

そんなふうに、切り出す。

「私、自分の妖人属性について悩んでいるのです」

妖人属性についての悩み……鈴木麗花と同じだ。

「洗足先生もご存じのように、ひまわり食堂では、自分が妖人であることを隠す必要はありません。ですから私もみなさんに打ち明けています。妖人ではありますが……属性はわかりません。属性のない妖人もたくさんいるそうだし、自分もそういうひとりなのだと思っていました。でも……」

「今は、自分が特殊な妖人なのではと思っている？」

「……はい」

「つまり、身体的、あるいは精神的になにかしら特性が現れたわけですね？」

晴香は少しためらい「私に特性が現れたというか……」と一度言葉を止めた。それから五百木と目を合わせる。五百木は晴香を励ますように小さく頷《うなず》いた。晴香の悩みを五百木はすでに知っているらしい。

「私の身近な人が、すごく変わってしまったのです。その人は妖人ではないので……もしや、私の影響なのではと……」

「ご自分に変化はないと？」

「たぶん……」

洗足は「ふむ」と頷き、いい香りのしている玄米茶を一口飲んだ。美味《おい》しいですね、と五百木に言う。口の動きである程度わかるのだろう、五百木が会釈を返した。

「具体的に、どんな変化があったのか教えていただけますかね」

「この数か月……半年くらい、でしょうか。その人の様子がおかしくて……ひどい……んです。私に対して」

それはいったい誰なのか、なにがどうひどいのか、と嘴《くちばし》を容《い》れたくなった脇坂だが、そこは我慢して自分もお茶を啜《すす》った。他人に自分の悩みを説明するというのは、なかなか難しいものだ。周りが急《せ》かすと、正確な情報が得られなくなる場合もある。

「暴力ではありません。手を上げられたりはなくて……たまに、テーブルを叩《たた》いたり、ドアを乱暴に閉めたりはあって……あ、でもその程度はどこのおたくでもあることなんでしょうけれど……」

「そうなんですかね。あたしはしませんが」

洗足が言い、脇坂に「きみはどうだい」と聞いた。

「僕もしませんね。でもまあ、短気な人はそうなのかなあ」

答えながら、ああ、旦那さんのことなんだなと察する。

「その人は短気ではなくて……なかった、というか……とても優しい人だったんです。

最初のうちは、なんだかちょっとイライラしていることが増えたなという程度だったんです。でもそのうち、私に対する言葉もきつくなって。……でも、殺すとか死ねとか、そういう暴言とも違っていて……怒鳴るという感じより問い詰めるみたいな……ある部分では理屈が通ってるんだけど、でもそうじゃない部分もあったりして、まるで私を傷つけるために喋《しゃべ》ってるっていうか、怒ってる……？　そんな雰囲気で……」

懸命に言葉を探す晴香だが、自分の言葉にあまり自信が持てないらしく、時々語尾が上がったりと、イントネーションが安定しない。

「考えすぎなのかもしれないんですけれど……そんな大げさなことじゃなくて……もしかしたら、どの家でもそうっていうか、男の人なら、みんなああいうこと言ったりするのかな……」

次第に小さくなる声に、洗足は「男女は関係ありませんよ」と諭す。

「人は時に、言うべきではないことを口走るものです。一時的なものならば気にする必要はないでしょう。ですが、繰り返され、頻度が高くなっているようでしたら問題です。あなたが彼の言葉に深く傷ついている以上、それは言葉の暴力なのですから」

「言葉の……暴力」

「言葉は、他者の内面を殴りつける武器にもなり得ます」

洗足が言うと、晴香が唇をきゅっと引き結んだ。心を殴られた痛みを思い出したのだろうか、目が充血してきたけれど涙はこらえていた。

「もともと優しかった人が短期間で変わったということであれば、なにか大きなストレスがかかった可能性もあるでしょうね。過度なストレスの渦中にいると、自身をコントロールするのが難しくなり、誰かに当たり散らしてしまう。だとしたら、専門家に相談すべきだと思いますが」

「でも、彼が変わってしまった原因が私なら……」

「他者を一時的に操るならともかく、性格そのものを変えてしまう妖人《ようじん》というのはいません。……もっとも、妖人であろうとなかろうと、人は誰かしらの影響を受けて変わっていくものだとも言えます」

「だけど、彼が変わったのと、太り始めたのが同じ頃で……」

「……はい？」

洗足は晴香の言う意味がわからなかったようだ。脇坂も同じくさっぱりわからない。なぜいきなり太る話が出てくるのだろうか。

「男を太らせる妖人……いますよね？」

晴香は早口になり、洗足はやや戸惑った様子で脇坂を見た。

「か、《河女》です」

かわおなご……そんな妖人いただろうか。

妖人台帳でも見たことがあるような、ないような……もっともあの台帳は自己申告なので、あてにならないのだ。

洗足は三秒ほど目を閉じ、なにか考えていたようだが、やがて片方だけの瞳《ひとみ》を見開いて「青森あたりに、そんな妖怪《ようかい》がいたような」と口にした。

「うーん、いましたかね？」

「さっさと調べなさいよ。なんのためにスマホ持ってんだい」

「あ、そうでした。んーと……ああ、ありました。妖怪、河女。えー、青森県、旧浪岡町に伝わる妖怪。川の土手に美女の姿で現れて男に声をかけ、取り憑《つ》く。取り憑かれた男は急に大食漢になり、おひつの飯を食い尽くすようになる。また、憑かれた男は精神に異常をきたすそうである……」

「それ……です」

晴香が震えるようにうなずく。

「あの人も……太り始めて……それから精神的にも……。きっと私が《河女》だから、あの人はあんなふうに……」

いやあ、と脇坂はスマホをポケットの中に戻す。

「その方が太ったのは晴香さんのお料理が上手だからじゃないですか？　マメくんいつもすごく褒めてますし」

「私は《河女》だから料理が上手《うま》いのかもしれません」

「ないと思うけどなあ。だって、これ、妖怪であって妖人じゃないし。先生、《河女》という妖人は存在するんですか？」

「いないね」

あっさり答えた洗足に、晴香は目を見開いて、「でも」と言いかけた。

「私が妖人で、《河女》だから……それで彼は、夫は……」

「いいえ。違います。あなたは《河女》ではなく、そもそもそんな妖人は存在せず、ご主人の言葉の暴力にはなにか別の原因があるんです。……ひとつ伺いますが、ご主人と摑《つか》み合いの喧嘩《けんか》をしたことがありますか？」

「え……っ、摑み合い？」

「晴香さんのほうがカッとして、ご主人に手を上げたくなったことは？」

「そんな、まさか……。ひどいことを言われて、腹が立つこともありますが……いつも怒りより悲しみが大きくて、手を上げる気力などとても……」

「そうですか」

洗足は晴香をじっと見つめながら「いずれにしても」と続けた。

「あなたは《河女》ではない。一応、警察にも協力している立場のあたしが保証します」

「違うの……ですか……」

自分が他者にネガティブな影響を及ぼす妖人ではない——そう断言してもらえたというのに晴香はむしろ落胆したような表情だった。五百木がそっと晴香に近づき、優しく背中を撫《な》でる。

「晴香さん」

洗足がやや厳しい声を出し、うなだれていた晴香が顔を上げる。

「困難の原因を、自分の力ではどうしようもないものにすり替えてはいけません。あなたは自分が《河女》である可能性に怯《おび》えながらも、もしそうならば、どうしようもない、諦《あきら》めるしかないと、心のどこかで思っていませんでしたか？」

「そんなことは……」

ない、と晴香は言い切れないまま、再び俯《うつむ》く。五百木の痩《や》せた手が、その肩を包んで慰める。

「あなたを責めるつもりはありませんよ。人は誰しも、辛《つら》く困難な状況から逃げたくなるものです。その状況に真正面から向き合い、解決しようとするより、諦めて逃げるほうがずっと簡単ですからね。実際、逃げたほうがいい状況も多くある。けれどもし……あなたがご主人を大事に思っているのなら、逃げれば後悔することになります」

「あの人を……嫌いになったわけじゃないんです。まだ好きだから、辛いんです……」

「ならば、問題に立ち向かうしかありません。まずはあなた自身の辛い気持ちを専門家に打ち明け、解決手段を模索しなければ。……脇坂くん」

「はい」

「相談ができる窓口を紹介してあげなさい」

「わかりました。晴香さん大丈夫です。僕もお手伝いします」

脇坂はあえて明るく言い、同行させられた理由を悟る。

五百木も微笑んで、励ますように晴香の肩をぽんぽんと叩《たた》く。たぶん、夫自身がカウンセリングに赴き、暴言を吐いてしまう原因と向き合うことが必要だろう。けれど、いきなりそんな提案を持ちかけると、相手が逆上し、事態が悪化する可能性も否めない。そのへんはケースバイケースなので、専門家に話を聞くのが得策だ。長い道程になるかもしれないが、すべては一歩を踏み出すところから始まる。

人は弱い。

まだ刑事になってやっと三年ではあるが、その間で脇坂がもっとも実感したのが人間の脆弱《ぜいじゃく》さだった。欺瞞《ぎまん》も暴力も犯罪も、根本にあるのは人の弱さだ。他者に向かうネガティブだけではない。人間の弱さが最初に蝕《むしば》むのは、自分自身だろうと脇坂は思う。そうやって蝕まれてしまった人が、誰かを傷つけようとするのではないか。

けれど同時に、人の優しさもやはり、弱さと結びついている。

弱者を労《いたわ》れるのは、その弱さを理解できる人だけだろう。そう考えると、人が弱いのはいいことなのか悪いことなのか、よくわからなくなってくる。

「お邪魔しました。五百木さん、きんつば美味しかったです」

帰り際、玄関口で脇坂が言うと、五百木はニコニコして（またね）という形に唇を動かした。

帰っていく三人を、五百木はいつまでも見送っていてくれた。

八

「……どうしました、この桜」

ふわりと湿気を纏《まと》った伊織に聞かれ、「いただいたんですよ」と芳彦は答える。

「田中《たなか》さんのご隠居に。いつもチビがお世話になっているからと」

「ああ、フラワータナカさん」

「はい。啓翁桜《けいおうざくら》だそうです。見事でしょう?」

浴衣《ゆかた》姿の伊織は、廊下に新聞紙を広げて桜を生けている芳彦を見下ろしたまま「そうだね」と気怠《けだる》く答えた。だいぶ長湯だったので、少しのぼせているのかもしれない。髪は濡《ぬ》れたまま後ろに撫でつけられ、額が顕《あら》わになっていた。知らない人が見れば悲鳴のような傷痕《きずあと》も、芳彦には見慣れた日常だ。

「ご主人の退院は決まったのかい」

「ゴールデンウィーク前には帰れそうだと、奥さんが。でもまだ、チビの散歩はきついんじゃないでしょうか」

「まあ、チビはちっともチビじゃないからねえ……」

チビはフラワータナカの看板犬で、秋田犬の血が入った雑種だそうだ。もらわれてきた子犬の頃はもちろんチビだったわけだが、ぐんぐんと、周囲の予想を超えて大きくなった。昨年の初冬、店の主《あるじ》が病気で入院してしまい、家事と店と、脚の悪いご隠居の世話が、奥さんひとりの肩にのしかかってきた。そんな中で犬の散歩は大きな負担となる。当初は商店街の仲間内で助けていたのだが、ご主人に忠実だったチビはなかなか言うことを聞かず、みな困っていたのだ。その話を聞き、試しに伊織がリードを握ったところ……一同が驚くほど、チビは素直に従った。

「チビ、先生の言うことはよく聞きましたよね」

「ああ」

「でも、私は嫌われてるのか、ほとんど言うことを聞いてくれなかった……。マメとも、とても仲よしなのに」

現在はマメが週に三回、チビを散歩させている。伊織ほどではないが、チビはマメの言うこともある程度は聞くのだ。動物好きなマメも楽しそうだが、散歩から戻ってしばらくは、にゃあさんが近づいてくれないのが悩みどころらしい。

桜をもらってきたのはマメだった。

屈託なく差し出された時、芳彦は内心で戸惑っていた。顔には出さなかったのでマメは気がつかなかっただろう。桜が美しいことは確かだが……今まで芳彦は、この家で桜を生けたことがない。

それでもせっかくもらったのだし、粗末に扱うわけにもいかず、こうして、家にあった中で一番大きな甕《かめ》に生けているわけだ。甕は素朴な赤銅色で、実は口の一部が欠けているのだが、そこに野性味があって芳彦は気に入っている。

「美しいね」

同じ場所に突っ立ったまま、主が言う。

「ただ甕に突っ込んだだけですよ」

「その気取りのなさがいい」

「目立たない場所に置きますので」

「なぜ。こんなに綺麗《きれい》に咲いているのだから、ちゃんとみんなで見てあげなければいいのですか、と確認しようとして、やめた。

主は自分に気を遣うなと言っているのだ。桜は、伊織にはつらい思い出と結びついている。伊織の母親である洗足タリの葬儀の日は、満開の桜の頃で、母の骨を抱いた伊織は花吹雪のなかに立っていた。

「では、玄関に」

「それがいい」

「先生」

「うん？」

「ちょっとこちらに」

手招いて伊織を呼び寄せると、自分は膝《ひざ》立ちになる。さっきちらりと見えた帯の結び方が気になったのだ。

「帯を直しますので、後ろを向いて」

「ちゃんと結んだよ」

「この帯は、片輪奈《かたわな》には長すぎるんですよ。直しますから」

「めんどうくさい」

「私が結び直すんです。先生は後ろを向いてるだけでしょうが」

芳彦が引かないと悟ると、伊織は本当に面倒くさそうな顔をしてやっと後ろを向いた。やれやれである。今の「めんどうくさい」というセリフを脇坂あたりに聞かせたらどんな顔をするだろう。

「芳彦、花見をしようか」

芳彦が兵児《へこ》帯を双輪奈《もろわな》に結び直していると、そんな声が聞こえてきた。

「いいですね。満開になるのは少し先だと思いますが」

「そうではなく、今夜」

「はい？」

「桜はここで咲いている。あとはぬる燗《かん》でもあれば」

なるほど、と芳彦は最後に結び目を中心から少しずらす。それから主に「なにか羽織ってくださいよ」と言って、自分は新聞紙や花ばさみを片付けた。

茶の間の掃き出し窓の近くに緋毛氈《もうせん》を敷き、その上に桜を据える。

そしてぬる燗を用意する。伊織はさほど飲まないし、芳彦は笊《ざる》だが、幾ら飲んでもあまり酔わないので量を飲む意味がない。二合もあればいいだろう。肴《さかな》に、そら豆の甘辛煮を出した。明日の朝食用だったので、マメのぶんだけは取り分けておく。

「マメはもう寝たのかい」

「ええ。張り切りすぎて少し疲れたようですね」

「あの職場なら安心だ」

「いい方ばかりです。……先生もこのあいだ、晴香さんにお会いになったとか？」

伊織の杯に酒を注ぎながら尋ねる。錫《すず》の酒器を使ったのだが、ぬる燗というにはやや熱くなってしまった。

「相談があると言われてね」

「妖人《ようじん》だとは聞いてましたが」

「ずいぶん、珍しい人だったよ」

伊織から彼女の属性を聞き、芳彦も片眉《かたまゆ》を上げる。

管狐の名家に生まれ、伊織の母ほどではないにしろ、芳彦も様々な妖人と出会ってきたが、その一族には会ったことがない。

「本人はまったく気がついてなかったが。自分のことを《河女》だと誤解していたし」

「《河女》？　知りませんね……」

「妖怪《ようかい》ではあるが、妖人ではないからね。……これはうまいな」

そら豆の甘辛煮を指で摘《つ》まんで食べ、伊織が言う。

「先生、そこに箸《はし》があります」

「うん」

「マメがいないと行儀が悪くなるのは悪い癖ですね」

「ちょっと酔った」

「まだ一杯でしょうに」

「芳彦も飲みなさい」

「いただいてますよ」

「うん」

そら豆は、砂糖と、酒、醤油《しょうゆ》でやや濃いめの味に煮つけてある。煮る前、そら豆の皮に包丁で少し切り込みを入れておくと、味がよく染みるのだ。一族の中でも強い力を持っていた、芳彦の祖母がよく作ってくれた懐かしい味である。伊織はずいぶん気に入ったようで立て続けにいくつか食べ、それから、杯の酒をキュッと干した。芳彦はいい感じにぬるくなってきた燗酒を、主《あるじ》の杯に注ぐ。

「ああ、そうだ。頼まれていたもの、探しておきました。これでしょうか？」

芳彦は思い出し、茶簞笥《ちゃだんす》の引き出しから、一枚の古い写真とハガキを取り出した。カラーだが、少し褪《あ》せている写真と年賀状である。

伊織は、まず写真をしばらく眺め、「おっかさんが若い」と小さく笑った。それから裏返し、走り書きを確認して「うん、これだね。ありがとう」と頷《うなず》く。そこには撮影された年月日とともに『咲《さき》ちゃんと』と書かれている。

「びっくりしました。本当に似てますね、おふたり」

芳彦も写真を覗《のぞ》き込みながら言う。

まだ寒さの厳しかった一月の末頃、伊織から、探してほしい写真があると頼まれていたのだ。

――おっかさんが、咲という女の子と一緒にいる写真があると思うんですよ。おっかさんとよく似た顔をしているはずです。それから、二十年くらい前の年賀状で……。いくつかの情報を手掛かりに探し始めたはいいが、納戸にはアルバムや写真、手紙類がどっさりあって、思いがけず時間がかかってしまったのだ。

「つくづく、似てるねえ……見せてもらった時は、あたしもびっくりした。はとこだから、血はそれほど近くないんだが」

ふたりの美しい女性は揃って江戸小紋を纏《まと》っており、まるで姉妹か、双子のようにすら見える。

「ふたりとも着道楽で、着物談義が楽しかったようだよ。一時は文通していて、手紙も何通か残ってたはずだ。あたしが生まれてからは、忙しくなったのか……それでも賀状は届いていた」

「この咲さんが？」

「そう。麗花さんの母親だ」

酒を飲み干し、「……どこかで聞いた名前だと思ったんだよ」と呟《つぶや》く。

――伊織、伊織。咲ちゃんが娘を産んだそうだよ。ほら、覚えているかい？　一度だけ会っただろう、おっかさんにそっくりの、あの人。

名前は麗花にしたそうだと。

暖かな春の、麗《うら》らかな日に生まれたからと。

「こっちが、麗花さんが幼稚園に上がった翌年の年賀状だね」

「……似てない母娘《おやこ》ですね」

入園式の日だろう。校門の前で撮った一枚を、年賀状にしたものだ。色無地に黒羽織の母は嬉《うれ》しそうに笑っているが、ずいぶん痩《や》せている。その隣の娘は、小さな目をきょとんとさせて、カメラを見ていた。頬骨の目立つ子だ。

「そうなんだ。おっかさんも『おや、似なかったんだねえ』と言っていた。あたしはこの頃……もう十四、五かな。だからわりとよく覚えていたんだよ。自分がもしおっかさんに似なかったら、どんな顔だったんだろう、なんて考えたりね」

伊織は父親の顔を知らない。顔どころか、名前もわからないのだ。自分が母親に似ていなかったら……そう考えた時、会ったこともない父を思ったりしたのだろうか。

「成長すれば顔かたちも変わるだろうが……骨格までは変わらないだろうし」

つまり、こういうことになる。

洗足タリと鈴木咲は、よく似たはとこ同士だった。

だが、鈴木咲と鈴木麗花の母娘は似ていなかった。

なのに、甲藤に連れられ、伊織の目の前に現れた鈴木麗花は……母親にとても似ていた。だから伊織は、彼女に言ったのだ。

——本当に解決するためには、あなたがある事実を告白しなければならない。

ある事実、とはむろん、顔を変えたことだ。

「咲さんが病気で亡くなったことは知りませんでした。うちのおっかさんのほうが、早かったしね。たぶん、おっかさんの訃報《ふほう》は出してると思うんだが……その頃には、咲さんもかなり悪くなっていたのかな」

「……麗花さんは、自分の中に母親を再現させたかったんでしょうか？」

どうかねえ、と伊織の返答はどっちつかずだ。

「そういう思いもあったかもしれない。でもあたしには、彼女の『幸せになりたい』という言葉が、そうなれなかった母親の代わりに、自分が為《な》すべき義務みたいに聞こえて、痛々しかったね」

「母親の顔になって……母親のぶんまで幸せに？」

「そんなこと、咲さんは望んでなかっただろうに」

幸せというのは——あるいは恐ろしい言葉なのかもしれない。

幸せになりたいという強い気持ちが暴走し、時にその呪縛《じゅばく》に囚《とら》われ、自分にとってなにが幸せなのかという本質を見失いかねないからだ。しかも、『幸福とはなにか』という問題は難しく、容易に答は出ない。

「母親がはとこ同士ならば、先生と麗花さんも親戚《しんせき》ということになるのでは？」

「……何親等になるかな……まあ、遠い親戚という感じだろうね」

「麗花さんに、お話しになるんですか？」

芳彦が問うと、伊織はごく静かに「いいや」と答える。

なぜ話さないのか、と重ねて聞きはしなかった。たとえ遠い親戚であっても、縁を大切にする伊織だ。それでも言わない理由はひとつ。今は、身内を増やすべき時期ではないからである。残念ながら、洗足伊織の近くは安全圏とは言えない。

それきりふたりとも黙ってしまい、けれどその沈黙は気まずいものではなかったので芳彦も話題を探すことはなかった。こんなふうに静かに飲むのは久しぶりだ。マメが来てからは三人で過ごすことが多かったし、それは間違いなく楽しいことであり、伊織にもよい影響があった。マメと暮らすようになって、伊織は明らかに食が進むようになり、口数もずいぶん増えたのだ。……もっとも口数に磨きがかかったのは、脇坂と知り合ってからかもしれない。

「綺麗《きれい》だ」

生けた桜を見て、伊織はぽつりと言った。

に落ちる。

「綺麗ですね」

芳彦は伊織を見て同じように言った。少し乾いてきた伊織の前髪がはらりと数本、額に落ちる。

「青目がうちに来た頃、東京の桜はもう終わって、庭は花海棠《はなかいどう》が咲いててね。……あの子は花海棠を怖がったんだ。桜に似てるから」

昔話は唐突に始まった。

しかも、伊織は青目のことを「あの子」と表現した。それは芳彦にとって快いことではなかったが、それでも黙って聞いていた。

「うちに来る前、おっかさんとあたしは、あの子を連れて山道を急いだ。あの子の母親が戻る前に逃げなければならなかったから。ちょうどヤマザクラが満開の頃だ。都会は桜より人間が多いから、人が花を見ることになる。でも山の中では違っていて――」

桜が人を見るんだよ。

伊織はそう言って、錫《すず》の杯に唇をつける。

「斜面からせり出し、覆い被《かぶ》さるような桜の木が、『見ているぞ、見ているぞ』と脅しているようで……あたしもずいぶん怖かった。だが、あの子はもっと怖かっただろう。どれだけ久しぶりに履いたのか、ずいぶん小さな靴の踵《かかと》を踏んでいた。監禁されていたから、靴など必要なかったんだろう」

誰の助けも来ない山奥で、実の母親に監禁されていた少年。

ろくな食事も与えられずにやせこけて、気のふれた母親に少女の服を着せられ、それでも成長していく身体を厭《いと》われて、骨と筋肉がきしむほどに包帯を巻かれ――歪《ゆが》んだ愛情を、毒の雨のように降り注がれていたという。

凄《すさ》まじく、酷《むご》い。

青目の育った環境は同情すべきものだ。それは芳彦もわかっている。だがそれが免罪符になるわけではない。直接手を下していないケースも含め、あの男はあまりに人を殺しすぎた。

「最近、思うんだがね」

伊織はずいぶん口が滑らかだ。

酒のせいか、酒のせいにして話したいのか。

「あたしのおっかさんは……あの子を助けてどうするつもりだったんだろう。今ならまだ間に合うと思ったんだろうか。あの子を、まっとうな人間に育てられると思ったんだろうか。おっかさんが長生きしてくれたら、あの子は……青目は犯罪者にならなかったんだろうか？」

質問というより自問だった。わかっていたけれど、あえて芳彦は「それはどうでしょうね」と否定的なイントネーションで答えた。

「そもそも、青目がこの家から逃げたのは、まだタリ先生がご存命の頃でしょう？　ならばタリ先生が生きていたとしても、結果は同じなのでは？」

「……青目はこの家から逃げたのではないよ」

「……？」

芳彦が洗足家に入ったのは、青目がいなくなった後である。青目が消え、タリが亡くなり、そのあとで家令となったのだ。

従って、青目がこの家にいた頃のことや、姿を消した事情について詳細を知っているわけではない。おおまかな説明はされていたが、詳しいことを聞くのは控えてきた。

「きっかけはわからないが、自分の意志で出ていったんでしょう。……母親がここをつきとめて、追ってくると思ったのかもしれない。そうなったら」

伊織は言葉を止め「あたしやおっかさんに害が及ぶと考えたのかも」と続けて、杯を芳彦に差しだした。今日はペースが速い。

「つまり、先生たちを助けたと？」

「可能性の話だけどね。本人が言っていたわけではない」

「たとえ過去に先生を助けていたとしても、今の青目が先生に手出しするなら、私は容赦しませんので」

「はいはい」

「はい、は一度で結構ですよ。……どうして笑うんです」

にやにやしている伊織を問い詰めると、そのままゴロリと横になってしまう。どうも今夜はだらしがないモードのようだ。

「だっておまえ、過保護なんだもの」

「献身的といってください」

「過保護で献身的で愚かしい」

「最後のは聞き捨てならないですね」

「愚かしいでしょう？　あたしなんぞのために命を賭《と》するなんて」

「《管狐》的には幸福なんです。僥倖《ぎょうこう》と言ってもいい」

「芳彦」

杯を畳に置き、飾られた桜に右手を伸ばしながら伊織が呼びかける。「はい」と答えたが、こちらを見ることはなかった。浴衣《ゆかた》の袖《そで》が捲《めく》れて、白い腕が剝《む》き出しになる。桜と伊織の指先には数センチの距離があり、届きそうで届かない。

「おまえがあたしのために死ぬことが、あたしにとってどれほど大きな不幸であっても、おまえはそうするんですか？」

穏やかな口調の質問は、研ぎ澄まされたナイフほどに鋭かった。

そのことについて考えたことがないわけではない。

正直に言えば、何百回と考えた。伊織にとって……否、人にとって一番辛《つら》いことは自分の命が失われることではなく、自分にとって大切なものの命が失われることだ。芳彦が伊織にとって大切な存在であればあるほど、自分が伊織のために死ぬことは、最悪のダメージになるのだろう。

「……先生が私のことなど、お嫌いならよかったのに」

自分の杯に酒を注ぎ足しながら、詮無《せんな》いことをつぶやいてみる。

「いっそ、私の存在などご存じなければもっとよかった。そしたら私は心置きなくあなたのために死ねる」

「残念だが、もう芳彦をよく知っているよ」

「本当に残念です」

伊織はいつまでも白い手を伸ばしていて、まるでそういう像のようにも見えた。芳彦は少し膝《ひざ》を進め、桜の花びらを一枚だけ取る。まだ咲いたばかりなので、しっかりと萼《がく》についており、ぷちりという手応《てごた》えがあった。小さな生き物をひとつ、死なせてしまったのだと気づく。

「あなたがどれほど傷ついても、私の選ぶ道は同じです」

その花を、伸ばされた伊織の手に握らせる。

「結局私は、エゴイストということなんでしょうね」

花を潰《つぶ》さないように伊織は緩く指を閉じた。

「誰でもそうでしょう。あたしだって、利己的だからこそこんな話をふっかけている。……どうしろっていうんだい、この花びらは」

「先生が触りたいのかと」

「触りたかったのかもしれないが……すぐに萎《しお》れてしまう」

その通りだ。萼についていればもう数日存《なが》えていただろう花びらは、伊織の手の中でその死を完遂させる。芳彦からすれば幸せな桜だ。

「水を、あげようか」

そう言って、伊織は桜を杯に浮かべた。水ではなく酒だから、桜としては有難くもないだろう。しかもそのまま杯を飲み干してしまう。

「食用じゃありませんよ、先生」

「ひとつくらい、どうということはないさ」

笑いながら、食道を落ちる花びらを確かめるように、喉《のど》を指先でなぞる。桜は伊織の胃の腑《ふ》に落ち、消化され、瑣末《さまつ》な栄養価ではあろうが——伊織の一部になるのだ。

妬《ねた》ましい。

不意に沸き起こった強い感情に芳彦自身戸惑った。この気持ちはあまり健全とは言えないことが直感的にわかったからだ。

「芳彦？」

怪訝《けげん》な顔で呼ばれ、自分が険しい顔をしていたのだと知る。

慌てて笑みを作り、「もう少し飲みますか？」と聞く。

「そうだね。もう少しだけ。そら豆もあると嬉《うれ》しいね」

「マメの分がなくなってしまいますよ？」

「……なら、我慢する」

伊織が本当に残念そうな声を出すものだから、芳彦は声を立てて笑ってしまった。笑われた主《あるじ》は、面白くなさそうに「早くおかわりを持ってきなさいよ」と急《せ》かした。錫《すず》の酒器を手に芳彦は立ち上がる。

さっきの感情は――あの醜い妬心《としん》はなんだったのか。

むろん、本気で花びらを妬んだわけではない。そうではなく、あの桜になにか別の存在を仮託し……。

ああ、だめだ。

今は考えるのをやめておこう。こんな静かな夜に、心を乱すこともあるまい。

一合だけ燗《かん》をつけて戻ると、主は折りたたんだ座布団を枕に眠ってしまっていた。額から頬に、桜の影が落ちている。

細い枝影はまるで傷痕《きずあと》のようで、くっきりした本物の傷痕に重なり、美しい顔に不思議な模様を描き出していた。

「犯人の顔を見ている？」

病院の廊下を急ぎながら、鱗田は聞いた。

「そうなんです。見ているけれど、よく覚えてないと」

答えたのは、隣を歩く脇坂だ。

「つまり、知人じゃなかったわけだな？」

「はい。会ったこともないそうです」

「男か？」

「ええ。小柄な老齢の男性だと」

「じいさんってことか？」

鱗田は眉《まゆ》を寄せた。

「しかも小柄な？　そいつが、今までふたりの首の骨を折った？」

「僕もさっき、常磐さんから早口な電話をもらっただけなので、よくわかってないんですよ。とにかく、現場はまた荒川区で、拘束の仕方も前の二件とまったく同じ。だが殺されてはいなくて、三番目の連続殺人は回避されたと……。ただし、被害者は、今回の事件をただの強盗だと思っているそうで」

捜査一課は、荒川区連続殺人事件との関連性について、まだ話していないということだ。それならばY対としても、その関連性については伏せておかなければならない。

「とにかく、本人から話を聞こう。……この部屋か」

鱗田は病室の引き戸をノックした。被害者は念のため検査入院となったが、飲まされた睡眠薬の効力はすっかり切れていたし、外傷は目の横にかすり傷程度と聞いている。はい、と男性の声で返事がする。

中に入ると、手前のベッドは空いたままのふたり部屋で、被害者は奥のベッドに腰掛けていた。三十代の男性で、病院着の上にカーディガンを羽織り、眉をしかめてこちらを見ている。

「栄晋也《しんや》さんですね」

鱗田と脇坂はそれぞれ警察手帳を見せ、「お疲れかと思いますが、お話を聞かせていただけますか」と頭を下げる。

「はあ。先程も警察の方がいらっしゃいましたが……」

「捜査一課ですな。私どもは別部署でして……二度手間で申しわけありません」

鱗田がいい、脇坂は隣でガバリと頭を下げた。被害者の男は「まあ、いいですけど」と、疲れ切った声を出す。目の横に絆創膏《ばんそうこう》を貼っていた。鱗田は勝手にパイプ椅子を広げて「よいせ」と座る。椅子は一つしかなかったので、脇坂は立ったままだ。このひょろりとした若造は立ったままでも威圧感がないので、問題ないだろう。

「なるべく手短にいたします。えー、栄さん、三十六歳。ご住所は……」

鱗田はあらかじめ得ていた基本的な情報を口にし、確認を取った。仕事はSE、つまりコンピューターシステムのプログラムを作っているらしい。

具体的になにをどういうふうにしているのか鱗田にはいまいち想像がつかないが、なんだかストレスのたまりそうな仕事だ。

「その傷はどうなさいました？」

「睡眠薬を飲まされて……昏倒《こんとう》した時に、眼鏡が割れたんだと思います。壊れた眼鏡があったと、妻から聞きました。なので、今はよく見えてなくて」

ああ、それでさっきから睨《にら》むような目つきなのかと合点がいく。その目つきに反して、口調はわりと穏やか……というか、むしろ気弱さも感じられる。

「自宅で縛られていた栄さんを発見したのは、奥さんですね？」

「はい……義母の誕生日だったので、妻は実家に帰ってたんです。おかげで僕は夜まで縛られたまま放置されて……関節がまだ痛みます……」

「お気の毒ですな……。今、奥さんはどちらに？」

「さっきまでいたんですが、予備の眼鏡や着替えを取りに」

「なるほど。では栄さん、順を追って話していただけますか」

「先程の方たちにも話しましたが……見ず知らずのおじいさんが急に訪ねてきたんです。気分が悪くなったから、トイレを貸してもらえないかと。知らない人を家に入れるなんて、普段なら断るんですけど……お年寄りだし気の毒に思って……」

家に入れたのだという。トイレを借りた老人は、本当に顔色が悪く、栄は少し休んでいきませんかと言い、お茶まで淹《い》れてあげたそうだ。親切な男である。

「だいたい、何歳くらいでしたか？」

「七十代から、八十代くらいかと……」

おいおい、それは二十歳の幅があるぞ……と思った鱗田だが、口には出さなかった。ただの目撃情報ならばその程度の認識でも仕方ないが、家にまで上げているのだからもう少し見ていてもよさそうなものだ。

「そのおじいさんには、どんな特徴が？」

「いや……特徴といわれても……おじいさんですからね。カーキっぽいジャンパーを着て、少しつばのある帽子をかぶって……顔はよく覚えてなくて」

「顔は見たんですよね？　お茶も出したと」

「はあ。ですから、おじいさんの顔ですよ。皺《しわ》が多くて」

そりゃあそうだろう、とやや呆《あき》れた気持ちが鱗田の顔に滲《にじ》んだのか、栄は突然不機嫌になり「しょうがないじゃないですか」と尖《とが》った口調になる。

「僕、被害者なんですよ。動転してたわけだし。それに、年寄りの顔なんか、みんな同じに見えますよ。だって、年寄りなんだから」

軽くキレた様子に、鱗田は心中で、なに言ってんだこいつ、と思ってしまった。被害者という点では同情するが、そのじいさんに茶を出していた時点ではまだ自分が被害に遭うことはわかっていないわけで、動揺してるはずはない。

しかも、「年寄りなんか同じに見える」というのも、ずいぶんな言いようだ。

「声はどんな？」

気を取り直して質問を変えてみる。

「それが、すごく変な声で」

「変？」

「でも、その、ほとんど会話してはいないんです」

栄は少し早口になった。

「知らない人と喋《しゃべ》るのは、得意ではないですし」

そしてまた気弱顔だ。もともと気持ちのアップダウンが激しいタイプなのか、被害に遭った直後だからなのか。

いずれにしても、不自然だった。困っている老人にトイレを貸したのはわかる。だが、そこからお茶を淹れてもてなすというのは、あまり聞かない。しかも、知らない相手と喋るのが得意ではないタイプの人間が、そんなことをするか？　加えて、「変な声だった」とはっきり言っておきながら、「ほとんど会話していない」とつじつまの合わないことを口走る。嘘をついているか、なにか隠しているか……。

「で、トイレのあと、僕がちょっと席を外した時に……そのおじいさん、僕のお茶に、睡眠薬を入れたんだと思います」

「そして栄さんを眠らせ、縛り上げた、と」

「はい」

「気がついた時には？」

「もういませんでした。でも僕は動けず、目も口も塞《ふさ》がれてましたから、妻が戻るまでどうしようもなく……」

「うーん、不思議な話ですよねえ」

脇坂が言った。この男の声は、男にしてはやや高くクリアで聞き取りやすいのだが、どうも真剣みに欠ける音質だ。

「あなたは眠らされて、縛られただけ？」

「そうです」

「ほかに危害を加えられていないし、家の中の金品が取られたわけでもない？　じゃあ、そのおじいさん、いったいなにしに来たんでしょう？」

栄はムッとした調子で「そんなのわかりませんよ」と返した。

「最初は強盗だと思ってたけど……犯人の目的なんてこっちが聞きたいくらいです。縛られただけでも、あちこち痛いんですよ？　頭痛もするし。まったく、なんで僕がこんな目に……僕だけが……こんなひどい目にあうなんて……」

「でも、殺されなくてよかったですよね！」

あ。このバカ……と鱗田が思った時にはもう遅かった。ポカンとした顔の栄に向かって、明るく爽《さわ》やかに「危うく三人目の死体になるところですよ〜」と言ってしまう。

「し……死体？」

栄は明らかに動揺していた。まったく、こいつは……と鱗田は心の中で脇坂を詰《なじ》る。さっき自分で「被害者は、今回の事件をただの強盗だと思っているそうで」と説明したばかりだろうが！　ジロリと若い相棒をにらむと「あ、言っちゃまずいんでしたっけ」とやや慌てる。そういうセリフを口に出すことがさらにまずいわけで、鱗田は頭を抱えたくなった。こいつ本当に刑事なのか。俺の指導がなっていなかったのか。

いや、待て。もしかしたら……？

「あの、いったいなんの話ですか？　なんで僕が死体に……三人目って……」

栄が不安げに聞いてくる。

「えーとですな……、栄さんを襲った犯人は、別の事件にも関わってる可能性がありましてね。だが、まだはっきりとは」

「ま、まさか、縛られて、首を折られて殺されたっていう事件じゃないですよね？」

まあ、勘づくわな……と、鱗田は心中でため息をつく。下手な作り笑いで「あくまで可能性の話ですから」と言ったが、それで栄の不安が消えるはずもない。

「それじゃ、僕は殺されてたかもしれないと⁉」

この怯《おび》えようは演技ではなさそうだ。そんな観察を続けながら「いや、同じ犯人とは限りません」と鱗田は説明を続けた。

「仮に同じだった場合、前のふたつも、そのじいさんが犯人ということになってしまいますからなあ」

「と、年寄りだからって、人を殺さないとは限らないじゃないですかっ」

「まあ、可能性としてはそうですが」

「そ、そうだ。もしかしたら、おじいさんは睡眠薬を飲ませるまでが仕事だったんじゃないですか？　殺す担当は別にいて！　だって、縛られた僕の後ろにもうひとりいたとしても、見えないわけだし！」

おっと、と鱗田は眉《まゆ》を軽く上げる。

栄は今、気にかかる発言をした。共犯説のことではない。それは以前から捜査本部内で考えられていたことだ。犯人は怪しまれることなく、被害者の自宅に入っている。顔見知りではないとするなら、なんらかの手引きをした者がいる可能性が高い。

「……栄さん、もうひとつお聞きします。あなたは誰かに殺害されるようなトラブルを抱えていませんか？」

鱗田の質問に、栄はまたモードを変えた。怯えからきた興奮が鎮まり、今度は不機嫌な頑《かたく》なさが前面に押し出されて、「ありませんよ、そんなの」と答える。そうかと思うと、また声が弱々しくなって、

「あの……首を折られて殺された事件ですけど……犯人の動機はわかったんですか？」

と聞いてきた。

「残念ながら、まだわかってませんな」

「容疑者の絞り込みとかは……」

「すみません。捜査についてはあまりお話しできない決まりでしてね。……栄さん、その事件の被害者……土屋豊さんと阿賀谷翔さんですが、面識があったりしますか」

「いえ、知らない人です」

この答はすんなりと自然なトーンで返ってきた。

もう少し話を聞きたかったが、看護師が「栄さん、MRIに行きますよ」と呼びに来る。とりあえず本部に戻り、捜査一課と情報を共有することにしようと、鱗田も立ち上がった。栄は、まだ話したいことがあるような、早く帰ってほしいような、どっちつかずの複雑な表情で、刑事ふたりを見送る。

「おまえ、わざとだろ」

病室を出たあと、鱗田は脇坂を横目で見て言った。

「はい？」

「わざと『殺されなくてよかった』とか言って、揺さぶりをかけやがって」

「バレましたか。だってあの人、なんかテキトーにすませよう感が出てて……自分が危機にさらされてたってわかれば、もっと色々聞けるかなと」

「かといって、情報漏洩《ろうえい》していいってもんじゃないんだよ。また玖島にチクチク言われるのは俺なんだぞ、まったく」

「すみません。でも、なんかあの人、隠してることありますよね？」

「ああ。少なくとも、ひとつ嘘をついてるな」

「えっ、なんです？」

「なんだよ、おまえも気がついていたんじゃなかったのか？」

そう聞いた鱗田に、脇坂は実に屈託ない顔で「なんか、雰囲気的にあやしいなって」と答えた。呆《あき》れるべきなのか、それも刑事の才能と認めるべきなのか……。

「睡眠薬で眠らされて、気がついたらもう犯人はいなかったって言ってただろ。あれは違うな」

「え、どうしてです？」

「だって、自分で言ってたじゃないか」

――もしかしたら、おじいさんは睡眠薬を飲ませるまでが仕事だったんじゃないですか？　殺す担当は別にいて！　だって、縛られた僕の後ろにもうひとりいたとしても、見えないわけだし！

「あー、言ってましたね。……なんかおかしいですか？」

まだ気がつかない脇坂に、鱗田は今度こそ本気で呆れた。

「おかしいだろ。縛られた僕の後ろにもうひとりいたとしても、だぞ？」

「…………あ！」

やっとわかったらしい。そうなのだ。あの発言は、『縛られた自分の後ろに、誰かがいた』という記憶があることが前提でなければ、出てこないセリフなのである。意識があったからこそ、自分の後ろに何者かがいたことを覚えているのだ。

「そっか……そうですよね、変ですよね……さっすがだなあ、ウロさん」

「俺に感心するんじゃなくて、自分を反省しろ」

「それに、犯人か共犯なのかはともかく、おじいさんの顔を覚えてないっていうのも、おかしいですよね」

「その通りだ、おかしい。……と言いたいところだが、そこは微妙だな。本当によく覚えていないのかもしれない。覚える気がなかったというか……年寄りなんてみな同じだと、栄さんが思い込んでいたとしたら、記憶には残らんだろう」

そんな、と脇坂は言いかけ、だが一度黙った。しばしなにかを考えていたようだが、やがて「それって、つまり」と、話し始める。ふたりは混雑していたエレベータではなく、階段を使って五階から一階へと下りているところだ。

「例えば自分の住んでるアパートの廊下で、人相の悪いチンピラ風情の男とすれ違ったら、絶対覚えてますよね。綺麗《きれい》な女性や、格好いい男性でもやっぱり覚えてると思うんです。平々凡々な容姿だったらどうかな……記憶力のすぐれた人は覚えてるかもしれませんね。でも、お年寄りだと……覚えていないかもしれません。どんな人だったか以前に、その人がいたことも……」

「ああ、そういう感じだ」

鱗田は頷《うなず》く。もちろん、賑《にぎ》やかだったり喧《やかま》しかったりする年寄りだっているだろう。そういうケースは別として、多くの場合、高齢者は目立ちにくいのだ。

だからといって、高齢者に個性がないわけではない。そんなことは当然だ。それでも、栄のような「年寄りなんかみんな同じ」という先入観を持つ者はいる。そういう者たちは、自分も年寄りになるという事実をどう捉《とら》えているのか。……などと、いささか攻撃的気分になってしまうのは、鱗田自身が老いを感じ始めているからなのだろう。定年まででそう遠いわけではない。

「……うーん……でも、小柄なおじいさんが大の男の首を折れますかね」

若い相棒が自分の首をさすりながら考えている。

「コツを知ってりゃ不可能じゃない。相手は動けないしな。……だが、共犯と考えたほうがより自然だろう。ふたりもの人間が踏み込んだなら、もう少し痕跡《こんせき》がありそうなもんだが……。被害者はどんなふうに縛られてたって？」

「ええと、前の二件と同じく、両手は後ろに回されてまず親指を結束バンドで括《くく》られ、さらに手首をダクトテープでグルグルと。足首はダクトテープだけ。あれの粘着力すごいですよね」

「……結束バンドにダクトテープか……なんか慣れた感じがあるんだよな……」

「違うのは、口も塞《ふさ》がれていたところですね。前の二件も一度は塞がれているんですが、そのあとガムテープは剝《は》がされて小豆《あずき》が詰められていたと……」

「今回、小豆はなしか」

「あっ、すみません。言い忘れてました。小豆ありました！」

そんな重要な事を言い忘れるなよと思いながら、「どこに？」と聞く。

「玄関の三和土《たたき》に、バラ蒔《ま》かれていたと……節分みたいですね」

「なんだそりゃ」

相変わらず、小豆の意味はさっぱりわからない。しかし、これでこの事件も荒川区連続殺人事件と同一犯人であることがほぼ確定だ。

「今回は、栄さんがお茶を出して、そこに睡眠薬を仕込まれたわけですけど……前の二件はどうしてたんでしょうね？　まさか毎回、お茶を淹《い》れてもらってたわけじゃないでしょうし」

「仮に同じアプローチをしたとしても、土屋や阿賀谷はお茶を淹れるどころか、トイレを貸すのも断るかもしれんしな」

「そうなんですよね……なんか行き当たりばったりです」

脇坂が顎《あご》をやや上げて考えている。

「一番わからないのは、どうして今回は殺さなかったのか、ってとこで……」

それはつまり、なぜ前回と前々回は殺されたのか、と同じ疑問だ。殺す理由、そして殺さない理由……その線引きはいったいなんだったのであろう？

「あっ、すみません！」

エントランスの手前で、脇坂は女性とぶつかった。鱗田が見ていた限り、慌てた様子だった女性のほうからぶつかってきた感じだ。それでも先に謝るのが脇坂である。

バッグと紙袋を持った女性も、頭を下げ「す、すみません」と詫《わ》びている。

「あれ、晴香さん？」

「え」

脇坂の知り合いらしい。晴香と呼ばれた女性は軽く目を見開いて「あ、あの、どうも、その節は」と慌てた様子でまた頭を下げる。その勢いで、彼女の髪からなにかがハラリと落ちた。桜の花びらだ。

「あ、お急ぎなんですよね。呼び止めてすみませんでした」

「いえ、そんな。主人が入院しているもので……すみません」

「いいんです。早く行ってあげてください」

脇坂が言うと、晴香は「すみません」とまた繰り返して、急ぎ足でその場を離れて行った。鱗田が聞くより早く、「ひまわり食堂のボランティアさんです」と説明がある。

「晴香さんは調理の担当で、マメくんとも仲良しなんです。そうそう、このあいだ先生と一緒に行ったとき、相談事をされてて……彼女も妖人《ようじん》なんですよ。ご主人についての相談で、役に立ちそうな窓口をいくつかご紹介したんですが……ご主人、入院しちゃったのか……」

「かなり慌ててたな」

「はい。事故とかじゃないといいんですけど」

鱗田は晴香の後ろ姿を探したが、もうロビーエリアは通り過ぎてしまったらしい。

自動ドア前、明るいアイボリーのフロアに桜の花びらだけが残っている。風流だが、人が命を散らすことも多い病院という場所で、短命な桜の花はどうなのだろう。いや、どんな状況だろうと、人は美しいものを見たいのだから、構わないのか。

鱗田はそのまま歩き出そうとしたのだが、三歩だけ進んでまた止まる。

「ウロさん？」

言葉では説明しにくい、なにかこう……モヤッ、とした違和感があった。もうずいぶん長く刑事という仕事をやっているが、時々、これが起きる。経験則から言ってこのモヤッは無視しないほうがいい。

「……なに晴香さんだ？」

「はい？」

「名字だよ。今の人の」

「ああ、はい。ええと……」

脇坂は思い出そうとして視線を泳がせていたが、「聞いてないかも」とスマートフォンを取り出した。

「マメくんに確認してみます。……出てくれるかな……」

こういう時にいちいち「なんで気になるんですか」と聞かないのは脇坂のいいところである。なぜそれが気になるのか鱗田自身にもいまいちわかってないことを、わかっているのかもしれない。そういう空気は読む男なのだ。

「あっ、マメくん。急にごめんね、ちょっと教えてもらいたくて」

マメは電話に出てくれたらしい。

「うん、そう。あそこではみんな晴香さんて呼んでたから、名字がわからなくて。……え？　サカイさん？　…………サカエ？」

脇坂が鱗田を見る。

「栄光の栄で、サカエさん……？」

栄、晴香。

たった今話を聞いてきた被害者は、栄晋也。

ふたりの刑事はしばし動かないまま、互いの顔を見合っていた。

※

変わった衣裳《いしょう》を着た女の子のふたり組が、次々とヒット曲を飛ばしていた。うまいのかわからないがテンポのいい歌、振付もちょっと変わっていて、子供たちがテレビの前で真似をしていたのをよく覚えている。

そんな頃、夫の会社が倒産した。

不景気だったという印象はあまりないのだが、円高だったのは覚えている。輸出業の孫請会社だったので、その煽《あお》りを食らったのだろうか。夫は会社のことなど話さない人だし、詳しいことはわからない。とにかく、ふたりの子供になにかと物入りな時期、我が家の経済は逼迫《ひっぱく》したのだ。

女房を働きに出すなど体裁が悪い——さすがの夫もそんなことを言ってられなくなった。幸い私は看護婦の資格を持ってたし、病院はいつの時代も人手不足で、勤め先はすぐに見つかった。夫の再就職もほどなく決まったが、収入は大幅に減ったので私に仕事を辞めろとは言わなかった。もちろん「俺も家事を手伝う」なども決して言わなかった。要するに私は家事をこなし、子育てをし、さらに働くことになったのだ。

まさしく、寝る暇もない忙しさだった。

それでも日々成長していく子供は可愛いし、仕事はやりがいがあった。

人の生き死にに関わる仕事だからつらい思いもしたけれど、患者さんにありがとうと言われるのは本当に嬉《うれ》しかった。

考えてみると、主婦業というのは、なかなかありがとうと言われない仕事なのだ。看護婦の時はお金をもらって、しかもありがとうを言ってもらえる。でも家での仕事は無償なのに、ありがとうと言ってもらえない。おかしなものだなと思ったけれど、口にすることはなかった。きっと世の中はそんなものなのだろうと、何の理屈もなく、諦《あきら》めに近い納得があった。

やがて子供はだいぶ手がかからなくなった。夫の給料も上がって、私は疲れがたまったのか少し体調を崩し、それを機会に退職した。

なんだかんだで長く働いたので、同僚たちから大きな花束をもらい、とても誇らしかった。インターンの先生が「さみしくなります」と言ってくれて「私もよ」と返した。年下の可愛い青年で、私によく相談事をもちかけてきたのだ。休憩時間が重なると、「これ、僕のお気に入りなんです」と隠れるようにそっとお菓子を手渡してくれたりもした。担当していた患者さんが死んでしまったと、歎《なげ》きをぶつけてきたこともあった。亡くなる寸前まで痛みに苦しんでいたのに、僕はなにもできなかったと、彼も泣いていた。私もつられて泣いてしまった。

立派なお医者さんになってほしいと、心から願った。

ふと気がつくと、時代はずいぶん華やいでいた。

夫も会社の接待で銀座に繰り出すことが多かったようだ。そこで働いている女の人と、深い関係になったのもその頃だった。男の浮気は甲斐性《かいしょう》のうち……そう構えられるほど私はできた人間ではなかったが、かといって騒ぎ立てる気力もなく、子供たちにばれないまま、時間が解決してくれることを祈った。単純な浮気ならばきっとそうなっただろう。問題は本気になってしまったことだ。女性の方ではなく、夫が、である。

――ご主人様の行動が常軌を逸していて、困っております。

まさか、夫の浮気相手から苦情が入るとは思わなかった。今で言うところのストーカーに近いことをしていたらしい。相手は百戦錬磨の玄人なのだから、夫などに本気になるはずがないのに、そんなことすらわからなかったのか。呆《あき》れ果て、責める気にもならなかった。夫が私に対し、はっきり謝罪の言葉を口にしたのは、このときの一回きりだったように記憶している。

私は夫を許した。

夫は悪い人ではない。稼いできたお金をギャンブルにつぎ込むわけでもなかったし、バレた不貞もこの一度きりだ。子育てにはほとんど参加せず、大きくなった息子たちからは多少けむたがられ、それでも子供のことは大事にしていた。五十も半ばをすぎると性格も多少丸くなり、ちょっとしたことで怒鳴る癖もいくらかマシになってきた。

やがて子供たちはそれぞれ独立し、またふたりだけの生活になった。

穏やかな陽気の昼下がり、私は丁寧にお茶を淹《い》れて、きんつばを食べる。

夫は「よくそんな、あんこの塊が食えるな」といいながら、煎餅《せんべい》をかじる。この人はたぶん一生あんこが苦手なのだろう。

趣味嗜好《しこう》や考え方、私と夫はほとんど似ているところがない。それでもなんとか一緒にやってきた。二人の子供を健康に育て上げ、とりあえず自分も夫も今は健康で、食べるものに困ることはない。これで幸福ではないと言ったらバチが当たるというものだ。きんつばを食べながら私はそんなふうに思った。

そして電話が鳴った。

義母が交番で保護されたという連絡だった。

九

明るい、明るい、春の日だ。

桜が散っている。

散りまくっている。風が強いせいである。

今年の桜は、開花から満開まで時間がかかった。途中で花冷えがあったせいだろう。けれどこの数日で東京は一気に気温が上昇し、一昨日《おととい》ついに満開となった。

そして今、散りまくっての花吹雪だ。

眼鏡のレンズについた花びらを、風流だからとそのままにしておいたら、次々について視界が狭くなってきた。玖島は一度眼鏡を取り、花びらをレンズから取り除く。幾ら風流でも、前が見えなければしょうがない。

角を曲がると妖琦庵が見えてきた。今日は常磐は一緒ではない。

――狭い茶室ですからね。大勢は入りませんよ。

洗足にそう言われた時は驚いた。洗足家に入ることすらままならなかったのに、とうとうあの場所に……茶室、妖琦庵に招かれたのだ。

おお、私も出世したな……と思いかけ、いや待て、なんで妖琦庵に招待されることが出世になるのだと、自分にツッコミを入れたりもした。

白い靴下を忘れないようにしてくださいね、と面白くなさそうな顔で言ったのは脇坂だ。茶室では白足袋《たび》、あるいは白い靴下を履くのがマナーなのだという。腕時計などアクセサリーも、貴重な道具を傷つけないよう外すのが決まりだとも聞いた。茶道に関する知識はほとんどない玖島なので、うんうん、そうか、と素直に聞いておいた。

呼ばれているのは、玖島だけではない。

洗足伊織が事件関係者を妖琦庵に集める——それがなにを意味しているのか、玖島にも当然わかっていた。従って浮かれ気分で赴くわけにはいかない。玖島が呼ばれたのは役割があるからであり……それはつまり、証人になれということだ。あの茶室で、誰がなにを語るのか。それをすべて、この目と耳とで記憶するために玖島は呼ばれている。

洗足は事件を解決するわけではない。彼は確かに明晰《めいせき》な男だが、茶道家であって探偵ではないのだ。ならば、なにをするのか。

——先生はな、場を作るんだ。

以前、鱗田がそんなふうに言っていた。

——なんつうのかな……それまで澱《よど》んでたり、滞ってたり、おかしな場所にプカプカ浮いちまってたものを、あるべき流れに戻す。そのための場が、あの茶室なんだよ。ま、俺にもよくわかってないんだがね……。

観念的というか抽象的というか、まったく具体性のない説明だったが、それでも多少伝わるものはあった。

時に人は、言葉にしがたいなにかに、多大な影響を受ける。いや、むしろ我々が普段影響を受けている諸々のうち、言葉で説明できるもののほうが少ないのだ。美しい桜吹雪のただ中で、ふと不安な気持ちになるあの瞬間にしても……玖島は的確に言い表せる自信などない。

——妖琦庵にいると、すごく不思議な感じに囚《とら》われることがあるんです。

これは脇坂の言葉だ。

——小さな茶室なんですけど……自分のいる場所が、狭いのか広いのかよくわからなくなったり。時間の流れもおかしくなって……ほんの十分と思ってたら、一時間経ってたり、もう三時間ぐらいになると思ったらまだ三十分も経ってなかったり。

それもまた、場の力、というやつなのか。

以前は、洗足がなにかのトリックでも使って刑事たちに不思議な体験をさせ、自分の意のままに操ろうとしているのではないか……などと勘ぐったこともある。しかし、洗足伊織という人物を知るほどに、玖島は考えを改めた。あの男に、そんなくだらない細工をする理由などない。洗足伊織にとって大事なのは、家族も同然の同居人たちとの安穏な暮らし、そして、妖人《ようじん》という存在が不当に差別されないこと。おそらくはこの二点だけである。たった二つであるのに……かなり、難しい。

どこから飛んでくるのかもわからない桜を払いつつ、洗足家に到着した。

弟子丸マメが、まずは前回も通された座敷に案内してくれる。茶会がある時は、この可愛い青年も粛々とした雰囲気だ。靴下を替え終わった頃、夷が白湯《さゆ》を出してくれ、この後の説明を簡単にしてくれた。

「玖島さんが茶道を嗜《たしな》んでらっしゃらないのは、亭主も承知しております。本日は、お隣が経験者でいらっしゃるので、その方を真似ていただければと」

「わかりました。ほかのみなさんは、もう？」

「はい。妖琦庵に入ってらっしゃいます。つまり玖島さんが末客なわけですが……そのへんも気になさらなくて結構です」

末客とは何だろうと思ったが、気にしなくていいというのならば、質問することもあるまい。玖島は頷《うなず》き、スーツの内ポケットに懐紙を入れ、塗りの扇子を手にする。これらも脇坂に「一応、持っていったほうが」とアドバイスされていたものだ。なんだかだんだん緊張してきた。

「亭主から、ひとつお願いがございます」

正座というのはこんなに美しい形だったかなあ、と思わずにはいられない姿を見ながら玖島は「なんでしょう」と聞いた。

「みなさまがお茶を召し上がったあと、亭主は今回の事件に荷担した者を告げます」

「…………え？」

なんと言った？

「失礼。荷担した可能性が高い人物を、告げます。その方は茶室の中にいらっしゃいますが、どうか玖島さんは動揺することなく、最後まで亭主の話をお聞きください」

「いや、あの、それはつまり今日のお茶会の中に共犯者か協力者がいるという……」

混乱しながら聞いた玖島に常に冷静な家令が「ですから、動揺せずに」と繰り返す。

「しかし、もしそれが本当なら応援要請を」

「その必要はありません。今日の半東は脇坂さんですし、妖琦庵の前にはウロさんが待機してくれています」

「はんとう？」

「亭主の補佐をする役目ですよ。ま、てんでなってない半東ですがね。……さあ、時間です。どうぞ妖琦庵へ」

脳内混乱が収まらないまま、座敷から茶庭へと案内される。

母屋と妖琦庵を繋《つな》ぐ庭に、たいした距離はない。飛び石が誘う経路を無視し、直線で走れば数秒でついてしまう。夷の言葉が頭から離れず、早くその意味を知りたくて、玖島は焦っていた。それをぐっと抑えて飛び石の通りに進み、蹲踞《つくばい》に至る。ここで手を清めるように言われていた。

手水鉢《ちょうずばち》の水を汲《く》む。

水は冷たくない。とても明るい春の日らしく、温《ぬる》んでいる。

手水鉢の中には何枚か桜の花びらが浮いていた。飛び石の上にもちらほらとあった。この茶庭に桜の木は見当たらないから、今日の強い風で飛んできたのだろう。ハンカチで手を拭《ふ》きながら、玖島はもう一度庭を見まわす。

風が吹く。

強い風がせっかく整えた髪を乱す。ネクタイが踊る。さっきタイピンを外してしまったせいで、自分のネクタイに頰を叩《たた》かれる。

桜の花びらたちは、降ってくるというより襲いかかってくる。近所に大きな木があるのだろうが、それにしたってすごい量だ。もっと穏やかな風だったら、さぞ情緒溢《あふ》れる光景だったろうに。

桜の礫《つぶて》の中を進み、妖琦庵の躙《にじ》り口にたどり着く。近くに鱗田がいると夷は言っていたが、姿は見えなかった。

躙り口からの入り方も脇坂に聞いていたのだが、初めてなので四苦八苦した。本当に躙りながら入るのだ。なんとか身体を収めたら、躙り口側を向いて、靴脱ぎ石の上にある自分の靴を揃える。髪の毛についていたらしい花びらが、靴の中にはらりと落ちた。もしや自分は今桜の花びらだらけなのではないだろうかと気づいたが、ここでいきなり立ち上がり、パタパタと身体を払い始めるのは、どう考えても無作法だ。

諦《あきら》めて、躙り口の戸を閉める。

刹那《せつな》、玖島は息をのんだ。

暗い。

なんだ、これ。暗すぎるだろう。こんな暗い中でお茶を飲むなんてとても……。

「目が慣れていないのですよ」

洗足の声がした。戸惑いが伝わったらしい。

「すぐに見えるようになります。……まあ、明るい造りの茶室ではありませんがね。人の表情くらいはわかる。空いてる場所が見えますか？」

玖島は声の方向に顔を向けた。なるほど、茶室は完全な闇なはずもなく、小振りな格子窓から、春の光が差し込んでいる。外があまりに明るかったため、その落差に目が追いつかなかったのだろう。玖島は自分の座るべき場所を確認し、「はい」と答えた。立って歩くほどの距離はないので、躙って進む。

深呼吸をひとつしたら、だいぶ落ち着いた。

炉の前に、亭主である洗足伊織がいる。

そして、客として座しているのは――玖島のほかに四人だった。そのうちの三人が誰なのか視認し、玖島の背中が引き締まる。むろん、荒川区連続殺人、並びに殺人未遂事件の関係者だからだ。

洗足に一番近い場所に、鈴木麗花。

殺害された阿賀谷翔の元交際相手だ。一時は事件への関与が疑われたが、その容疑はすでに晴れている。

次に栄晋也。

三番目の事件の被害者だが、殺害されることはなかった。睡眠薬で眠らされ、拘束されるに留《とど》まったのだ。栄の証言により、事件には老齢の男性が関わっていることが判明した。高齢者を使うことで被害者を油断させ、その自宅へ上がり込み、その後、共犯者が殺害を実行したのではないか……捜査本部ではその線で動いている。

栄晋也の隣には妻の晴香もいた。つきそいだろうか。

最初の事件、つまり土屋豊が殺害された件の関係者はいない……あるいは、玖島の隣にいる人物がそうなのだろうか？

ちんまりと座る、和服の婦人。

歳は七十代半ばほどに見える。玖島の視線に気がついて、小さな会釈をこちらによこした。玖島も会釈を返しながら、内心で首を傾げる。土屋豊の関係者に、こんな老婦人がいたという報告は聞いていない。

茶会が始まった。

桜を象《かたど》った干菓子が回ってくる頃には、玖島の目は茶室の光量にすっかり慣れ、内部の様子もだいぶわかる。床の間の軸は『諸花一時開』……読めないが、何となく意味は伝わってきた。花が一斉に開くみたいなことではないだろうか。

そのわりに、この空間に花は生けられておらず、そのぶん文字の「花」が目立つ。亭主は無地の着物に、袴《はかま》をつけている。

色は両方黒っぽいのだが、わずかに濃淡があるので、陽光の下で見れば違うのかもしれない。茶道に関してはまったくの素人である玖島からしても、見とれるほどに流麗な動きでお茶を点《た》てている。

茶碗《ちゃわん》を、鈴木麗花の前まで持っていくのが脇坂だ。

菓子や茶を運び、亭主の補佐をする……なるほど、それが半東という仕事なのだろう。脇坂は紺のスーツに、グレーのネクタイをしていた。普段ピンクだの黄色だの浮かれた色のネクタイを欲している男だが、今日はずいぶんおとなしい色みだ。半東になれている様子はなく、緊張しつつ動いているのがわかる。本庁で書類仕事をしている時より、よほど一生懸命なのが可笑《おか》しい。

「どうぞ」

「ちょうだい、いたします」

鈴木麗花は、お茶席に慣れていない様子だった。

横顔が少し見えただけだが、白っぽいワンピースを着た美人である。洗足伊織に似ているという話を聞いていたが……そうだろうか？　ここから見ているぶんには、あまり共通点が感じられない。正面から見たら、また違うかもしれないが。お茶を飲む動きはぎこちなかったものの、なんとなく形があり、おそらくは直前にいくつかのポイントを教わったと思われる。

そのあとは、玖島同様、背広姿の栄が茶碗を手にした。今日は眼鏡をしている。

やわらかそうな素材のセットアップを纏《まと》った晴香も、夫に続いてお茶を飲む。ちらちらと横目で観察していた玖島は、ようやくだいたいの順番がのみ込めた。要は、茶碗を丁寧に扱い、礼を尽くして飲めばいいということだろう。

隣の老婦人は、今までの三人と違い、仕草に余裕が感じられた。

この人はお茶の心得があると夷が言っていたのを思い出す。藤色の着物もしっくりと着こなしている。ちょっと変わっているのは、着物なのにスカーフを巻いているところだ。端は衿《えり》にしまい込んであるので、お茶を飲む邪魔にはならないだろう。もしかしたら、首元を冷やしてはいけない疾患があるのかもしれない。高齢だが、背中は丸くなく、ただ何度かさりげなく膝《ひざ》をさすっていた。痛みがあるのだろうか。

この人は、誰なのか。なぜこの場にいるのか。

そして洗足がこのあと告げるという、共犯者は誰なのか……。常磐の見解では、栄が怪しいそうだ。三番目の事件そのものが、狂言だという可能性を指摘していた。目的は捜査の攪乱《かくらん》だそうだが、玖島としてはいまひとつな仮説だ。それだけのためにここまで目立っては、本末転倒である。そもそも、犯行の動機がまったく見当たらない。

ならばいったい、誰が？

質問したい気持ちと戦いながら、玖島は自分の番を迎える。

華やかな茶碗を両手に持つ。

黒や茶色など、渋い茶碗が出てくるのかと思っていたが、そんなことはなかった。

筏《いかだ》に桜、水が流れているような模様……こういう絵柄は確か、花筏というのではなかったか。白地に鮮やかな色彩で、全体的に薄暗い茶室の中、その茶碗の部分だけがほの明るいように感じられる。

緊張しながら茶碗を廻《まわ》し、お茶をいただく。

絶妙に温かく、香り高く、微《かす》かな甘さを含んだ抹茶が喉《のど》を通っていた時……玖島は自分がひどく渇いていたと知った。外の強すぎる風のせいか、あるいは緊張のせいか。いずれにしても玖島の喉粘膜はまったく水分が足りておらず、そこに流れてきた温かい水分に癒された。飲み終わったら、結構なお手前でした、というのは知っていた。なのに思わず「すごく美味しいです」と口走ってしまう。しまったと思ったが、洗足はごく穏やかに「ありがとうございます」と返しただけだった。

脇坂が玖島の前まで来て一礼し、茶碗を引き取る。

これで全員が茶をいただいた。

麗花が「大変結構なお点前でした。どうぞおしまいください」と、いかにも覚えたての風情で言い、洗足は「それではおしまいいたします」と返す。茶筅《ちゃせん》通しをしたり、棗《なつめ》を清めたりと、一連の動きを玖島は見つめる。変な喩《たと》えだが、その動きそのものが一種の呪術《じゅじゅつ》のようでもあった。

脇坂が道具を下げた。水屋と呼ばれる場所に退いたのだ。

洗足は同じ位置に座したまま「さて」と客たちを見る。

「……風を、入れましょうか」

立ち上がり、縦格子窓の障子を半分開けた。茶室の窓だからなのか、ガラスが嵌《は》められているわけではない。

途端に光が流れ込んでくる——花吹雪を連れて。

誰かが「うわ」と小さく言った。男の声だったので、栄だろう。茶室の畳に桜の花びらが散らばる。洗足は立ったままでその様子を見ている。ほかのみなは、顔にめがけて降り注ぐ桜の花びらに閉口気味だ。

……いや。

ひとりだけ、そうではない人がいた。

小さな顎《あご》をクッと上向けにして、ぶつかってくる花吹雪に顔をさらして微笑んでいる。いささか乱暴なこの春を、心から喜んでいるように見えるのは、名前のわからない老婦人である。首元で揺れるスカーフもやはり桜色で——。

洗足が障子を戻した。

花吹雪がやむ。

魔法の効力が途切れたように、茶室は再び静寂が支配する。

「みなさますでにご承知と思いますが——本日は、荒川区連続殺人事件に関わりのある方においでいただいております」

再び座した洗足が発する。

「ご存じのとおり、私は警察に所属する者ではありません。むろん、事件解決を生業《なりわい》にしているわけでもない。ただの茶道家です。ただの、どころか弟子もいない開店休業の茶道家ですが……それでも、みなさんとはなにがしかの縁があります。かつ、ここにはおふたりの妖人《ようじん》もいらっしゃる」

膝の上にはらりと下りてきた花びらを、洗足は払いはせず、そのままにする。

「ですからこの場で……妖琦庵で、いくつかの事柄をつまびらかにいたしましょう。見守っていただくのは、末席にいらっしゃる、警視庁捜査一課の玖島警部です」

紹介され、玖島は頭を下げた。みなも同様に礼を返す。

「それでは正客から——自己紹介をお願いできますか？」

はい、と答えた麗花が、ほかの客のほうを向く。

「鈴木麗花と申します。二番目の事件で殺害された、阿賀谷さんと……かつておつきあいしてました」

緊張の中に、覚悟のある声。玖島はそんな印象を持った。

「事件前は阿賀谷さんにつきまとわれたり、金銭をせびられたりして、とても困っていました。阿賀谷には……阿賀谷さん、には」

さん、という敬称をつけ足し、麗花は一度グッと声を呑《の》んだ。自分の中にある怒りをなんとかコントロールしようとしているのが伝わってくる。

「私を脅す材料が、あったんです」

「それが、どんな材料だったのかを話すことはできますか?」

一定のトーンを保つ洗足の声は、麗花の心に立つ波を抑えるようだった。麗花は「はい」と答え、呼吸を整える。

「私が、美容整形で顔を変えていること。それと……その資金を作るため、以前は風俗嬢をしていたことです」

え、という顔をしたのは麗花の隣にいた栄だ。栄夫妻と麗花は初対面のはずである。

「それを隠したくて、お金を渡していたのですね」

「はい。何度か」

そのへんの話は、玖島もすでに聞いている。最後に阿賀谷が麗花に接触した時、甲藤が彼女を助けたらしい。

「麗花さん、ありがとうございます。……さて、最初の事件の話をしておきましょうか。関係者もお呼びしたかったのですが、なにぶん子供ですし、今は少し離れた親戚《しんせき》のところにいます。みなさんご承知の通り、最初の被害者は、土屋豊さん。一緒に住んでいた美亜ちゃんは、土屋さんの妻の連れ子ですが、養子縁組の手続きはされていました。要するに、法的にも扶養義務があるということです。……玖島さん」

「え。あ、はい」

突然呼ばれて玖島は少し慌ててしまう。

「土屋豊さんが、美亜ちゃんを虐待していたのは事実ですね?」

「……ええ。事実です」

福祉担当者とカウンセラーが、時間をかけて詳細を聞き出していた。

母親がいなくなって以来、美亜は土屋とふたり暮らしだったが、ほとんどネグレクト状態だった。酒が入ると土屋は手を上げることもあったという。美亜の身体からは、煙草を押しつけられた痕《あと》が五か所も見つかり、それを聞いた時、常磐は署の壁を殴っていた。そんな真似をしてもなんにもならないが……玖島も、気持ちは理解できる。

「もうひとつお聞きします。土屋さんには薬物への依存がありましたか？」

ありました、玖島は答える。

このへんの情報は、すでに鱗田や脇坂から得ているはずの洗足だが、玖島に聞くことでほかの客と共有しようとしているのだ。

「もともとアルコール依存気味だったようですね。酒絡みのトラブルは珍しくなく、そのせいで友人はほとんどいなかった。妻が消えてからは酒だけでは飽き足りず、薬物にも手を出し……日雇いの現場で知り合った知人に、『おまえもやってみろよ。気分がすっきりするから』などと話していたようです」

アルコールからドラッグに至るケースは珍しくない。足場が一度脆《もろ》くなれば、人はどんどん落ちていくものなのだ。……救いの手が、差し出されない限り。

「つまり、土屋豊さんは定職に就かず、アルコール並びに薬物の依存があり、時に美亜ちゃんをネグレクトし、時には暴力をふるっていた？」

「そうなります。だからといって、殺されていいわけではありませんが……まあ、ろくでなしです」

「阿賀谷も、似たようなものです」

そう割り込んできたのは麗花だ。さっきよりも興奮した口調で、すでに敬称は完全に無視されている。

「あいつとつきあっていた頃……私は何度か暴力を受けました。ふだんは、いいんです。でも酔うと、手がつけられなくて……整形していることがバレた時も、ひどいことを言われました。い……今でも、忘れられません」

――おまえがブスなのはさあ、顔じゃなくて心なんだよ。だってそうだろ？　顔弄《いじ》ってさあ、なにも知らない男を騙《だま》してんだもんな？　女はいいよな？　カラダ使ってラクに稼いで、金でチョイと手術して顔直して、生まれた時からこの顔です、みたいに生きやがって……。俺だって、おまえが元ブスだって知ってたらつきあわなかったのによ。冗談じゃねえよ、貴重な時間返せっつーの。おい、聞いてんのかよブス！

「なにも……知らないくせに。私が顔のことで、どんなにいじめられてたか、見た目だけで判断する人がどれだけ多いか、手術のあとがどれほど痛くて苦しいか……なにもなにも、知らないくせに……！」

声を荒げる麗花を洗足は止めようとはせず、黙って聞いている。

「私が反論すると、うるせえって殴って……。『口裂け女のくせに』って嘲笑《あざわら》って……。

でも、酔いが醒《さ》めると謝るんです。すごく優しくなって……おまえは間違ってない、今のおまえが美人だから俺は幸せだよ、とか言いだして……」

ああ、だめな男の典型だなあ、と玖島は思う。

「私が我慢していれば……いつかは幸せに、なれるのかなって」

ない。それは、まずない。

奇跡でも起きない限りはなくて、奇跡というのは、基本、起きない。そんな男とはさっさと別れるに限るのだが、これがなぜか、なかなか別れられないケースが多い。

「けれど、気がついたのですね？」

洗足が聞く。

「このままでは、決して幸せになれないと」

「……はい」

麗花が頷《うなず》いた。興奮が凪《な》いだのか「すみません、大声出して……」と、恥ずかしそうにみなに詫《わ》びる。

「なんだか、おかしいって。幸せになりたくて……整形したのに、ぜんぜんそうなれなかった。母親は美人なのに、私は暗い印象の不細工に生まれちゃって……。でも顔は変えることができるんだからって、お金を貯めて、すごく痛い手術をして」

美しくなったのに、幸せにはなっていない。

その事実に改めて気がついた時、本気で阿賀谷と切れる決意をしたと言う。

「時間はかかりましたが、やっとあいつと縁が切れました。そのあと、分割で払っていた手術代も完済して、仕事も昼間に変えて……今の彼と知りあえたら、なんだか気持ちも安定してきて……」

ところが、阿賀谷は再び現れた。

現在の恋人との結婚話が出た頃に、転居先を嗅《か》ぎつけ、またしても麗花を強請《ゆす》った。

麗花にしてみれば、悪夢だろう。

「……死ねばいいと、思いました」

ぼそりと、麗花は言った。

感情のこもっていない声色が、むしろそれが本音なのだと感じさせる。

「私は殺してません。でも、死ねばいいと思ったのは本当です。あいつが死んだと聞いた時も、ぜんぜん悲しくありませんでした。ざまあみろ、くらいの気持ちでした。……犯人に、感謝したほどです」

はっきりと言う。栄夫妻は戸惑い、少し居心地が悪そうだ。その一方で、玖島の隣の老婦人は静かにひとつ頷いた。無理もない、とでも言いたげに。

話を終えた麗花に、洗足は再び釜《かま》の蓋《ふた》を開け、白湯《さゆ》を出す。

麗花は頭を下げ、茶碗《ちゃわん》を両手で包む。目が少し赤いが、泣いてはいない。

「玖島さん」

釜の蓋を戻し、洗足が言う。

「阿賀谷さんも、薬物濫用があったと伺っていますが」

「ええ、ありました」

これはほんの三日前、鱗田が地道な聞き込みで得た情報だ。

「いわゆる準暴力団と思われる連中から、合成麻薬、脱法ハーブなど入手していたようです。麗花さんから金を脅し取っていたのも、薬のためだった可能性が高い」

「つまり、土屋さんと阿賀谷さんの共通点として、薬物がある？」

「そのとおりです」

玖島は洗足だけではなく、その場にいる全員に向けて肯定した。洗足は「ありがとうございます」と言ったあと、

「さて」

と、一度立ち上がった。薄暗い中、ほんの短い距離を移動し、再び座る。

栄の真正面だ。

もとより狭い茶室なので、顔をまともに上げれば、もろに目が合う距離である。栄からすればかなりの威圧感だろう。

「それでは、三番目の事件の被害者であり、唯一、殺されることのなかった栄さんに、お伺いします」

「は……はい」

栄は顔を上げられないままだ。

眼鏡の下に絆創膏《ばんそうこう》を貼っていた。全体的にむっちりした男だが、肥満というほどではない。事件直後に事情を聴いたときは、いまひとつ捜査に協力的な姿勢ではなかったが、今日はどうだろうか。少なくとも現時点では、顔つきが強《こわ》ばっている。

「あなたには薬物依存がありますか？」

「……は？」

「これを飲めばすっきりするとか、嫌なことを忘れられるとか、そう言われて怪しげな薬物を受け取ったことは？」

「ありません、そんなこと」

気分を害した様子で、栄は否定する。

「僕はごく普通の常識的な人間です。子供に暴力を振るうような男や、女性を脅すような男と一緒にしないでいただきたい」

「それは失礼しました。それでは栄さんは、女性や子供を傷つけるような真似はしたことがないと？」

「も……もちろんです」

「しかし、人は自分が追い詰められてる時、悪いことだと自覚しつつも、身近な相手に苛立《いらだ》ちをぶつけてしまったりするものです。そういう経験は、おありになるのでは？」

諭すように語る洗足に、栄は「なにが言いたいのですか」と苛立つが、顔を上げて睨《にら》むことはなかった。ずっと俯《うつむ》き加減だ。

「僕は……そりゃ、たしかに、仕事のことでイライラすることはあるけれど、だからといって誰かに手を上げたりはしません」

「言葉もまた、暴力になり得ます」

栄の頰がピクリと引き攣《つ》った。

玖島の位置からその様子がよく見えたのは、栄が妻のほうに顔を向けたからだ。妻の晴香は、肩幅をぎゅっと狭め、夫の視線から逃れるように畳ばかりを見つめている。なんだか様子がおかしい。

「妻がなにを言ったのか知りませんが……」

栄は再び洗足を見て、やや興奮気味に言いかけたが、

「自分のせいなのではないかと、晴香さんは心配してました」

冷静な声にそう返され、口を噤《つぐ》んだ。

「少し前に、相談を持ちかけられたんです。身近な人が変わってしまった。以前はとても優しかったのに、ひどい言葉をぶつけられるようになった。そうなってしまったのは、自分のせいではないだろうか。自分が妖人《ようじん》、《河女《かわおなご》》だからなのではと、思い悩んでらっしゃいました」

《河女》？

玖島は聞いたことのない妖人である。

「河女という妖怪《ようかい》に取り憑《つ》かれた男は大食漢になり、しまいには気が触れてしまう……

そういう伝承があるのです。ですが、そんな妖人は存在しません。もちろん、晴香さんも《河女》などではない。原因はそんなことではなく……栄さん、あなたが変わってしまったのは、職場の人間関係のせいですね？」

栄は返事をしなかった。晴香は恐る恐る、栄の方を向く。玖島の位置からは見えないが、驚いた顔をしているのではないだろうか。

「つまり、職場でのストレスです。しかも苛烈《かれつ》な。違いますか、栄さん」

「で……でも、夫は会社の人と仲が良くて……家に食事に来てくれたり……」

戸惑う声は晴香だ。

今度は栄の方が下を向いたまま、肩に力を入れて黙している。

「晴香さん。職場でのモラルハラスメント……あるいはいじめ、それは時に深刻なものになります。大人は子供より知恵が回りますからね。目立ちにくく、だが非常に粘着的で、精神的ダメージの大きな嫌がらせを繰り返されるケースがあるんです。率先してモラハラしているのが、上の地位にいる人間だった場合、事態はより深刻です。標的にされた人には誰も味方がいなくなる。その人に味方すれば、自分も被害を受けることになりますからね。このあたりは学校のいじめと似た構図ですが、大人には転校という逃げ道もない。その仕事で生活している以上、簡単に会社を辞めるのは難しい」

モラルハラスメント。職場でのいじめ。

玖島も身に覚えがないわけではない。

警察のようにヒエラルキーのはっきりした組織の中では、時に歪《ゆが》んだ上下関係が発生するのだ。自分でいうのもなんだが、玖島は如才がないタイプなので、直接的な被害に遭ったことはない。しかし、同期の中には上司からの執拗《しつよう》な嫌がらせが原因で、精神科にかかる羽目になった者もいた。

「会社での人間関係に悩んでいるなんて、妻に相談することはできない。友人にも親にも言えない。そのうち収まるだろうと我慢していたら、状況はどんどんひどくなっていく。職場は忙しく、誰しもストレスが溜《た》まっていて、そのストレスがすべて自分にぶつかってきて、精神的に追い詰められ、もはや冷静な判断力を保つことすら難しく、今度は自分が、誰かを傷つけることになる——負の連鎖です」

あくまで静かな洗足の言葉の後、がくり、と栄の首が折れ曲がった。自分の頭が重くてたまらないとでもいうように、より深く俯く。

「僕は」

弱い声を出す。

背筋が緩んで背中が丸くなる。

「僕は、もう、なにも考えることができなくなってしまって」

ザリ、という音は、栄が畳の目を引っかいた音だった。

「上司が替わったのがきっかけで……ある日突然というより、じわじわ、時間をかけて、職場の雰囲気が変わっていって……。最初は冗談みたいな、からかいの対象みたいな、いじられキャラみたいな……そういうことは学生時代も多少はあったし、そのうちやむだろうと思っていたけど……でも、やむどころかひどくなっていって……」

冗談のそぶりで繰り返される、言葉の暴力。やめて欲しいとやんわり頼めば、この程度のシャレはわかれよ、とかえって責められる。次第にそれが職場の日常になり、憂さを晴らすための生贄《いけにえ》に人格はなくなる。

「ピグって呼ばれてました」

顔が少し上がる。眼鏡がずり落ちている。

「ピグさん、ピグくん。ピグレットの略です。子豚という意味です。後輩からも、ピグさん、コピーしといてよ。……そんな感じです。勇気を振り絞って、その呼び方はやめてくださいと言ったら、みんなに爆笑されました。五人に取り囲まれて、指をさされ、たっぷり二分くらい……爆笑され続けて」

笑われるだけで、人は死ねるんじゃないか。

……そう思ったと、栄は言い添えた。

もし自分が逆の立場だったら。あるいは、家族がこんないじめをされていたら。

そうやって想像すれば、自分がどれだけひどい真似をしているかわかるはずなのに、人はその想像力を使おうとはしない。目の前の仕事を、早く処理するだけが優先され、それ以外のことなど考えようとはせず、考える必要すらないように思えてきて、善悪の感覚は麻痺《まひ》し、人間性すら……。

ああ、そうか。

玖島は気がついて背筋が寒くなる。だから社畜というのか。人ではなく、畜生のようになにも考えずに労働だけさせられるからか。

「そのうち、……みんなでピグさんちを見に行こう。ピグの奥さんに会おう。ピグ小屋観察会だ！　なんて話が出てきて……。僕はもちろんいやだったけど、いやがったらもっといじめられると思うと、怖くて断れなくて。あ、あんなひどい連中を、妻は一生懸命もてなしてくれて……なのに、あいつら、次の日にピグんちのエサ、なかなかうまかったとか言いやがって……。ピグ奥もやっぱ子豚系だったね、とか……そんなことまで言われて、でも、でも僕は………笑いながら」

栄は小太りな体を折り曲げるようにし、両の拳《こぶし》が畳を叩《たた》いた。

「ありがとうって……！　あいつらに、礼なんか言って！　ニコニコして、ありがとうって！　妻の料理が気に入られたみたいで、よかったとか安心してる自分もいて！　そういう自分が信じられなくて、もういったい、なにがどうなってるのか、なんにもわからなくなって………！」

どすん、どすん、どすん。

「し、晋也さん」

繰り返し畳を殴る夫を、晴香が覆い被《かぶ》さるように止めた。

知らなくて、ごめんね、ごめんなさい、気がついてあげられなくてごめんなさい——

そう繰り返しながら、晴香は必死に夫を宥《なだ》めようとしている。

「……栄さんの所属するプロジェクトチームが、ひどい状況にあることに、気がついてる人もいました」

洗足の声が、不安定に揺れていた茶室の空気を鎮静させる。

「みな笑ってるけど、あれはたぶんいじめだと……どうやらプロジェクトチームのリーダーは、以前の職場でも似たような問題を起こしているようですね。ウロさんにお願いして調べていただきました」

「あの……先生は、栄さんが職場で辛《つら》い立場にあると予測していたわけですか？」

玖島が聞くと「ええ」と頷《うなず》く。

「晴香さんの話を聞く限り、職場での過度なストレスの可能性が高いと判断しました。ストレスの怖さは、自分でまだ大丈夫と言い聞かせているうちに、対処するための精神力すら失ってしまうところです。栄さん、あなたはもう数か月くらい、よく眠れてないんじゃないですか？」

「……はい。寝つけないし、眠っても恐ろしい夢ばかり見て」

妻に抱えられるようにして上半身を起こしながら、栄は答えた。多少落ち着きを取り戻したようで「興奮して申しわけないです……」と小さな声で詫《わ》びる。

「古い茶室ですからね。それ以上畳を叩かれると崩れるかもしれませんので、ほどほどにお願いします」

「も、もう叩きません……本当にすみませんでした……」

「打ち明けにくいことをお話ししてくださってありがとうございました。それでは、もう一度お聞きします。栄さんあなたは薬を……睡眠薬を入手していましたね？」

「……はい」

「医師や薬剤師から処方されたものではなく？」

「はい……いい大人が会社でいじめられて、眠れないなんて……そんな相談、医者にだってできないと思いました。虚勢をはってる場合じゃなくなった頃には……今度は医者に行く気力がなくなっていて……」

憑きものが落ちたように、栄は心情を吐露する。

「そういうぎりぎりの状態のあなたに、接触した者がいましたね？　眠れないなら睡眠薬を分けてやると」

「そのとおりです。以前、べつのプロジェクトをしていた時のSE仲間と偶然会って……顔色がよくないぞ、眠れていないんじゃないかと聞かれ……」

本当は医者に行ったほうがいいんだけどな、男はそんなふうに言いながら処方箋《しょほうせん》がなければ入手できない薬を、分けてくれたという。

「自分も精神的に参っていたことがあって、その時使っていた安定剤の残りだと……。もしまた必要になったら連絡をしてくれと言われ、その時は別れました。……その薬があると気持ちが落ち着いて、眠ることもできたので、一週間後に連絡を取ったんです。

そうしたら、自分はちょっと忙しいから、知り合いを紹介すると言われて」

その〝知り合い〟からは、二回薬を買ったという。

「普通の精神安定剤だから心配いらないと……医者に行く時間がない人が、こうやって買うことは結構あるから……そんなふうに言ってました。割高だったけど、とにかく眠りたくて、買うことを躊躇《ためら》いはしなかったんです」

「私が……私がちゃんと気がついてあげられていれば……」

隣で晴香が愕然《がくぜん》としている。そんな妻に向かって、栄は「違うよ」とやや虚脱したような声を出した。

「そうじゃない。きみのせいじゃない。僕がこうなったのは……僕が弱かったからで」

「自分を責める必要はありませんよ」

栄の言葉をさえぎったのは洗足だった。

「たしかにあなたは弱かったのかもしれません。けれどこの世の中で、ひとりで苦境に立ち向かい、それを乗り越えられるほど強い人などほとんどいない。人は弱いものであり、誰かの助けがなければ生きていくのが難しいのです。あなたのミスは、それになかなか気づけなかったことです。すぐ近くにあなたにとって最強の味方がいるということに気がつかず、過酷な現状を隠し続けた。……もっとも」

身を寄せ合うようにしている夫婦に向かって、洗足は声色をやや柔らかくする。

「奥さんの前では強い男でいたかったからこそ、言えなかったのかもしれませんが」

それを男の見栄と呼ぶのか、あるいは妻への愛情なのか。いまだ独り身の玖島にはよくわからない。

「僕は……自分の弱さを認めるのが怖かったんです。そのせいで妻にひどい言葉をぶつけて……自分がされてあれほど嫌だったことを、一番身近な人にして……最低です……」

「そんなことないよ。私がシンちゃんの立場だったら……そこまでつらい目に遭ってたら、同じようなことをしてしまったかもしれない」

晴香は夫の手をしっかり握って言った。

「強くなくていいよ。強くなくても……いいじゃない。ふたりでなんとかできるなら、それでいい」

今度は、栄の方が涙をこらえる番だった。力の入った肩が嗚咽《おえつ》をこらえているのがわかる。震える肩を、晴香がそっと撫《な》でさすっていた。

すぐそばの心を打つ光景を見ながら、玖島は事件のことを考える。

これで三人の被害者の共通点が明らかになった。土屋、阿賀谷、栄、全員が非合法に薬を入手しているのだ。

ということは、つまり——玖島は身を乗りだし、「先生」と呼んだ。

「三人に薬を流した人物が、今回の事件に深く関わっているのですね？」

「関わってはいますが、深くはない」

「え？」

あっさり返されて、拍子抜けする。

「土屋さん阿賀谷さん栄さん、この三人に薬を流したのはそれぞれ別の人物でしょう。もちろん犯人ではない。ただの駒です」

「……駒」

「何者かが、彼らがそう動くように仕向けたんですよ」

「つまり、駒を動かしているプレイヤーが犯人……？　けれど、三人が渡された薬そのものに、殺傷能力があるわけではなく……いや、眠らせることはできる……？」

「強力な睡眠薬は事件当日にしか使われていませんよ。栄さんが受け取っていたのは精神安定剤で、睡眠作用はそこまで強くなかったはずです。土屋さんや阿賀谷さんの場合、睡眠薬ですらない。非合法のドラッグでしょう」

「はあ、たしかに……。となると、わざわざ三人に薬を流していたのはいったい……」

眉間《みけん》にしわを寄せて考え込んだ玖島に、洗足が「開けてもらうためですよ」とさらりと告げた。

「え？」

「玄関を開け、家の中に入れてもらうためです」

「……誰をです？」

「薬を届けに来た人物を」

玖島はもう少しで声を立てそうだった。

薬に依存状態になっているのであれば、定期的に売人と接触する必要がある。つまり、売人が薬を家に届けてきたということか。

「そ、そうか……いや、待って下さい。しかし、自分が買いに行くならともかく、届けに来るというのは……違法だし、リスクが高くていやがられるのでは」

「普通はそうでしょうね。けれど彼ら三人に連絡をしてきた何者かは、絶対に怪しまれない人物を向かわせるから、と約束したはずです」

「絶対に怪しまれない……？」

犯罪者がよく使うのは宅配便、電気工事、営業回りのサラリーマン……。

「玖島さん、なにを悩んでるんですか。あなたはもう答をご存じでしょうに」

「え」

「本気でわからないんですか？　あとでさっきの半東に嫌みを食らいますよ？」

半東、つまり水屋で耳を澄ませているであろう脇坂である。玖島は必死に考えた。まだ刑事になって三年目に馬鹿にされるのはかなわな……。

「あ」

そして、思い至る。

そうだ。もう答は出ているではないか。

殺されなかった、三人目の被害者が……栄が教えてくれたではないか。

訪ねてきたのは、老人だったと。

「売人は……おじいさんだったのか……」

たしかに、怪しまれにくい。

「そのじいさんを使って、まんまと家の中に入る……。待てよ、ということは、薬を飲んだのは『ブツの確認のため』だったんじゃ？　それが強い睡眠薬だということも知らずに……」

「そ、そのとおりです。今まで嘘をついていて、すみませんでした……！」

がばりと頭を下げ、栄が謝る。

隣で妻の晴香も同じような土下座になっていて、玖島は「ああ、いや、頭をあげてください」とふたりに言う。

「話したくなかった事情はもうわかっていますので……。では改めてお聞きしますが、栄さんはそのおじいさんにお茶を出したわけではないですね？」

「はい。作り話です。トイレを貸してくれと言われたところもです。……僕の場合、薬を売ってくれる人から、事前に連絡がありました。『怪しまれないように、年寄りを使う。だからといって安心はできない。ちゃんと薬が本物か確認してから、金を渡してくれ』という感じで……」

精神安定剤だと思って服用したら、強い睡眠薬で、ほどなく意識を失ったわけだ。

「いつもの薬なら、前後不覚になるはずないんです。でも、気がついたらもう縛られてて……。それから……あの、す、すみません、まだお話ししていないことが……」

栄がズイッと前に躙《にじ》って、玖島に向かってまた頭を下げる。

「きっと事件解決に繋《つな》がることなのに……隠しててすみません……っ」

「解決に繋がる？」

驚いた玖島も、ズリッと前に出た。

「僕が……僕だけが殺されなかった理由は、たぶんそこにあるんだと……」

「栄さん、顔をあげて教えてください。いったいなにを……」

「謝れと、言われたんです」

顔を上げた栄が答える。畳に擦りつけていたせいで、額に薄く痕《あと》がついていた。

「謝れ？」

「はい」

「そのじいさんに、謝罪を要求されたと？」

「はい」

つかのま、玖島は言葉を失っていた。意味が、わからない。

「しかし、誰に対する謝罪ですか？　初めて会った相手でしょう？　今までも面識はないんですよね？」

立て続けに聞きながら、玖島の身体は前のめりになっていく。

落ちつけと自分に言い聞かせ、栄の言葉を待つ。栄はわずかに迷うような顔つきになり、心配げな顔をしている妻を見た。

それから意を決したのか、はっきりした口調で言う。

「女に、謝れと」

——おまえが蔑《ないがし》ろにし、傷つけ、泣かせた女がいるはずだ。彼女に謝罪し……二度と悲しませないと誓え。

そう詰め寄られたのだと。

なんだそれ？　薬の売人を装って現れたじいさんが、女への謝罪を要求する？

「最初は口にガムテープをされていました。暴れたり、大声を立てたら殺すと脅されて……僕は必死にパニックを抑え込んだんです。目も塞《ふさ》がれてましたが、声の位置からすると、そのじいさんは僕の背中側にいたようでした。年寄りだって刃物を持っているかもしれないし、なにしろこっちは縛られていて、なにもできないし……それからさっきの質問をされたんです。……なんだか、奇妙な声で」

「奇妙？」

「ロボットみたいなっていうか……抑揚がなくて……電気的で……」

声で個人を特定されないように、加工していたのだろうか。だが知人でもないのに、地声を隠すという理由がわからない。

とにかく今は話を進めようと、玖島は「それで？」と続きを促す。

「すぐに……妻の顔が思い浮かびました」

栄が恥じ入る様に深く俯《うつむ》いた。なるほど、「女」は栄の妻である晴香を示していたわけか。それにしたってなぜ見ず知らずのじいさんが、栄を糾弾する？　女を守る正義の味方か？　あるいは晴香の知人……いや、それだと、麗花とも知り合いでなければおかしい。さらに、美亜とも……。

「あなたは謝ったんですか？」

混乱する脳味噌《のうみそ》を持てあましながらも、玖島はさらに聞いた。

「はい。謝りました。悪かったと思ってる、二度としないと誓いました。心の中ではずっと妻に詫《わ》びていたのもあるし……なにより、恐ろしくて。なにも見えない状態で縛りあげられたことなんて、ありませんから……」

「犯人は、謝らなければ殺すと？」

「半分パニックだったので正確には覚えていないんですが……そういう脅しはなかったように思います。あと、これもはっきりわかりませんが、もうひとりいたような感じがありました」

「つまり、あなたの背後にふたりの男が？」

「はい。聞こえたのは、その奇妙な声だけでしたが……一瞬、別の誰かが笑ったような息があって」

……笑った？

ぞわ、と、うなじのあたりがざわついた。

「一瞬の嘲笑《ちょうしょう》みたいな……聞き違いかもしれませんけど……」

「……いえ、もうひとりいた可能性はあります。小柄なじいさんは、あくまで協力者だったのかもしれません。……栄さんが謝ったら、犯人は出て行ったんですね？」

「出て行きました。僕を縛ったまま」

急激に増えた情報を、玖島は必死に整理する。

犯人は、二名以上の可能性が高い。売人を装った老人を共犯者として使い、被害者宅に侵入した。眠らせて拘束し、意識が戻った後に『謝罪』を要求している。また、謝罪を要求する声は、電気的でロボットのような音声である。そして謝罪を口にすれば、殺されることはない――。

「……僕は……解放されてしばらくしたら……恥ずかしい話ですが、妻を疑う気持ちが湧《わ》き出てきて……」

栄は悄然《しょうぜん》と語る。

「妻が、誰かに相談して、僕を懲らしめるためにひと芝居打ったんじゃないかとか……そんな考えも浮かんできて、だとしたら警察にすべて話す必要はないだろうと……。でも、病院に駆けつけてくれた妻を見たら、その疑いは消えました。あんなに慌てて……僕より真っ青な顔で……」

「ええ、芝居などではありませんよ。素直に謝罪しておいてよかったのです」

洗足の声だ。凛《りん》とした声に、様々な思惑で乱れた場の空気が、再びスッと落ち着く。玖島も、いつしかかなり前のめりになっていた姿勢を正した。

「三人の被害者は互いにまったく面識がなく、共通するものは薬物でした。そしてもう一つ、ある意味で三人の男性は加害者でもあった。それぞれの事情はさておき、彼ら男性によって苦しめられてる女性がいたわけです」

土屋豊は、美亜を。

阿賀谷翔は、麗花を。

そして栄は、妻である晴香を……苦しめていた。

「では、彼女たちに面識はあったでしょうか？」

そこが、問題なのだ。玖島はやや戸惑いつつ「美亜ちゃんと、晴香さんはひまわり食堂で顔見知りでしたが」と答える。

「鈴木麗花さんは、ふたりを知らないはずです。……そうですよね？」

麗花に向かって聞くと「はい。晴香さんにも今日初めてお会いしました」と答える。

「ひまわり食堂にも、行ったことはありませんよね？」

「ありません」

麗花は頷《うなず》くが、玖島を見ようとしない。その姿勢には頑《かたく》なさを感じる。まるでこちら側に、見てはいけないものが、見るのがつらいなにかが、あるかのようだ。

いや……今だけではない。

鈴木麗花はこの茶室で、一度も玖島の方を見ていないのではないか？

「そう、麗花さんはひまわり食堂と関連がありません。だからあたしも、気がつくのが遅くなってしまった。麗花さんが以前拙宅で、ご自分の悩みを打ち明けてくれたとき……その人の名前は出ませんでしたからね」

「……その人？」

「とてもシンプルな結論ですよ、玖島さん。三人の男たちに謝罪を要求し、それを拒絶した者に死をもたらした者は、当然三人の女たちの苦境を知っていたわけです。それぞれと面識があり、状況を自分の目で確認し、あるいは詳しく話を聞いていた。だから彼女たちに代わって、男たちに詰め寄ったのです。謝れ、と」

──女に、謝れ。

「栄さんは謝罪し、反省したわけですが……土屋さんと阿賀谷さんは、おそらくそうしなかった」

「もともと、素行の悪い連中ですから……」

頭の中の混乱に戸惑いながら、玖島は洗足についていこうとした。この人はもう核心に迫っている。事件の鍵《かぎ》を手にし、まさに開けようとしている。

「ふたりは、栄さんほどは怖がらなかったのかもしれません。なんで俺が謝らなきゃいけないんだ、という対応だったのかも」

「考えられますね。なにしろ訪ねてきたのは高齢の御婦人ですから」

「そう、高齢者だからと油断を……いや、先生違います」

違いますと自分で言いながら、その言葉に違和感を得ている自分もいた。そんなアンビバレンスに戸惑いつつも、とりあえず、すべて言葉にする。

「高齢の男性ですよ。おじいさんです」

「いいえ」

洗足は否定する。

決して強い口調ではないのに、揺るぎない響きがあった。栄もやや戸惑ったような顔で「おじいさん、でしたよ？」と洗足に言う。

「普段とは違う服装で、より目立たないようにしていたのでしょうが……かといって、男性と思わせる意図があったのかは、あたしにもわかりません。とにかく栄さんのこの勘違いがなければ、警察もほどなく気がついたはずでした」

勘違い？

——年寄りの顔なんか、みんな同じに見えますよ。

栄はそう言っていたと、鱗田から聞いている。

それを聞いて、玖島はなんとなく、いやな気分になった。どんな世代であろうと、人間はそれぞれ違う個性を持つ。そんなことはわかりきっているはずなのに……高齢者は同じように見える、という言葉に、少し共感してしまった自分がいたからだ。そういう自分がいやだったのだ。

す、と洗足が立ち上がった。

栄の前から、もといた亭主の位置へと戻る。もう自分の役割は終わりだというように、静かに畳を軋《きし》ませて進む。短い移動の途中、一瞬、歩みのリズムが乱れた。どうしたのだろうと目を凝らし、玖島は理解する。

彼は、桜の花びらを踏まないようにしたのだ。

洗足が座す。

そして、静寂が訪れる。

……外の日差しはずいぶん弱まったようだ。

妖琦庵はさらに重いトーンに沈み始め、縦格子窓のシルエットが、畳の上に縞模様《しまもよう》を描き出す。

と、その端に誰かの手が置かれた。

ハの字に置かれた、小さく、皺《しわ》の多い両手。

ずっと静かに……玖島がその存在を忘れてしまいそうなほど静かにそこに座っていた老婦人がゆっくり、深く、礼をしている。そういえば、この人はまだ一言も発していない。そして玖島は、この人の名前すら知らない。

老婦人がゆるゆると顔を上げた。皺の刻まれた顔は表情が読み取りにくい。笑っているようにも、嘆いているようにも見える。

麗花が初めて、こちらを見た。

玖島ではなく、老婦人をだ。目に涙を溜《た》めて、唇が「なぜ」という形に動く。

一方、晴香は愕然《がくぜん》とした顔を向けていた。

老婦人が、なにかを手にした。

黒い円筒状の……小さなマイクのようにも見えるそれを、喉《のど》に当てる。

「五百木可代《かよ》ト　モウシマス」

ロボットのような、人工的音声。

彼女はその機械を喉に当てたまま、再び頭を下げ、

「ワタシガ　フタリヲ　殺シマシタ」

抑揚なく、そう告げた。

ものすごい勢いで引っ張られ、脇坂はあわや階段を踏み外しそうになった。

十

「ひぃ！」

「ワンワンワンワンッ！」

「ちょっ、だめっ、チビ、だめだってば！　もっとゆっくり、うわっ」

「ワンワンワンワン、ワワワンッ！」

秋田犬の血が入っているという雑種犬のチビは、まったくもってチビではない。白く大きく元気いっぱいで、さっきから脇坂を振り回している。脇坂の実家にも犬がいるのだが、両親がプロのもとに通ってきっちりトレーニングしたせいか、家族の言うことをよく聞いた。末っ子だった脇坂は多少なめられてはいたが、それでもこんなふうに、散歩中に引きずり回されることはなかった。

「チビ、落ち着いてっ、ここ階段だから落ち着いて！　僕が転がり落ちちゃうよ！」

「きみは転がり落ちてもいいけど、チビに怪我をさせないでくださいよ」

冷たいことを言うのは、散歩についてきた洗足である。

傾斜のきつい階段の端、着流し姿で優雅にたたずみ、チビを制御しきれない脇坂を楽しげに眺めている。べつに笑顔を浮かべているわけではないが、きっと楽しんでいるのだ。脇坂にはわかる。

「ワンワンワン、ワウーン！」

「チビ、どうしたのっ、なんで回るの！」

一方、チビはお散歩大好き楽しさ全開モードで、階段の中央付近で、リードを必死に握っている脇坂の周りを、グルグルと走り出した。となると、脇坂の体にリードが巻きつくことになる。慌てて逆回転し、リードの束縛から逃れようとするのだが、犬の速さにかなうわけもない。あっというまに膝下《ひざした》の動きが取れなくなってしまった。

茫然《ぼうぜん》自失としている脇坂の足下で、チビがハッハッと舌を出し嬉《うれ》しそうに見上げている。なにか楽しい遊びでもしてると思っているのだろうか。

「ははは」

珍しく、洗足が声を立てて笑った。

「ひどいですよ先生……こうなるのがわかってて、散歩についてきたんですね」

「いや、ここまで面白いとは思いませんでした」

「ご期待以上で何よりですが、なんとかしてください。このままチビが走り出したら、僕はこの階段で『蒲田《かまた》行進曲』ですよ。ヤスですよ」

「なんでそんな古い映画知ってるんだい」

「ウロさんがビデオ貸してくれたんですよう。DVDじゃなくて、ビデオテープですよ!? いや、今はそんなことといいので、とにかくチビを」

「きみの『階段落ち』、ちょっと見てみたい気もするね」

先生ぃ、と脇坂が情けない声を出すと「冗談です」とこちらに歩み寄ってきた。

「きみみたいなアレでも、怪我をしたら、フラワータナカの奥さんが気を遣ってしまう。さあ、チビ。こっちにおいで」

洗足が藍色《あいいろ》の袖《そで》を優雅に揺らしながら歩くと、チビが嬉しそうについて歩く。洗足とチビが脇坂の周りを二周ほどすると、リードは緩んで脱出できた。そのまま階段を上がりきってから、脇坂はやっとフゥと息をつく。

「なかなかハードなお散歩です……」

「犬は人を見るからねえ。きみは完全に、なめてかかられてる」

「そんなあ……まあ、威嚇されるよりいいんですけどね……。そういえば先生、チビのお散歩中にぎっくり腰になったんですよね? なんでそんなことに?」

質問すると洗足はたちまち不機嫌な顔になって「その話をするのかい」と言う。

「だって、チビは先生の言うことはちゃんと聞くじゃないですか。引っ張り回されたわけじゃないでしょうに、ぎっくり腰になるなんて」

「チビもね、興奮すると我を忘れるわけですよ」

「どうして興奮しちゃったんです?」

「突然猫が降ってきて背中に着地されたら、驚いて走り出すに決まってる」

「えっ、そんな悪いことをした猫が!?」

「猫も悪くないです。木の上でのんびり昼寝してて、さて降りようと思った場所にたまたまチビがいたんでしょうよ。誰も悪くないのに、悲劇が起きることもある」

「……先生、もしかしてその猫って、にゃあさんなんですか」

「…………」

「あー……、じゃあ誰も責められませんね……」

「……ちょうどチビが走り出したとき、草履の鼻緒が緩んでたんですよ。あたしはそれを見ようと屈《かが》んでいて……」

「屈んだまま身体をひねったりするのが、一番危ないらしいですもんね」

「なんできみがそんなことまで知ってるんです」

「ＫＳＣ《警視庁スイーツクラブ》仲間に、ぎっくり腰が癖になったっていう人がいて。このあいだも、人気のバームクーヘン買うのに並んでいたら、後ろから知り合いに呼ばれて、振り返った瞬間、ギクッとやっちゃったそうです」

「……お大事にと伝えてください」

「はい」

　思い切りはしゃいで気がすんだのか、帰り道のチビはおとなしかった。

　夕暮れの中、商店街に入る。

この時間帯は車両の通行が制限されるので、人々はのびのび買い物をしていた。昔ながらの魚屋の店先から、威勢のいい中年男性が「先生、さっき、おたくの坊《ボ》ンがアサリを買ってったよ」と声をかけてくる。洗足は微笑み「では今夜は酒蒸しですかね」と応ずる。ほかにも洗足に挨拶《あいさつ》をする人は多い。

「先生って、この辺では顔なんですね。よく買い物するんですか？」

「あたしはもっぱら碁会所だが、マメや芳彦はよく通ってるよ」

「囲碁って面白いです？　オセロとは違うんですよね？」

「たった今、きみに碁の説明をしようという気持ちが完全に萎《な》えた」

「冗談ですよ。僕だって囲碁がどういうものかぐらいは。えーと、白と黒で、盤面に碁石の多いほうが、勝ちなんですよね！」

「……もしかしたら、アサリの味噌汁《みそしる》かもしれない」

「先生、無視しないでくださいよ」

そんなことを話している間にフラワータナカに到着した。チビが店の奥さんに向かって嬉しそうに走っていく。

「すみませんねえ、刑事さんに犬の散歩なんかお願いしちゃって……」

「いえ、非番ですのでお気になさらず！」

「そうですよ田中さん。まったく気にする必要はありません。……ご主人の具合はいかがですか？」

「おかげさまで順調です。入院先でも囲碁仲間を見つけたようで。アハハ、ホント、好きなんだから」

「楽しみがあるのは何よりです。ご隠居の膝《ひざ》は？」

「ええ、じいちゃんも家の中を歩く分には問題ないんです。ただね、狛江《こまえ》先生がクリニックを閉めちゃったそうで……新しいとこを探さなきゃって話してるんですよ。ほら、ペインはあんまりないでしょ？」

「……狛江先生が？」

チビの頭を撫《な》でながら、奥さんは「そうなんですよ」と残念そうな顔をする。

「突然だったのでじいちゃんも驚いてました。狛江先生もお歳だったけど……でも、まだ矍鑠《かくしゃく》としてらしたのに。むしろ、あの建物のほうがかなりの年季でしたよねえ。時代がかった和洋折衷のあれ、取り壊しちゃうみたいで」

さすが下町のおっかさんだな、という雰囲気の早口マシンガントークである。それでも威圧感がないのは、愛嬌《あいきょう》たっぷりの笑顔のおかげだろう。

「それは残念ですね……趣のある建築だったのに」

「古さでいったら、先生ンとこといい勝負ですよね。ほら、うちのじいちゃん、知らない人と喋《しゃべ》るの得意でしょ。通りがかりの近所の人に、あれこれ聞いたみたいで。狛江先生、ほんとに突然引っ越していったそうで、不思議がってました。挨拶を欠くような人じゃないのにって。……あ、そうだ。ちょっと待ってくださいね」

母屋と続いているのであろう引き戸を開けた奥さんが、どっしりした身体を半分向こう側に入れ、なにかをゴソゴソ探っている様子だった。やがて「これこれ」と言いながら身体を戻し、小振りの紙袋を脇坂に差しだす。

「ちょうど今日、じいちゃんが買ってきたんですよ。先生んとこは、あんこは充実してるでしょうから、刑事さんどうぞ。甘いものお嫌いじゃないかしら」

「わ、いいんですか。嫌いどころか大好きです!」

「きんつばなんですよ。美味《おい》しいんですって」

おや、ここでもきんつばか、最近ずいぶん縁があるなと思った脇坂だ。

笑顔でありがたく紙袋を受け取ると、濃い茶色の小ぶりな紙袋には控えめに店名が印刷されている。ああ、あの店か、と脇坂は気がついた。

フラワータナカを辞して、商店街を抜ける。

住宅地に入ると、あたりは急に静かになった。複数の梵鐘《ぼんしょう》が夕暮れの空気を揺らす。このへんは小さな寺が多い地域だ。

洗足は無言のまま歩いている。

先程、フラワータナカの奥さんに言ったとおり今日脇坂は非番なのだが、それでも洗足家を訪れたのには理由がある。報告しなければならないことがあるのだ。

「先生」

横を歩く洗足に呼びかけると、ちらりと視線だけをよこした。

瞬きに「なんです」と言われた気がしたので脇坂は続ける。犬の散歩の帰り道でするような話ではないかもしれない。けれど、大きく開けた空の下の方が話しやすい気がしたのだ。

「五百木さんが、拘置所で自殺を図りました」

「……亡くなったんですか」

「いえ、発見が早く、命に別状はありません。今は病院です」

「そうですか」

五百木可代、七十五歳。

過去に喉頭《こうとう》癌を患い、喉頭を摘出している。そのため、呼吸のために永久気管孔を開けてある。五百木がいつも首にスカーフを巻いていたのは、その穴を覆い、マスクの役割をする小さなエプロンを隠すためだったのだ。

喉頭がないのだから、声も失っている。

五百木の場合、ごく短い言葉であれば、食道発声法で話すこともできた。しかし会話と呼べる長さになるのなら、電動式人工喉頭が必要だ。電気喉頭は小振りの懐中電灯のような筒型をしていて、スイッチを入れるとブザーに似た振動音を出す。振動板をのどの皮膚に密着させ、体壁内へ伝導し、共鳴させることで音源になるのだ。自然な声とはいえず、どうしてもロボットめいた音声になってしまい、抑揚もほとんどつかない。ただ最近は機械の方で抑揚を調整する機能がついたりと、少しずつ進化しているようだ。

「五百木さんが事件に関わっていると、先生はいつ気がついたんですか？」

「麗花さんに連絡をとって、『黙って話を聞いてくれた女性』が誰なのかを確認した時だね。麗花さん、晴香さん、美亜ちゃん……五百木さんは、三人ともに関わっている唯一の人だ」

「つまり、麗花さんに聞こうと思った時点で、五百木さんのことが頭に浮かんでたわけですよね？　それはどうしてなんですか？　先生は……なぜ、五百木さんのことを疑ってらしたんです？」

「疑っていたというか、疑問には思っていました。なぜ嘘をついているのかと」

「嘘？」

コォーン……とまた鐘の音がする。

ゆるゆると、夕暮れの空に広がり、薄れ、やがて消える。

「嘘というより、あえて周囲の勘違いを指摘しないこと、だね。ひまわり食堂の誰もが、五百木さんは耳が遠くて、たぶんそのせいで喋らない……そんなふうに思っていたはずだ。しかし、短い時間だがお宅にお邪魔した時、五百木さんは聞こえてないようには見えなかったんですよ」

「晴香さんが先生に相談した時ですよね」

「そう。彼女はちゃんと我々の会話を聞いていた。ちょっとした仕草……瞬きのタイミングなんかでわかる」

わかるのか、と脇坂は舌を巻く。情けないことに、刑事である自分はまったく気がつかなかった。

「まあ、なにか事情があるのかもしれないし、その時は犯罪に関わってるとは思いませんでしたから、あたしも知らないふりをしていました。……それに、電話もおかしかっただろう？」

「電話？　……普通の電話機でしたよ？　わりと新しい型の」

「きみね、刑事なんだろう？　もう少し考えなさいよ。きみの給料の一割ぐらいはあたしがもらってもいいんじゃないかい」

「正直に申し上げますと、二割ぐらいお渡ししてもいいような気がします」

「開き直ってないで、頭を使いなさい。その電話にファクス機能はついてましたか？」

「いえ、最近はもうファクスついてる電話ってあんまり…………あっ……」

「あ、じゃないよまったく。三割はもらいたいね」

脇坂は自分の耳が熱くなるのを感じた。さすがに恥ずかしい。もし五百木が会話もできず耳が遠いのだとしたら、ファクス機能は必須《ひっす》なのだ。パソコンなりスマホなりを使いこなせているのならば話は別だが、あの年齢からはちょっと考えにくい。

「それから、小豆《あずき》だね」

洗足は、平淡に語る。

「あれは五百木さんにとって署名みたいなものだったんだろう」

小豆の謎については、脇坂もすでに了解していた。五百木自身の口から、今洗足が語ったこととほぼ同じ内容を聞いているのだ。

――死体の口に、小豆を詰めたのはなぜです？

取り調べは玖島が担当した。脇坂も鱗田もモニターでその様子を見ていた。

――アレハ……。

どこを見ているのかわからない目で、五百木は答えた。

――アレハ、署名ノヨウナモノデ……。

――署名？

――男タチヲ罰スルノハ……ソウショウト、決メタコトトハイエ、ツライ仕事デシタ。心ノドコカデ、早ク警察ニ、見ツケテホシカッタノカモシレマセン。

――なぜ小豆が署名になるんです？　あなたが妖人《ようじん》で《小豆とぎ》だというならわかりますが、そもそもあなたは妖人ですらない。

――ハイ。私ハ妖人デハアリマセンガ……小豆トイエバ、《小豆婆《あずきばあ》さん》デショウ？　ミンナガヨク知ッテル妖怪《ようかい》デスシ……連想シテモラエルカト……。

小豆婆さん？

この話を聞いた時、脇坂は少し戸惑った。そんな妖怪いただろうか。小豆といえば小豆とぎで、小柄なじいさんの姿を連想する。少なくとも老女ではないはずだ。

だが、脇坂の認識は間違っていた。

「高崎《たかさき》のほうでは、もともと小豆婆さんのほうが知られていたんですね」

五百木の家にあった、民芸品のダルマを思い出しながら言う。

「そう。小豆を研ぐ、小豆を洗うなどの怪異は、多くの地方で語り継がれてきました。音だけが聞こえる、歌を歌っている、キツネが化けているなど、様々なバリエーションがあります。高崎城跡の堀端では、『小豆とぎやしょか、人とって食いやしょか』と老婆が歌う……そういう伝承があり、五百木さんはこれを聞いて育ったんでしょうね。彼女にとって小豆とぎといえば、おばあさんだったんです」

洗足の説明に、脇坂は暗い気持ちになる。五百木は妖人ではないにも拘《かか》わらず……自分を妖怪に喩《たと》え、メッセージを残したのだ。『この犯行は、老いた女の手によるものである』という内容の。

――本当に、あなたが首の骨を折ったのですか？

――ハイ。

電気的な声が答える。

――あなたのその細い腕で、男の首が折れるとは思えないのですが。

――イイエ。私ガ殺シマシタ。

――誰かあなたを手伝った人がいたのではないですか。あるいはあなたが誰かを手伝ったのでは？

――イイエ。私ヒトリデ、スベテヤリマシタ。彼ラヲ、罰スル必要ガアッタノデス。

この自白は受け入れがたい、というのが捜査本部の見解だった。

今まで犯罪歴などなく、まっとうに生きてきた七十五歳の女性に、計画できる犯行ではないのだ。高齢者だから首の骨が折れないという話ではない。検死により、犯人がどのように首を折ったのかはある程度わかっている。指紋は残っていないが、どこにどんなふうに手をかけて、どう首をねじったのか……鮮やかな犯行だったことは確かだし、手の大きさも予測がつくのだ。五百木の手ではあまりに小さすぎる。

さらに、栄は妖琦庵で、犯行現場にふたりいた可能性があると語った。目隠しをされていたため、見えたわけではない。けれど、笑うような息の音を聞いたと。

共犯者がいるのだ。

そうでなければ説明のつかない部分が多すぎる。三人の薬物依存を利用した件にしても、何者かが用意周到な網を張っていなければ、成立しない手管だ。

さらに、五百木の話を聞いていると、事実と食い違う部分がいくつかあった。

土屋美亜、鈴木麗花、栄晴香。この三人は確かに、身近な男性から暴力や脅し、ネグレクトや暴言などを受けていた。しかし、それは彼らを殺さなければ解決しなかった問題とは言えない。謝罪や反省を拒絶した土屋と阿賀谷にしても、警察や行政に通報するという方法はあったはずなのだ。殺すというのはあまりにも短絡的である。

その点について問うと、五百木は「ソンナ猶予ハ、アリマセンデシタ」と答えた。

三人の女性が置かれていた状況と、五百木が認識していた状況にズレがあるのだ。

鈴木麗花も栄晴香も、たしかに五百木に直接相談事をしていた。辛《つら》い状況について打ち明けていた。しかし五百木の語る彼女たちの状況は、さらに過酷になっていた。いわば、脚色されているのである。たとえば、土屋美亜は血の繫《つな》がらない父親から、性的な虐待を繰り返し受けていた――五百木の中ではそういう認識があるのだが、これは事実ではない。鈴木麗花と栄晴香に関しても同様で、事実以上の、確かに命の危険すら感じるような状況にあると……五百木は思いこんでいるのだ。

これは、五百木の脳内が勝手に作り上げた……いわば妄想なのか？

そうでなければ、何者かが五百木にそう思いこませ、彼女が人を殺すように仕向けたのではないか？　そして、そういう手管を得意とする犯罪者を、脇坂たちはよく知っているのではないか……？

「先生」

もうじき、洗足家に着く。その前にと、脇坂は口にした。

「青目なのでしょうか」

はっきりと聞く。回りくどい聞き方に、もはや意味はない。

「そうだろう」

洗足も認めた。ソメイヨシノはすっかり終わり、今はくすんだ赤い萼《がく》と葉ばかりだ。花吹雪のあの日から、まだたいして経っていないのに。

「だとしたら、五百木さんは、青目になにか弱みを握られ、言いなりに？」

「……五百木さんに家族は？」

「先生もご存じのとおり、ご主人が最近亡くなって……ふたりの息子さんは、それぞれ、上海《シャンハイ》とシンガポールにいます。母子《おやこ》関係が悪いわけではないようでしたが、頻繁に連絡を取ってるというふうではありませんね」

――自由に生きなさいと、言われたんです。

事件を知り、急ぎ一時帰国した下の息子は話していた。

――自由に、世界のどこにでも行きなさいと。僕にも兄にも、そう言ってました。母が人を殺すなんて……看護婦として長く働いてきた人なのに……信じられません。

「息子さんたちには家庭もあり、子供……つまり、五百木さんの孫も三人います。ですが、孫に会ったことはないらしく」

「一度も？」

「はい。なにしろ海外ですし……。五百木さんは旦那《だんな》さんの介護を長くしていたので、家を空けることが難しかったようです。いずれにしても、五百木さんの家族が何者かに脅迫されたという事実は確認できませんでした」

ならば、青目はどうやって五百木を操ったのだろうか。どんな脚本を描き、彼女に行き過ぎた正義の老女を演じさせたのか。

「……見えないね」

「はい？」

「脚本の意図……青目がなにをやりたかったのかが、見えない」

淡々と語る洗足に、ほんのわずかに苛《いら》ついたのはなぜなのか。その答がわからないまま、脇坂は「あの男のやることなんか、いつだって僕には理解できません」と口走っていた。思っていたよりずっと棘《とげ》のある口調になってしまい、自分でもちょっと驚いたほどだ。言ってしまってから後悔したが、洗足は脇坂を咎《とが》めるでもなく、「あたしだって、理解なぞしてませんよ」と返す。

「ただ、今までは、あいつの描きたかった絵が浮かんでいたのに――」

「絵？」

「喩えて言えば、ですがね。こんな色を使ってこんな線を描きたかったのか、こんな残酷で、悲しい風景を描きたかったのか……事件の全貌《ぜんぼう》がわかると、そんなふうに思えるんです。理解はできないが、感覚的に……伝わってくるものがある」

まだ言葉を自由に操れない子供が、画用紙に描き殴る絵のようなものだろうか。なにを描いたのかわからなくとも、その子の感情は紙の上に叩《たた》きつけられ、迸《ほとばし》っていると……そういうことか。ならば青目にとって、今までの事件は洗足に見せたい絵だったということなのか。奴にとっては一種の芸術だと？

馬鹿な――脇坂は腹の奥が熱く煮えるのを感じた。やや遅れて、自分は怒っているのだと気がつく。青目という犯罪者に対する怒りは以前からずっとあるが、今、ひときわ強くなった。自分にこんな憤りがあったのかと思うほどだ。

「言っておきますが」

顔に出さないようにしていたのだが、脇坂の怒気は漏れ出ていたのだろう。洗足は静かな声で「あの男を肯定してるわけではありませんよ」と告げる。

当然だ。

犯罪者だ。

脇坂は洗足の横顔を見る。最近、思ったより表情の豊かな人だと思うこともあるのだが、今はまったくだめだ。青目について語るとき、この人は仮面をつけてしまう。

「でも、絵が見えるんですよね」

それはつまり青目のメッセージということではないか。奴から洗足伊織へ、半分血の繋がった兄へ送られる……狂気の絵画ということではないか。

「それは、先生と青目が兄弟だからですか？」

「さあ。どうだろう。いずれにしても今回はよく見えない。線は不明瞭《ふめいりょう》で、色はぼやけている」

「今までとは違う、と。……青目が近くにいる気配はありますか？」

「あたしは獣じゃないんだよ。そんな気配わかるわけがないでしょうが」

「……先生には、わかるのかと思ってました」

脇坂の言葉に、洗足は不意に歩みを止めた。

すでに、妖琦庵の見える小さな竹藪《たけやぶ》の前だった。伸び放題の竹が揺れている。

竹の葉擦れはいつも同じだろうに、心地よくサラサラ届く時もあれば、不安めいてザワザワ聞こえることもある。人の耳なんてあてにならないものだ。

「……近くまでくれば、わかりますよ」

ざわつく葉擦れに覆われて、洗足にしては聞こえにくい声だった。

「奴がなにも喋《しゃべ》らなくても――後ろに立てばわかる。わかりたくなくてもね」

「兄弟だからですか」

「きみはそのセリフが好きなのかい、脇坂くん」

質問に質問で答えるのはずるい。そう言おうとしたのだが、洗足は再び歩き出してしまう。それを追えば、あっという間に洗足家に到着だ。

「おかえりなさい。そしていらっしゃい」

玄関に出てきた夷が前半は主《あるじ》に向かって、後半は脇坂に向かって言った。

「ただいま。……今夜はアサリの味噌汁《みそしる》？」

「いえ」

「ならやはり酒蒸しですか」

「それもはずれです。ボンゴレビアンコにしようかと」

「夷さん、それって四人前になりますかね？」

さっきまでの緊張感を払拭《ふっしょく》したくて、脇坂はあえて明るい声を出す。

「パスタはありますよ。アサリは殻だけでよろしいですか？」

真顔で聞かれて、脇坂は「ひどい」と眉《まゆ》をへの字に下げた。クスクスと笑いながらマメがやってきて「大丈夫ですよ。アサリもたくさんあります」と教えてくれる。

「マメくん、今日はバイトじゃないんだね」

「はい。パスタの日は家にいないと！」

明るいマメの笑顔を見ていると、胸の中に漂っていた靄《もや》が綺麗《きれい》に晴れていくようだ。それはとても気持ちがいいことなのだが、靄がある状態ともきちんとつき合っていかなければならない……脇坂は最近、そんなふうに考えている。

「ま、あがりなさい」

家主の許可を得て、脇坂は靴を脱ぐ。

夷とマメは夕食の支度のために台所に行った。家にあげてもらったはいいが、茶の間と客間、どちらに行けばいいのか戸惑っていると「こっち」と洗足がつまらなそうな声を出す。どうやら茶の間に入っていいらしい。思わず小さくガッツポーズを取ってしまう脇坂である。

ボンゴレビアンコは、このうえなく美味《おい》しかった。

パスタの茹《ゆ》で加減は絶妙なアルデンテ。アサリだけではなく、菜花も入っており、明るい緑とほろ苦さが、実に春らしい味だった。夷にレシピを聞くと、やはりオリーブオイルが決め手らしい。シンプルな塩味のパスタのときは、なるべく鮮度のいいエキストラバージンオイルを使うそうだ。

「ごちそうさまです。ああ……美味しかった。やっぱりオリーブオイル、鮮度が大事ですよね……！　そういえばこのあいだ、オリーブオイルの専門店の前を通りました。量り売りのお店なんですよ」

ほう、と夷が興味を示す。

「サラダ用に、柑橘《かんきつ》の風味がついてるのを探してるんですが」

「あ、そういうのありましたよ！　とても種類が豊富で。今度ご一緒しませんか」

「ぜひ案内してほしいですね」

「僕も一緒に行きたいです！」

「もちろんマメくんも。先生もいかがです？」

「……なんで油を買うのに、みんなでぞろぞろ行かなきゃならないんだい」

食後のお茶を飲みながら、洗足が気怠《けだる》げに言う。

「先生って、美味しいものが好きなわりに、食品に関する興味は薄いですよね」

脇坂が言うと、夷が「そういうところ、あるんです」と頷《うなず》く。

「黙って座ってれば美味しいものが食べられる環境を、夷さんが整えすぎたんじゃないですか？」

「なんだい、脇坂くん。まるであたしが甘やかされてるみたいな言い草じゃないか」

「食に関しては、そうですよね？」

脇坂の問いに、夷とマメがウンウンと頷いている。

洗足は旗色の悪さを察したのか、それ以上はなにも言わずに視線を逸《そ》らす。

「家に料理の上手な人がいると、そういう感じになっちゃうんですかね。うちの場合、母親の料理が下手で、おかげで姉たちも自力で美味しいものを探したり、作ったりするようになりました」

「え、脇坂さんのお母さんは、料理上手なのかと思ってました」

「それが違うんだよ、マメくん。見た目はすごく綺麗な料理で、今でいうと超SNS映えするルックスなんだけど、食べてみるとびっくりなんだ。美味しくなくて」

「美味しくない……まずいわけではないわけですね？」

「夷さん、鋭いところをつきますね。そうなんです。まずいわけではないんです。食べられるラインではあります。でもどうせ食べるなら、美味しいほうがいいじゃないですか……ご飯は、一日に三回しか食べられないんですよ」

「三回食べられたら十分だろうに……」

ボソリといった洗足は無視させてもらい、脇坂は続けた。

「だから僕、率先して料理を手伝ったんです。手伝いながら、味の調整したり」

「ふむ。脇坂さんの食に関する知識や興味はそういうところからきているんですね」

「はい。でも、うちは洋食が多かったので、和食を基礎から教わる機会がほとんどなくて。今からでも夷さんに弟子入りしたいほどです」

「私は普通に作っているだけですよ。忙しい時は出汁《だし》パックも使いますし」

「え。全部かつぶしを削って出汁を取ってるんじゃないのかい」

洗足は本気で聞いているらしく、夷がちょっと驚いた顔になった。マメすらも「毎日それは無理ですよう」と苦笑いをしている。

「でも、うちの味噌汁は毎日美味しいじゃないか」

「最近はパックでもいい出汁が出ますから。……そうそう、晴香さんはお味噌汁にケチャップを少し入れるって言ってましたね」

夷の言葉に「ケチャップ？」とさらに洗足が驚く。

「あ、原料はトマトですからグルタミン酸ですよね。美味しくなるかも」

「さすがですね、脇坂さん。そう、うまみ成分があるので味噌の量を減らせるそうです。旦那《だんな》さんの体を気づかっているんでしょうね」

そういえば、と脇坂は思い出す。

「あの……栄さんの、職場でのハラスメントの件について、なにか聞いていますか？相談窓口は紹介したんですが、そのあととくに連絡はなくて……」

「その件なら、解決に向かってます」

教えてくれたのは洗足だ。夷とマメもすでに承知しているようで、微笑んで頷く。

「先生が力をお貸しに？」

「あたしはなにもしてません。ただ、晴香さんが本領を発揮したというか」

「本領？」

「妖人《ようじん》としての特徴だね」

　脇坂は首をかしげる。

　栄晴香は、以前自分が妖人《河女》なのではないかと悩んでいた。だがそれについては、洗足がはっきり否定していて……。

「あのね、脇坂さん。晴香さんはもう一度ご自宅に、旦那さんの職場のみなさんを招いたんですって」

　マメが説明してくれる。

「旦那さん、職場でのつらい体験を、非公開のブログに記録してたそうです。書くことで、つらさを紛らわせていたんでしょうね。それをもとに、晴香さんは職場の人たちに説明を求めて……最初はみんな否定していたけれど、晴香さんが粘ったら、だんだん本音が出てきたというか……旦那さんのことを、否定し始めたと」

　――栄さんにも悪いところがあるんですよ。だからみんなから嫌われるわけで。

　――ハラスメントとか大げさなんだよね。人間が複数集まってるんだから、多少の意見の食い違いはあるでしょ。奥さんもねえ、そんなことで騒ぎ立てるのはどうかと思いますよ？

　――っていうか、そんなにイヤなら、会社辞めたらいいんじゃないスかあ？

　栄の同僚も上司も部下も、多勢に無勢とばかり、言いたい放題になったという。栄さん本人は、その時は同席していなかったそうだ。

「晴香さんは辛抱強い人ですけど、さすがにこれはだめだと思ったそうです。この連中と働いている限り、旦那さんの心が回復することはないと。しかも挙句の果てに」

——栄さん、ピグってあだ名だったんですよ。アハハ、可愛いでしょ？　奥さんの料理が美味しくて、子豚になっちゃったんですね。エサあげすぎっていうかぁ、奥さんにも責任があるっていうかぁ……。

まだ二十代前半であろう若造にそう言われた時、晴香はとうとうキレたそうだ。

「キレたというのは……いったいなにを……」

「まさか相手を殴るわけにもいきませんし、部屋の壁を殴ったそうですよ」

「か、壁？」

はい、とマメがニコニコと答え「あっ、そうだ」とスマートフォンを取り出す。

「記念に撮っておいたそうです。ほらほら、この壁」

差し出されたスマートフォンの画像を見て、脇坂は口が開く。

これは……なんというか……映画などでたまに見るやつだ。マーベルコミックが原作のアクションものとか、そういう系。ヒーローなり悪役なり、とにかく人並み外れた腕力を持つキャラが壁を殴ったときの、あの画《え》だ。真ん中がボコっと凹《へこ》んで、放射線状に亀裂が入っているアレである。

「これ見て、会社の皆さん腰を抜かすほど驚いていたそうですよ。上司の人なんか、その場で土下座し始めたって」

わかる。肝の小さい人間ならば、反射的にそうしてしまうだろう。

「晴香さんもすぐ我に返って、すみませんすみませんって、一緒に頭下げちゃったみたいですけどね。可愛いですよねえ、晴香さん」

可愛い、のか。

いや、晴香さんは可愛い人だろうけれど、この壁はそういう問題では……。

「カッとなってたから、力加減ができなくて、皮膚がすりむけて血がたくさん出ちゃったそうです」

「いや、待ってマメくん。骨は？　こんなことしたら普通、拳《こぶし》が骨折しまくるっていうか、いや、たとえ骨折するほどの力を込めても、こうはならない……」

「念のためレントゲン撮ったけど、骨は大丈夫だったと」

「…………」

「壁の穴、今はタペストリーかけて隠してるけど、引っ越しの時、敷金帰ってこないだろうなって、心配してました」

「敷金……」

「結局、栄さんは会社を辞めたそうです。今は心療内科に通いながら、次の仕事を探していると。専門職なので、きっと大丈夫だと思います。報告に来てくれた時、旦那さんの顔色ずいぶん良くなってたし。晴香さんのこと、『惚《ほ》れ直しました』なんてのろけちゃってて。ね、先生」

「ああ。微笑ましいご夫婦だったね」

夫婦仲がよくなったのはなによりだが、それにしたってあの壁である。脇坂が縋《すが》るような目を洗足に向けると、

「そういう特性の妖人なんですよ」

と、なんでもないことのように言う。

「でも、先生は晴香さんを《河女》じゃない、属性はとくにないって……」

「属性はないなんて言ってません。あの時はあえて伝えなかっただけです」

「なら、晴香さんは、いったい」

空いた湯飲みを夷に差し出し、おかわりをもらいながら「《伊賀局《いがのつぼね》》」と洗足は言った。

いがの……？

「文献にも残っている歴史上の人物ですから、妖怪《ようかい》と一緒くたに考えるのは失礼でしょうが……『吉野拾遺《よしのしゅうい》』によると、藤原基任《ふじわらのもととう》の幽霊と出くわしても平然としていたとか。また、主《あるじ》と賀名生行宮《あのうあんぐう》へ落ち延びる途中、吉野川に行く手を遮られ、周りにあった木々を大刀でばっさばっさと斬り、川に橋をつくって、主を背負って対岸へ渡ったと」

「ご、豪快ですね……」

「つまり豪胆さと怪力を持つ女官が伝承となった――そこから妖人《伊賀局》の名がついたんです。相談を受けた時は、本人はまったく気がついていないようでしたし、怪力という特性は、扱いが難しいですからね。知らないままが無難ともいえます」

が、今回、とうとうその特性が発露してしまったわけだ。

「まあ、晴香さんは心配いらないでしょう。自分のためではなく、他者のために怒り、力が発揮されたんです。そういう人は……大丈夫なものです」

洗足の言わんとしていることは、脇坂にもなんとなく理解できた。

特別な力を持つ者が、己のためだけにそれを使おうとした時、自分自身すらその力に食い尽くされかねない。けれどそれが他者のためならば、制御は可能なのだ。……晴香の場合、壁に多少の被害はあったが。

「そんなことよりきみ、今この場で、出すべきものがあるんじゃないですか？」

夷にお茶のおかわりをもらってると、洗足がそんなことを言い出す。

「え？　ええと……アサリ代をお支払いする必要がありますか？」

「なに言ってるんだい。そんなもの払えというなら、今までずいぶんツケが溜《た》まってる。財布ごと置いていってもらっても足りないぐらいだ。カードの暗証番号も書いていきなさい」

「なんだか、ぼったくりの店みたいになってますよ」

「きみなんかぼったくったところでたかが知れてるんだろうがね。そうじゃなくて、その紙袋ですよ。ちょうどお茶請けを持ってるじゃないか」

ああ、と脇坂も思い出す。フラワータナカさんにお菓子を……きんつばをいただいたのだった。

「そうでした、そうでした。みんなで食べましょう」

紙袋から包みを出すと、それを見ていた夷が「ああ、ご隠居さん、狛江先生のところに行ったんですね」と言う。

「その狛江先生というのはどなたなんです？」

「ペインクリニックのお医者さんですよ。先生がぎっくり腰になった時、お世話になったんです。フラワータナカの御隠居さんの紹介で」

「ペインクリニック……疼痛《とうつう》コントロールを専門にするお医者さんですね。ブロック注射とか」

「そうそう。なにしろあの時の先生、歩くだけでも大変でしたからね」

夷が思い出し、コクコク頷《うなず》いているのはマメである。

「直線移動はぎりぎりできてましたけど、屈《かが》めないから足袋《たび》も穿《は》けなくて」

「そうそう。私が穿かせてさしあげて」

「歩く時も、僕たちが両側から支えて」

「……本家の祖父《じじ》を思い出しましたねえ……」

しみじみと言った夷に、洗足はしかめ面で「芳彦のところの御大と比べないでほしいね。桁《けた》が違うじゃないか」と文句を言う。夷の祖父はかなりの長老らしい。

「脇坂さんが、例の似合わない格好をして、麗花さんをナンパしていた時が二回目の通院だったんですよ。あの頃は先生の状態も、かなりよくなっていて」

できなかった。

「ああ、あの時……。やっぱりブロック注射って、効くんですねえ」

「芳彦、狛江先生は診療所を閉めてしまったようだよ」

洗足が夷に告げると、家令は耳をピクリと動かして、「え、なぜです？」と聞く。脇坂は少し前、自分の耳も動かせないかなあと、鏡に向かって挑戦したのだが、まったくできなかった。

「フラワータナカの奥さんも不思議がっていた。本当に突然閉めてしまったらしい」

「……先生が次にぎっくり腰になったら、どうしましょう……」

「もうなりたくないよ」

「ブロック注射は根本的な解決にならないわけですし……これはいよいよ、運動しないといけませんね」

「あたしはね、茶筅《ちゃせん》より重いものは持たないんです」

「そんなことじゃいけません。狛江先生もおっしゃってたじゃないですか。人は裏切るけれど、筋トレは裏切らないと」

よくわからない名言が出たところで「あの、すみません。質問なんですが」と脇坂が小さく挙手する。

「僕の中で、きんつばと狛江先生が繋《つな》がらないんですけれど……」

「ん？　ああ、そうか。狛江先生のクリニックの近くに、このお店があるんですよ。『花井』さん。きんつばが有名な老舗《しにせ》だそうで」

「あー、なるほど」

「最初にクリニックに行った時、狛江先生の机の隅っこに、きんつばが置いてあったのが見えて。私が、『甘い物がお好きなんですか』と聞いたら『花井のきんつばは絶品だよ。昔から食べている』と教えてくださって。……ちょうど、先生は注射のあとで安静室にいる時だったかな」

「買って帰ったんですか？」

「さすがにその日はそれどころじゃなくてね。クリニックの前から、タクシーでまっすぐ帰りましたよ。そのあとも、なんだかんだ行き損ねていて……やっと今日、老舗のきんつばにありつけるというわけです。ねえ、マメ」

夷の呼びかけにマメが笑顔で「はい！　老舗のお菓子を食べるのはすごく勉強になります」と答える。

実を言えば、脇坂と洗足はすでにここのきんつばの味を知っている。五百木の家で食べているからだ。包装紙も見覚えがあるので、間違いないだろう。

その話をしようと洗足を見て、脇坂は言葉を止めた。

「先生、僕らはもう……」

洗足の顔から血の気が引いていたからだ。

もともと血色のいい人ではないが——それにしたって真っ白だった。夷がすぐ異変に気がつき「先生？」と声をかける。

洗足はすぐに頰を緩ませ……笑うというほどではないが、刹那《せつな》の緊張感を解いて、「なんだい?」と返す。

「なんだい、じゃないですよ。なんでそんな青い顔をなさってるんですか」

「自分の顔は見えないが、言われてみれば少し寒い気がするね」

「今夜はそんなに寒くないのに……先生、どこかお加減が悪いんじゃないですか?」

マメも不安げな顔になる。洗足はきんつばに手をつけないまま「うちは心配症が多くて困る」と肩を竦《すく》め、立ち上がる。

「少し頭痛がするから、部屋で休んでくるよ。脇坂くん、あたしのきんつばを食べたりしたら末代まで祟《たた》るから、そのつもりで」

「世の中にこのきんつばしか残ってないとしても、食べません」

「いい心がけだね。では失礼」

茶の間から出ていった洗足を、夷はすぐに追った。だが、ほんの一、二分で戻ってきて「やれやれ、追い返されてしまった」と眉《まゆ》を寄せる。

「今夜はもうお休みになるそうだよ」

「どうしたんでしょう……先生のあんな顔色、めったに見ません」

「貧血かもしれないね。明日も具合が悪いようだったら病院にお連れしよう」

「そうですね……」

寝込んだ母親を心配するように、マメがしょげてしまう。

「ほら、マメ、そんな顔をしないで。自分のことは気にせず、きんつばを美味《おい》しくいただきなさいと先生はおっしゃってたよ。せっかく脇坂さんが提供してくれたんだ」

「あ、はい。そうですよね。脇坂さん、いただきます」

「うんうん。どうぞどうぞ」

「そうだ、脇坂さん、さっきなにか言いかけてませんでしたか？」

黒文字できんつばを半分に割りながら、マメが聞いた。

「あれ？　そうだった？」

「そんな感じがしたんですけど……」

「うーん、思い出せないなあ」

マメに嘘をつくことは脇坂にとって心の痛むことだ。けれど、今はそうすべきな気がした。洗足の顔色が急に変わった理由が、脇坂にわかるはずがない。わからないが——このきんつばが関係しているように思える。もっと言えば、五百木の家にこのきんつばがあったという事実が。

「先生のことが心配で、ほかのことが飛んじゃったかも」

「はいはい、主にそう伝えておきましょう」

夷がちょっと意地悪に言ったのは、もちろん場を和ませるためだ。

マメも夷も平静を装っているが、洗足の不調はこのふたりに大きく影響する。洗足伊織は文字通りこの家の柱なのだ。

「二個食べたら、本当に先生、祟りますかね」

そんな軽口を叩《たた》きながら、脇坂は大きく口を開け、きんつばを全部押し込んだ。マメに笑われ、夷に呆《あき》れられつつ、モグモグと大きく口を動かして咀嚼《そしやく》する。味はほとんどわからなかった。

洗足の不調は、脇坂にもまた大きく影響するのだ。

十一

もし、明るかったなら。

木造漆喰《しっくい》の白い壁に、木枠の格子窓。玄関ポーチの三角屋根を支えるのは、意匠を刻んだ石の柱。邸宅の周囲を、ぐるりとベランダが巡る、いわゆるベランダ・コロニアルの擬洋風建築。屋根は瓦葺《かわらぶ》きで、色は……深い緑、だったろうか？

もし、明るかったら――そんな邸宅が見えたはずだ。脇坂あたりが見れば「昭和レトロですね！」とはしゃぎそうな外観である。さして大きくはない個人医院は、診療所が一階で、住まいは二階。木製の玄関扉の横に、古色蒼然《そうぜん》とした『狛江整形外科』という金属板がかかり、その下に、それよりは新しい『狛江ペインクリニック』と樹脂製のプレートがある。

だが、それらも今はほとんど闇に沈んでいる。

月も星もない夜だ。

遠い外灯の光が僅《わず》かに届いているが、目をこらさなければ文字は読めない。

伊織は玄関扉の前に立ち、古いほうのプレートに触れた。指先にザラリと錆《さび》を感じる。

狛江医師は、六十代半ばくらいだったろうか。

――うん、骨には異常ありませんし、椎間板《ついかんばん》も問題なし。状況からして、こりゃあもう、典型的なぎっくり腰だねえ。

髪はきれいに真っ白で、鼈甲《べっこう》色の眼鏡をかけていた。矍鑠《かくしゃく》と動き、声も明瞭《めいりょう》で、説明も的確。待合も診察室も古く、漆喰壁が剥《は》がれていたりはしたが、設備は新しかったし、器具も清潔に管理されていた。ベテランふうの看護師がふたりいて、朗らかな女性たちだった。待合にはいつも結構な人数がいたことからも、狛江医師の腕が確かだったのがわかる。事実、伊織も助けられたのだ。早い段階でここを訪れていなかったら、普通に歩けるようになるまで、ふた月くらいかかったかもしれない。

いい先生で、いいクリニックだった。

なのに、なぜこうも突然閉めてしまったのか。

高齢の医師、古ぼけた医院。なにも知らない者から見れば、さほど不思議はないだろう。けれど、ずっとここに通っていたフラワータナカのご隠居ですら、事前に知らされていなかったのはおかしい。治療が継続中の患者には、べつの病院を紹介するべきである。狛江医師ならば、そういう責任を果たすはずなのに。

闇の中に伊織は立っている。

正藍染《しょうあいぞめ》の十字絣《がすり》は、その闇にほとんど溶けているだろう。

大通り沿いにはビルが立ち並び、深夜でも車の走行がある。その音が裏通りのここまで届き、都会の真ん中であることを思い出させる。狛江医院のある一角だけが、妙に時代錯誤なわけだが、それはさして珍しいことではない。東京という大きな都会には、まるで都会らしくない光景がしばしば埋もれているのだ。

また、商業地区は深夜でもある程度の明るさを保っているのに、一本裏道に入った途端、驚くほど暗くなることもままある。

狛江医院の隣はコインパーキングだった。逆隣は雑居ビルで、夜になると人がいなくなり、窓の灯《あか》りもほとんど消えている。向かい側も似たようなビルだ。狛江医院の前にも外灯があるのだが、故障しているのか、点灯していない。医院のプレートを照らしていたはずの照明も、もうブレーカーが落ちているのだろう、当然ついていない。

暗い。人の気配がない。

それはそうだ。ここにはもう誰も住んでいないのだし、そもそも現在時刻は深夜一時過ぎ。伊織以外は誰もおらず、入り口の鍵《かぎ》はしっかりと閉まっているはず。入ろうとしても入れないはず。この中で誰かが自分を待ってる気がするなど——ただの気のせいのはず。

はず、はず、はず。

伊織は知っている。人は、自分の中に生まれたネガティブな可能性について、その確信が高いほど……そんなはずはないと、否定したくなる。

ありえないと思いたくて、けれど思えなくて、不安が高まり、あり得ない事を確認しに行こうとする。

やめればいいのに。

本当はわかってるのに。

このドアは開くのだ。解錠されているのだ。なぜならばあの男が中にいるからだ。中で伊織を、待っているからだ。

………ほら、開いた。

伊織は屋内に足を踏み入れる。

自らあの男へと近づく愚行を承知で、それでも進む。

屋内は外よりなお暗い。それでも中の様子がかろうじてわかるのは、待合と診察室を隔てる扉の磨《す》りガラスから、弱い灯りが漏れているからだ。

「次の方、どうぞ」

ふざけた声がして、伊織は扉の前で頬を歪《ゆが》ませた。

「さあ、お入りください……どうしました？　中へどうぞ？　…………ほら、伊織」

最後は苦笑いで「なにを怖がってる？」と聞かれる。怖がってなどいない、はっきりそう返せたらよかったのだが、正直なところ自信がなかった。伊織は今、恐れを感じているのかもしれない。

扉を開ける。

広くはない診察室だ。医師のための机と椅子。そして診察台。灯りは机の上のランタンだった。小型だがLEDを使用していて、光量は結構なものだ。

「倉庫にあった。災害用だろうな」

ランタンを顎《あご》で示し、青目は言う。

医師の椅子に座り、悪い冗談のように白衣を着ていた。だが、サイズがまったくあっていない。

「これも置きっ放しだ。お医者さんごっこも楽しそうだと思ったが、きつすぎる」

そう言って笑いながら、白衣を脱いだ。その下は黒いシャツに黒いスラックス。伊織は、この男が明るい色の服を着ているところを見たことがない……子供の頃は除いて。

白衣は当然のように床に捨てられた。

伊織は診察室に一歩入った位置のまま、青目を見る。この男を見るといつも思うことだが、半分血が繫《つな》がっているのにまったく似ていない。同じ両親から生まれても似ていない兄弟はたくさんいるだろう。そう考えれば取り立てて不思議なことではないだろうが、本当に似ていない。顔かたちも骨格も……考え方も。

同じ父親を持つというのに、これほどまでに違っている。

遺伝子的な問題だけではない。育った環境の違いは、生まれついて持った資質以上に、影響力が大きいのだ。

それではと、伊織は考える。

もしも青目が、伊織と同じような幼少時代を送ったのだとしたら。父親はいないにしろ、強く美しい母親に守られ、多くの知恵と恩恵を与えられていたのだとしたら。そしてもし、自分が青目の置かれていた環境にいたなら。母親の狂気じみた執着の中、社会から隔絶された山小屋で、鎖に繋がれたままの子供時代を送ったのだとしたら……。

それでも自分は、まともでいられただろうか？

青目のような犯罪者には、絶対にならなかったと確信を持てるのか？

「どうした？　聞きたいことがあって、来たんだろ？」

キャスターつきの椅子をくるりと一回転させて青目が聞く。そう。質問がある。伊織はさらに一歩、進む。

「土屋さんと阿賀谷さんの首を折って、殺したな？」

「ん」

御機嫌な子供のような顔で青目はうなずく。この男は伊織といる時、いつも薄ら笑いを浮かべていることが多いが、今日はとりわけ楽しそうだ。

「殺したよ。俺が共犯者だ」

「違う。主犯だ。殺人を計画し実行した。五百木さんは利用されたに過ぎない」

「そうじゃない。彼女が男に薬を飲ませて眠らせ、彼女が男と話して殺すか殺さないかを決めた。どの男に接近するかも、彼女が決めてた。決定権はすべて彼女にあって、俺は手伝っただけだ。非力な彼女の代わりに、二人の首を軽く捻《ひね》っただけ」

「彼女がそう考えるように仕向け、間違った情報を、おまえが吹き込んだからだ。あのふたりは確かにろくでなしだったが、だからといって殺されていいはずもない」

「まあ、多少脚色はしたな」

青目がシャツの胸ポケットから、煙草を出して言う。箱ではなく、シガレットケースに入っていた。

「彼女の中にあった迷いを、断ち切るためには仕方なかったんだ。あの人は、か弱い女子供を救いたかったんだよ。それはいいことだろ？　それに、彼女の目的は殺しじゃない。謝罪と反省なんだよ。事実、ちゃんと謝った男は死んでない。だが、あとのふたりはひどいもんだった」

咥《くわ》えて、火をつける。灯りがもうひとつ生まれる。

「彼女のほかに、俺もいることに気がついてなかった。試しにわざと物音を立ててやったんだが、不審に思いもしない。頭が悪いから、共犯者がいる可能性を考えられないんだろうな。自分が圧倒的に不利な状況なのに、彼女を罵《のの》り、女達を罵り、汚い言葉を吐いてうるさかったから、さっさと殺した。……確かに俺は、やつらについての情報を多少脚色したさ。盛った、ってやつだな。でもな、伊織。あの男たちが、あれ以上ひどい人間にならないなんて、誰が保証できる？」

流れてきた煙を避けるため、横に一歩動いた伊織は「先のことなど、誰にもわかるものか」と返した。

「そうか？　俺にはだいたいわかるぜ？　ああいうろくでなしは、どんどん悪化する。残念ながらこの国は、悪くて弱い奴が更生できる機会はほとんどない。そりゃそうだよな、弱い善人ですら救えてないのに、悪人にまで手が回るわけがない。そういうろくでなしは、自分よりもっと弱い奴から搾取して生き延びる。他人を傷つけることにどんどん鈍感になっていく。そんなことはおまえだって、本当は気づいてるはずだ」

「詭弁《きべん》もいいところだ」

　伊織は青目を見据えたまま、冷たく返した。

「そんな屁理屈《へりくつ》がまかり通るなら、この世の中に死んでいい人間は、ずいぶんいることになる」

「ほとんど死んでいいんじゃないか？」

　煙草をふかしながらの、平然とした台詞《せりふ》だった。

「少なくとも俺にとって、死なれたくない人間なんていないな。おまえくらいか」

「……では、あたしが突然交通事故で死んだら？」

「まず、おまえを轢《ひ》いたやつを殺すだろ？　いや、先にそいつの家族からかな。とにかくみんな殺して……それから……それから俺はどうするだろう？　たぶんすごく後悔する。どうせおまえが死ぬなら、なんで俺がこの手で殺さなかったんだろうって、それこそ死ぬほど後悔する。そのあとは…………」

　キィ。

椅子が、絞められた小動物みたいな音で軋《きし》む。

青目は煙草を咥えたまま、腿《もも》の上で両手の指を組み、真剣に考えているようだった。伊織以外は死んで構わない。悪い冗談のようなその言葉が、奴の本音なのだ。

「そのあと……どうしたらいい？」

正解に辿《たど》り着けない子供みたいな目で聞かれ、伊織は「知るか」と吐き捨てる。

ああ、いやだ。

この男の執着がいやだ。そしてこの狂気を「あの環境にいたのだから、しかたない」と思ってしまいそうな自分がいやだ。何度も何度もその「しかたない」を踏み潰《つぶ》し、埋め固め、なのにまたその感情は芽吹くのだ。油断をすればぐんぐん成長し、春がくるたびの桜のように、時に伊織を覆い尽くそうとするのだ。

「冷たい兄貴だな。ま、おまえが死んだらどうするかは、おまえが死んでから考えることにするよ。今はこうして生きてて、俺の目の前にいる。……なんの話だった？ああ、彼女だ。五百木可代。俺は彼女を唆してないし、操ってもいない。伊織、おまえも感じてただろ？　今回の事件は、俺の絵にしては、おとなしすぎる」

言い当てられたのは癪《しゃく》だが、そのとおりだった。

口に小豆《あずき》の詰められた死体。それだけ聞くと、猟奇的なものを感じるのだが、実際は違う。この表現は適切ではないだろうが……静寂と諦観《ていかん》を感じさせる事件だった。それはおそらく、五百木の犯行動機が『他者のため』だったせいだろう。

けれど、それでも、殺人だ。

人は人を殺してはならない。どんな理由があっても。

「そもそも、彼女がここに来なければ、あの男たちは死なずにすんだんだし」

ここに来なければ。

つまり、狛江クリニックに来なければ。

「……それは、どういう意味だ」

「どう思う？」

にやりと嗤《わら》い、青目は短くなった煙草を自分の指先で捻《ね》じり消し、吸い殻をポケットに入れる。

「おまえは、なにか察したからここに来たんだろう？　そして俺はおまえが察することを察して、待っていた。お互い勘のいいことだな」

「狛江医師は今回の事件に関与している。だからこそ、こんなふうに突然クリニックを閉めて消えてしまった」

「そういうことだ。『花井』で気づいたのか？」

「……もっと早く、気がつくべきだった」

きんつばの美味しい老舗《しにせ》。『花井』。

その包装紙を、伊織は五百木の家で見ている。

そして、芳彦はこのクリニックで見たと言っていた。

ここから『花井』は遠くない。徒歩圏内だ。だから狛江医師が『花井』のきんつばをよく食べていたことは、少しも不思議ではない。

だが、五百木の自宅からこの町は距離がある。遠いとは言わないが、わざわざきんつばのためだけに行くだろうか。脇坂のように食べ歩きが趣味ならばともかく、五百木はそういうタイプではないし、膝《ひざ》もよくないようだ。

けれど……病院へ行くという目的があれば、話は違ってくる。

都内に整形外科は山ほどあるが、ペインクリニックとなると、ずっと数は少ない。だからこそ伊織やフラワータナカのご隠居も、タクシーや電車を使って、ここまで訪れていたのだ。そしてこの町まで来たのなら、きんつばを買って帰るのはあり得るのだ。

「五百木さんは……狛江医師と面識があった」

「ああ」

「患者と医師だったのか……いや、おまえがふたりを引き合わせて……」

伊織の言葉に、青目はクッと嗤いながら肩を揺らした。

「違う。俺じゃない。それから、ここの先生は、土屋と阿賀谷が死んだ事件にはかかわってない。睡眠薬の横流しだとか、そういうこともしていない。その薬を調達したのは俺だ。いくらでも手に入れる方法はあるからな」

「ならば、なぜ狛江医師は突然消えた？」

「言っとくが、殺してないぜ？」

言いながら、青目は机の上のランタンを引き寄せた。

「彼女が捕まったっていうニュースに動転して、ここを離れたんだ。さぞ驚いたんだろ。巻き込まれたくないと思うのは当然だ。まさか、荒川区連続殺人事件の犯人だったなんて、想像もしてなかっただろうし」

伊織の中に混乱が生じた。

狛江医師と五百木は繋《つな》がっている。だが、狛江医師と荒川区連続殺人事件は関わっていない……。それでは、辻褄《つじつま》が合わない。殺人事件と関わっていないのなら、狛江医師が突然姿を消す必要はないではないか。

それに、巻き込まれたくないとは、どういう意味だ？

「彼女とここの先生は古い縁なんだよ。長いこと疎遠だったようだが……最近、ひょんなことから再会したわけだな」

「再会……」

「さっきも言ったが、そもそも彼女がここを訪れ、狛江医師と再会しなければ荒川区連続殺人事件は起きなかった。ふたりの再会が、悲劇の始まりってわけだ」

「話の筋が通っていない。狛江先生は関係ないと、今さっき言ったばかりだろう」

「ああ。荒川区連続殺人事件……つまり、土屋と阿賀谷が殺され、栄が殺されかけた事件には、狛江医師は関係していない。あの先生が関係しているのは……ほんのちょっと、彼女を手助けしたのは、別の件だ」

「…………別？」

青目が立ち上がった。

ランタンを手にし、自分の顔の高さまで上げる。

「彼女は……五百木可代は」

歩き出す。

灯《あか》りの届く範囲が変わり、伊織には眩《まぶ》しいぐらいに感じられる。目を閉じてしまいたい。だがそうしてはいけないような気がした。

「もうひとり、殺している」

伊織が灯りから顔を背けた時、青目は言った。

※

義母の症状は、今で言う認知症だった。

その頃はまだ痴呆《ちほう》と呼ばれていて、症状への理解や対策も今とはずいぶん違っていた。それでも私は、かつて病院で同じ傾向の患者さんを見てきたし、こういった症状が出てきた高齢者にどう対応したらいいのか、一般の人よりはわかっていたと思う。

わかっていた私ですら、その介護は大変だった。

まして、なんら知識のない夫にとって、手づかみで食事をしようとしたり、トイレに間に合わず服を汚す母親を見ることは、耐えがたくつらかったようだ。あまりにつらすぎて、夫は実家へ足を向けなくなった。時折私に「様子はどうだ」と聞くので、詳しく報告しようとすると「もういい」と話を遮り、「とにかく頼む。おまえは元看護婦だから安心だ」と毎回同じことを言った。

子供が育ち、やっと手に入れられると思った時間は、すべて義母の介護に消えた。

当時、似たような状況にある知人は何人かいた。私が病院に勤めていた頃も、高齢者の付き添いはほぼ中年女性であり、会話から、実の娘ではないとわかることも多かった。一家の大黒柱である男性は昼間働いているのだから、専業主婦の妻が病院に付き添うのは当然のことだった。そういうものだと誰しもが思っていた。私も思っていた。

自分にそう言い聞かせ、納得したつもりになるしか方法はなかった。休日ですら、実の母を見舞おうとはしない夫だったが、変わってしまった母に会うのが怖い気持ちは理解できた。敬愛する親だからこそ、今の姿を見たくないのだ。

仕方ないと思いながら……二年くらい経った頃だろうか。

私を可愛がってくれていた伯母《おば》が、病に倒れた。伯母に子供はおらず、私にとっては母親のような存在だった。半月ほど名古屋《なごや》に住む伯母の介護に行きたい。私は夫にそう言った。夫はこう返した。

——そんなの困る。俺の母さんはどうするんだ。

その瞬間、私の頭の中は真っ白になった。

続いて、耳の奥でダンッと大きな音がして、真っ赤になった。それが強い怒りの感情だと気がついたのは、少ししてからだ。

そうよ。あなたの言う通りよ。

わかってるじゃない、あなたの母親なのよ。

あなたの大切なお母さんでしょ？　なのにどうして、ぜんぶ私にやらせるの？

ほかの弟妹《きょうだい》の前で、「うちのが元看護婦でよかっただろ？」って偉そうな顔をするの？　あなたのお母さんの介護を二年続けてきた私が、どうしてたった二週間、自分の血の繋がった、母親のように思ってる伯母の介護に行くことができないの？　なぜ私だけが、すべて諦《あきら》めなくてはならないの？

ヘルパーさんを頼みたいと言った時、「他人には任せられない」って言ったわね？　言っておきますけれど、私は他人ですから。あなたのお母さんとも、あなたとだって他人ですから。

他人だけど、やってきたでしょう？

縁あって一緒になったのだからと、やってきたでしょう？

それなのにあなたは、一度も私に言ってませんよね？

ありがとうと、言ってませんよね？

そんな怒りが血液に乗って身体中をグルグル駆けめぐり、こめかみが脈打って痛んだ。怒りのあまり、血圧が急上昇したのだろう。自分もこんなふうに腹を立てるのかと、驚いたほどだった。あまりの怒りの大きさに、それを言葉にすることもできない。おそらく私は、ずいぶん恐ろしい形相をしていたのだろう。夫は急に「五日くらいなら」と言い出して、私はその短い期間、伯母と過ごすことができた。

伯母は末期のがんで、ほどなく亡くなった。

一方、義母はそのあと四年ながらえた。

子供たちはとうにそれぞれ家庭を持ち、ふたりとも海外に渡っていた。自由に生きなさいと私は言った。家のことは心配しないでいい。私のぶんまで自由に、自分自身の人生を生きなさいと。

それが私が子供に与えられる、唯一の贈り物だった。

さすがに最後の二年は、使える行政サービスはすべて使い、自分たちの老後にとっておいた預金の一部も使い、民間の介護サービスも使った。

そうしなければ私が倒れてしまうと気がついたからだ。

正直に言おう。義母が亡くなった時、本当に安堵《あんど》した。嬉《うれ》しかったと言ってもいい。その感情は私の表情に出ていたのだろう。葬儀の時、夫が暗い声で「せいせいした顔をしているな」と言った。私が反論するより早く、義妹が「なにもしていない兄さんに、そんなことを言う資格はない」と撥《は》ねのけてくれた。義妹は遠方に住んでいたが、最後の一年はずいぶん手伝ってくれたのだ。

穏やかな時は、何年続いただろう。

この頃、自宅をリフォームした。もともと中古で購入した家だったので、雨染みが壁に滲《にじ》んだりしていたし、義母の介護から学び、自分達の老後に向けて間取りや水回りを一新したのだ。リフォーム中の数か月は、自宅から少し離れたアパートに暮らしていた。その時に出くわした不可思議な出来事をよく覚えている。覚えてはいるのだが……

……なにか夢の中のことだったようにも思える。

あの、春の嵐の夜。

やがて、私が六十七になった時、年上の夫は喜寿を迎えた。

もともと頑固な人だったけれど、さらに頑固になり、そうかと思うと時々気弱になって、「おまえがいてくれたから、俺はなんとかなってきた」などと殊勝な台詞《せりふ》を吐く。

仕事に一途でこれといった趣味もない人だが、近所の方がゲートボールに誘ってくれて、それなりに楽しそうにやっていた。

翌年、夫が倒れた。

進行性で完治は望めない病だった。

最初の一年ほどはこれまでと変わりない生活を送れた。そこから少しずつ夫の身体は蝕《むしば》まれていき、入院することも多くなった。

夫の病室に通う日々の中、今度は私が病にかかった。

声の掠《かす》れは気になっていたが、まさか自分が喉頭《こうとう》癌に罹《かか》るとは思っていなかったし、ましてや喉頭を全摘出しなければならないなんて――私はさすがに打ちのめされた。声を失ってしまうのだ。

けれど、落胆している暇すらなかった。

夫は私が癌だと知ると、私以上に落ち込んでしまい、私がいなくなったら自分はもうおしまいだと嘆き続けた。まだ私が死ぬと決まったわけでもないし、死なないために喉頭を全摘出するのだと何度も説明したが、夫には聞こえてなかっただろう。老いて死にゆく自分のことで、夫は手一杯だったのだ。

義妹に上京してもらい、協力を仰いだ。彼女がいなければ、この苦難の時期を乗り越えるのは難しかっただろう。私の手術は成功し、永久気管孔での呼吸にも慣れた。いつも喉《のど》を隠しておくため、スカーフだけはずいぶん増えた。

食道発声は苦手だったが、人工喉頭を使ってのコミュニケーションはそこそこうまくできるようにもなった。新しい私の声を夫は最初少し怖がっていたが、そのうちにだいぶ慣れたようだった。

悲しいことに、年をとればとるほど友人知人が減っていく。

疎遠になるという意味ではなく、実際に減るのだ。つまり死んでしまう。あるいは、病院や施設に入って出てこられなくなってしまう。

私もすっかり友人知人が減り、話す相手もいなくなった。ロボットみたいな声で喋《しゃべ》る相手といえば、ずいぶん痩《や》せてしまった夫と義妹だけだ。夫の病状はかなり進行し、ほぼ寝たきりとなっていたが、病院でできる積極的治療はない。本人の強い希望で、自宅介護することになった。

「おまえが看護婦で、本当によかった」

力の無い声で夫は言った。

ねえ、ほかに言うことはないの。

なんで「ありがとう」と言えないの。

もはや、そう問い詰める気力もなくなっていた。

夫は眠っている時間が増えた。

義妹が脳出血で急に亡くなってしまったことを伝えた時も、ただぼんやりと頷《うなず》いただけだ。理解できたのかどうかも、わからない。

やがて自力で痰《たん》を出すことができなくなり、吸引器をレンタルした。昔取った杵柄《きねづか》だから、痰の吸引は私にとって難しいものではなかったが、されるほうは苦しい。それでもしなければ、最悪窒息死もありえる。言葉を発することもほとんどなくなった夫が、涙目で私をにらみながら「ひどい女だ」と詰《なじ》ったことがある。

もう、なんだか、笑ってしまった。

癌の再発はなく、私の健康状態はまずまずだった。ただ、膝《ひざ》の痛みには閉口していた。近所の整形外科に通っていたが、低周波治療はちっとも効かなかった。夫は私よりずっと身体が大きく、体位交換だけでひと苦労だ。

膝がますます痛んできた晩秋頃……近所に変わった食堂を見つけた。

ひまわり食堂。

定食の値段は子供百円、大人三百円。そんなに安くて商売になるのだろうかと思ったが、どうやら利益を目的としない団体が運営しているらしい。店をのぞき込んでいたら、可愛らしい高校生くらいの男の子に「どうぞどうぞ」と誘われ、定食を食べた。人が用意してくれる食事の、なんと美味《おい》しく有難いことか。

ひまわり食堂は私にとって、とても大切な場所になった。そこで人工喉頭を使うことはなかったので、私は喋らなかった。私が喋らないのは、耳が遠いからだろうとみんな判断したようだ。それはそれで気楽だった。

聞こえないふりのまま、若い人たちの会話を聞くのも楽しいものだ。

早朝、起きる。夫の下の世話をする。

必要ならば痰の吸引をする。夜中に二度起きて、必要ならばその時にも処置はしている。すぐ噎《む》せてしまうのでゆっくり水分を取らせ、食事をさせる。口腔《こうこう》ケアをして、介護用ベッドの角度を少し変え、テレビを見せる。

それから自分が朝食を取る。

冬の間は乾燥に気をつけていた。肺の弱い夫にとって、風邪やインフルエンザは命取りになりかねないからだ。クリスマスも正月も普段と変わらない日々だった。ヘルパーさんが来てくれるあいだだけが、少し自由になる。ひまわり食堂に行ったり、近所の公園で子供たちが遊ぶ姿を眺めたりした。

年が明け、二月の初め頃だっただろうか。

ひょんなことで知り合いになり、私を慕ってくれる若い女性が「ね、ペインクリニックって知ってる?」と話した。

聞いたことはあったが、詳しくはわからなかった。私が現役の頃にはない科だったのだ。なんでも、痛みを取り除くことに特化しているらしい。ということは麻酔科の分野か、あるいは整形外科のほうだろうか。

――注射を打つだけで、すごくラクになるんだって。私がその話を聞いた人はね、すごく素敵なお茶の先生で……帰り際に、病院の名前聞いといたよ。

神経ブロック注射は、根本的な解決になるわけではない。それでも、痛みそのものが大きく軽減されれば、その部位の血流が良くなり、一定の改善が期待できる。鎮痛剤は飲んでいたが、胃が荒れるので困っていた頃でもあった。

行ってみたいと思った。

なんていう病院なの、と筆談で聞いた。

クリニックの名前を聞いたときは……まさかと思った。

きっとたまたまだ。ちょっと珍しい姓だが、同じ名前がないわけではなかろう。

そう、あの人のはずがない。

——これ、僕のお気に入りなんです。ここのきんつば、すごく美味しいんですよよ。

そう言って私にこっそりお菓子を渡してくれたあのインターン。

彼は今……いくつになったのだろう？

「もうひとり、殺してる」

言葉と同時に、カンテラの位置が下がる。

伊織はゆっくりと顔を正面に戻し、目に残るまぶしさを解消するため、瞬きをふたつした。そして、

「誰を」

と、聞く。

青目はカンテラを揺らして遊びながら「旦那《だんな》だよ。自分の」と答えた。

「殺したというか、見殺しにしたんだな。寝たきりで、自分ではなにもできなくなっている旦那を……長年連れ添った男を放置して、半日留守にした。帰ったら旦那は痰を詰まらせて窒息死してた。こういうケースも殺人になるのか？」

伊織は答えられなかった。おそらく保護責任を問われることになるだろう。だがそれを刑法的に殺人罪というかどうかはわからなかったし……名称など、どうでもいいのだ。

それよりも問題は、

「五百木さんは、自分が旦那さんを殺したと思っているのか？」

その点なのである。

「思っている。というか、それが事実だろ」

ゆら、ゆら。

灯《あか》りが揺れる。

「過失ならば殺したことにはならない。殺意があったわけでは……」

「なにを言ってるんだ伊織。あったに決まってる。ずいぶん長いこと寝込んでた旦那らしいぞ。そいつがいなかったら自由になれるじゃないか」

「五百木さんはそういうことを思う人ではない」

「本人が言ってたんだよ」

ゆら、ゆら。

「早く死んで欲しいとずっと思ってた、そのほうが夫も自分も幸せなのに、って」

灯りが揺れている。

目眩《めまい》ではなく、灯りが揺れているのだ。

「特別な用事があったわけじゃないし、半日放置したら危険なのもわかってたって。彼女は昔、看護婦だったんだ。夫の容態をきちんと理解していた」

「……もし、そうだとしても」

「すぐに救急車を呼んでれば、まあ、過失になったのかもしれなかったな。なにかの罪に問われたところで、情状酌量はあっただろうし。でも彼女はそうしなかったよ。１１９番じゃなくて、別の場所に電話をした。最近再会したばかりの、懐かしい相手に電話をかけたんだ」

そして、電気喉頭《こうとう》で訴えた。

——死ンデルノ。私ガ殺シテシマッタ。

――落ち着いて、可代さん。

――ワカッテテ、出カケタ……コウナルト、ワカッテタノニ……！

――大丈夫だ、あなたは悪くない。あなたはずっと一生懸命やってきたじゃないか。残念だけど、旦那さんはどのみち長く持たなかったはずだ。いつ状態が急変して亡くなってもおかしくなかったはずだ。

「で、狛江医師は、偽りの死亡診断書を書いた」

事件を解決する名探偵のような口ぶりで、青目が語る。

「自分がその場にいて、看取《みと》ったことにした。そうしないと事故死として検死が入る。まずいもんな？」

「……五百木さんと狛江先生は」

旧知の仲だったというわけか。

「狛江が研修医……昔はインターン、か？　その頃に同じ病院で働いてたそうだ。当時、彼女はもう結婚していたが、狛江ともいい雰囲気だったんじゃないか？　ま、そこまでは聞いてないが、そのほうが面白い」

ひとつめの、殺人。

一番身近な人を、夫を、病人を……、
意図的に放置して、死に至らしめた。

「彼女はひどく後悔してた。俺からすると、どうしてそう落ち込むのかわからないが、まあ、悔やんでた。自分などもう死んだほうがいいなんて言いだしたり。だから、俺は提案した。死ぬ覚悟があるなら、やれることはあるはずだ。辛《つら》い目に遭ってる女たちを助けてあげたらどうだ、って」

「ならば、結局おまえの画策だ」

「せいぜいプランニング担当ってとこだろ。しかも、これは善意からだぜ。俺は彼女に恩があったからな。……久しぶりに訪ねたら、生ける屍《しかばね》みたいになってたんだ。放ってはおけないだろ？」

自慢げな口ぶりが癇《かん》に障った。おそらく青目はわざとそうしている。

「恩？」

「助けてもらったことがある。いや助けられなかったが……努力はしてくれた」

「……なんの話だ？」

「俺に興味を持ってもらえて、嬉《うれ》しいな」

「青目」

「昔みたいにカイって呼べよ」

いやだ。そんな呼びかたをしてしまえば、いろんなものが過去に戻ってしまいそうで……自分の感情すら、遡《さかのぼ》ってしまいそうで、いやだった。

「なあ伊織、五百木可代は悪人か？」

ゆら、ゆら。

そんなに灯りを揺らすな。気分が悪くなる。

「老老介護に疲れ果て、夫を殺した彼女をいったい誰が裁ける？」

「それはあたしの決めることではない。ただひとつ、わかっているのは……五百木さんを唆し、そのあとの殺人に導いたおまえのほうが、罪が重いということだ」

「罪。……罪、ね」

青目がカンテラをゆっくり揺らし、含み笑いの声を出す。

「いいだろう。俺の影響力がゼロだったとは言わない。だがな、伊織。さっきも言ったように、旦那が死んだとき、彼女が狛江に電話しなければ、そのあとの事件は起きなかったんだ。もっと言えば、狛江との再会がなければ、土屋と阿賀谷は死ななかった」

「逃げ口上のつもりか？　自分より、狛江先生に責任があるとでも？」

「べつに逃げるつもりはないさ。警察からは逃げるが、おまえから逃げようと思ったことはない。いつだって逃げてるのはおまえだろう、伊織？」

「話をすり替えるな」

「では戻そう。俺が聞きたいのはこういうことだ。こんなに複雑でややこしく、こんがらがった世の中で、誰がなにに対して、どう責任を取れる？　誰も傷つけず、誰にも影響を与えずに、生きていくことが可能だとでも？」

「そんな話じゃないだろう。五百木さんがふたりの男を殺したのは、おまえが殺人を教唆したからで、狛江先生に責任はない」

「そうか。なら、おまえには？」

「……なにを」

「おまえにはなんの責任も、罪もないか？」


――注射を打つだけで、すごくラクになるんだって。私がその話を聞いた人はね、すごく素敵なお茶の先生で……。でもぎっくり腰やっちゃって、そのペインクリニックにいったんですって。カヨさんの膝《ひざ》も、よくなるんじゃない？


「伊織」

青目の声が近くなる。

「おまえだよ」

ゆら、ゆら、ゆら。

カンテラが近くなる。

「おまえが、五百木可代と狛江を再会させたんだ。鈴木麗花に、このクリニックのことを話してな」

——そんな方にぶつかってしまったなんて、私……。

——いえ、あの時はペインクリニックの帰りで、注射がよく効いてましたので。

——注射？

——神経ブロック注射という治療法ですよ。神経のそばに麻酔薬を注射するわけです。

あたしの場合はとても効果がありました。

「そこからなんだよ。そこから、この事件は始まったんだ。たしかに俺は彼女の殺人を手伝った。男たちの首の骨を折って殺した。現場に小豆《あずき》を残すアイデアも俺だ。阿呆《あほう》な警察は、まずおまえのところに行くだろうからな？　小豆婆さんの妖怪《ようかい》を、彼女が知ってててよかったよ。素直に受け入れてくれた。……ほかは、いっさい遺留品を残さないように気をつけた。彼女は度胸が据わってるから二回目にはずいぶん慣れてた。そうやって俺たちは、人を殺した。でもな？　始まりは彼女が旦那《だんな》を殺し、隠蔽《いんぺい》に成功してしまったことなんだ。そこから全部始まったんだ。彼女が狛江に再会していなかったら、この事件はなかった」

揺れる。

灯《あか》りが。カンテラが。

「おまえが」

ふわっ、と灯りが飛んだ。

ほとんど無意識に、伊織は放物線を描く灯りに視線を動かした。カンテラは壁に衝突し、破壊音を立てる。

くら、やみ。

「おまえがいなければ、この事件はなかった」

声は耳元だった。

伊織は一歩下がる。すぐに壁が背中につく。

「俺はおまえを動かしていない。おまえは、俺の書いた脚本の中になどいない。むしろおまえが、俺に今回の物語を書かせた。ああ、すごく……楽しかったぞ？」

耳元で青目が嗤《わら》う。その吐息で耳の産毛が湿るのがわかる。

「どんな気分だ？」

闇の中に闇がある。その闇の塊が伊織に覆い被《かぶ》さっているのがわかる。身体は触れていない。けれど、黒く重い存在に肺がつぶれそうな圧を感じる。

「おまえのせいでふたり死んだ。なあ、どんな気分だ？」

惑わされるな。

伊織は自分に強く言い聞かせた。土屋と阿賀谷の死は伊織のせいではない。関与はあった。だが因果ではないのだ。因果とは原因と結果だ。ふたつが強く結びついている。伊織が鈴木麗花と知り合わなかったら……麗花にペインクリニックの話をしなければ、ふたつの殺人事件はなかっただろうか？　いや、それでも青目は五百木に接触したはずだ。このふたりの関係に伊織は関与していない。

「逃げ道を探しても無駄だぞ」

伊織の思考を読み取るかのように青目は言う。伊織より上背のある影が動き、その鼻先が自分の髪の中に潜り込むのがわかった。

「俺と彼女の関係に、おまえは関係ない。それはそうだ。だが、もし彼女が旦那の死を隠蔽しなかったら……俺はなにもしなかった。そのあとの事件は絶対に起きなかった」

青目の声が、自分の頭頂部からしている。

その低い音が、頭蓋骨《ずがいこつ》に直接響く。

「しかも、俺が教えなければおまえは自分の罪に気がつかなかった。なにも知らないいま、吊《つ》り目の家令と、可愛いチビと、あの古ぼけた家で安穏とメシでも食ってたわけだ。……ああ、べつにおまえを責めてるわけじゃない。こんなのはよくあることだ。最悪の結果ってやつは、最悪の状況から生まれるとは限らない」

スウッと息を吸い込む音がする。

においを嗅《か》がれている。

獲物の鮮度を確認する肉食獣のようだ。この男は、昔から……子供の頃から、伊織の体臭に執着がある。

「誰も悪くないのに、誰かが悲しむなんてのは腐るほどある話だ。それどころか、善意が最悪を生む場合だってある。腹を減らしたかわいそうな子供にパンを与えたら、それをのどに詰まらせて子供が死ぬみたいな話さ。笑えるだろう？」

「笑えない」

「やっと口をきいたな？」

「たちの悪い詭弁《きべん》だ。善意が悪い結果を生む可能性はあるが、それはごく僅《わず》かだ。ほとんどの善意は、よい結果を生む。だからこそ、善意を持つことは尊ばれる。多くの道徳は、社会がうまく機能するために存在しているんだ」

「かもな。……だが社会の変わるスピードに、その道徳とやらは追いついているか？　今の世の中、なにが正しくてなにが正しくないのか、ほんとにわかってる奴がどれだけいる？　それ以前に自分で考えてる奴がどれだけいる？　無垢《むく》で愚かな子供が、事の正しさを大人に問う時、『世の中はそういうものだから』みたいなセリフで逃げない奴が、いったいどれだけいるんだ？」

「だから……だから、なんだというんだ。社会のひずみを盾にして、自分を擁護するのはいい加減やめろ」

「俺がいつそんな真似をした？　自分を擁護するつもりなんかないさ。俺にどんな悲惨な過去があったところで、人を殺して許されるはずないだろ」

「わかってるのに、なぜやめない」

「人を殺したら許されないのはわかっている。それが悪いこととされている、のも知っている。だが——自分では、どうしても、思えない。根本的なところが理解できない。罪悪感がわかないから、なぜそれが悪いことなのか、さっぱり……」

耐えきれず、伊織は動いた。

「戯言《たわごと》はもうたくさんだ」

すぐそこにあった青目の襟を摑《つか》み、握り潰《つぶ》すように力を込める。

それから、突き放した。青目は伊織にされるまま、がっしりした体軀《たいく》を後ろに反らして、たたらを踏む。

「おまえに罪悪感がないことなど、わかってる」

青目がただの言葉遊びをしているだけならば、どれほどましだっただろう。この男は本当に理解できないのだ。他者を殺したり傷つけたりする罪深さを実感できない。生まれつきそうなのか、それを学び取る機会がなかったのか、伊織や母と暮らすようになった頃にはもう手遅れだったのか……。いずれにしても、悪いと思っていない。悪いと思う、という感情が理解できないのだ。絶望的だ。

「どうしておまえは」

闇に慣れた目が、二歩ぶん離れた輪郭を捉《とら》える。

「罪悪感がないのに……他人を平気で殺し、それをゲームのように楽しむ《悪鬼》だというのに、なぜ」

人を慕う気持ちは、失わない？

伊織を、半分血の繋《つな》がった兄を、悪意以外の感情で求め続けるのだ？　我が儘《まま》で残酷で無垢な子供のように？　ウサギを貪《むさぼ》る肉食獣の仔が、血まみれの口のまま母親のもとへ駆け寄るように？

その問いを言葉にすることはできなかった。

聞いたところでどうしようもないのに、こんな感情を少しでも漏らしてしまった己を恥じた。青目の煽《あお》りに、まんまと乗せられたわけだ。

「伊織」

暗闇の中、伸ばされる手。

外からバイクのエンジン音が近づいてくるのがわかる。

青目の手が一瞬止まり、だがそのまま伊織の右頰に指先が触れた。乾いた指の腹は斜めに滑り、鼻骨の根本から眉間《みけん》を通って……前髪を分ける。

「……兄さん」

囁《ささや》きは、微《かす》かに語尾が上がっていた。

大切な誰かを、探しているかのように。

隠されている目の傷が露出し、青目の指がその隆起をなぞる。痛みはない。背中の粟《あわ》だつ感覚は、悪寒だったのだろうか。

「この目を解放したら、どうなる？」

呟《つぶや》くような問いだ。

《サトリ》としての能力を封じている左眼。この目を母親に封じられるより以前の記憶は、すでに薄れている。だが、今とは違う景色が見えていたのは確かであり、それは伊織に良い影響も悪い影響も与えていた。このまま成長すれば悪い影響のほうが大きくなるだろう——母はそう案じて、息子の瞼《まぶた》を縫い閉じたのだ。

「なにが見えるようになる？　俺の見ている景色に、少しは近くなるのか？」

伊織はかすかに笑った。

そんなことを聞かれてもわかるはずがない。そもそも、青目になにが見えているのか、この世界がどう映っているのか、それすらわからないのだ。

人はみな、見ている景色が違う。

おそらく、想像以上に大きく違う。

同じ国の同じ街で生きていても、違う。なのに、基本的には同じものが見えていると思い込んで、暮らしている。同じものが見えているのだから、同じように感じていると思い込んで生きていく。それを幻想と呼ぶのなら、我々は生まれてから死ぬまで、ずっと幻想の中にいるのだ。

バイクの音は近づき、止まった。

先生ッ、と呼ぶ声が聞こえる。甲藤だ。

芳彦が伊織の不在に気がつき、一番機動力のある甲藤に連絡したのだろう。この場所を察するあたり、さすがは伊織の守護《まも》り狐だ。

前髪がさらりと戻る。青目の手が離れたからだ。

次の瞬間、耳の後ろに衝撃を感じた。

なにが起きたのかもわからないまま、膝《ひざ》が崩れる。冷たい床に倒れ込まないよう、大きな手が支えて壁に寄りかからせた。ひどい目眩《めまい》で、目を開けていられない。先生、どこですか――甲藤が叫んでいる。

「先生！」

扉の開く音、閉まる音。

扉ではないどこかが開く音もしたが、伊織にできることはなにもなかった。

リフォーム中の数か月は、自宅から少し離れたアパートに暮らしていた。その時に出くわした不可思議な出来事をよく覚えている。覚えてはいるのだが、なにか夢の中のことだったようにも思える。

夜中に扉を叩《たた》く音で目が覚めた。

夫は遠方の知人宅を訪れていて、その夜は私ひとりきりだった。布団から出て、時計を見ると午前二時すぎ。外は強い風雨で……そう、春の嵐だったと記憶している。

雨音に負けじと続く、ドアを叩く音。

私は怖くなって、よほど警察に電話しようかと思ったほどだ。けれど、ドアを叩きながらなにか言ってる声が聞こえてきて、おそるおそる、短い廊下を進んだ。

——助けてくれ。

その言葉ははっきりと聞き取れた。

——赤ん坊が、動かない。助けてくれ。

今思えば、軽率な行動だった。

扉の向こうにいる者が嘘をついている可能性だってあるのだ。金持ちでもない六十女の部屋に押し入ったところで、強奪するものなどなにもないとはいえ、僅《わず》かな金額のために人を殺《あや》める者もいる。もっと慎重であるべきだったが……赤ん坊、と聞いた時に無条件に身体が動いてしまったのだ。

解錠し、ドアを開ける。

途端に雨と風が吹き込んできて、私は一瞬目を閉じる。雨も風も意外なほどに冷たくはなく、不気味な温《ぬる》さだった。手の甲や顔になにかがペタペタと貼りついてきて、目を開ける。桜の花びらだ。そういえば、アパートの前の公園では、ソメイヨシノが満開を迎えていた。

桜の嵐の中、若い男が立っていた。

現実なのに、現実味がなかったのは——全身に桜の花びらをつけたその男が、奇異に思えるほど美しかったからだろう。

強い眉《まゆ》、くっきりとした二重瞼《ふたえまぶた》、彫りの深い顔だち……背丈も高く、日本人離れした風貌《ふうぼう》だ。そのせいで、まるで映画のワンシーンが現れたような気がしてしまう。アパートの廊下には庇《ひさし》があるのだが、この風ではまったく役に立っていない。玄関の弱い灯《あか》りは、ずぶ濡《ぬ》れで桜まみれの男を浮かび上がらせている。

彼はバスタオルにくるんだ赤ん坊を抱えていた。

それを認識した瞬間、私の中に現実が戻ってきた。男は私の顔を見ると、

そう言った。

「動かないんだ」

「いったい、なにが……」

戸惑いながら事情を聞こうとしたのだが、彼は怒ったような声で「あんた、看護婦だったんだろ」と一方的に捲《まく》し立てる。

「ここの大家が言ってた。この子、なんで動かないんだ」

男の勢いにやや気圧《けお》されたが、私の中の、看護婦として働いていた頃の記憶が、両手を差し出す勇気を与えた。

「こっちへ」

「動かないんだ」

「それはもう聞いたわ。その子を渡して。それから中に入って」

ほとんど命令口調で言うと、男は私に従った。私は部屋の照明をつけ、狭い居間のテーブルの中央に赤ちゃんを寝かせた。生後半年程度だろうか。唇が紫色で、顔の色もそうなりつつある。

呼吸がない。

「あなたは救急車を呼んで。電話はそこ！」

胸骨圧迫――乳児は、指二本ぶんで行う、だったか。小児科を担当したことはあったが、ここまで小さな子に胸骨圧迫による蘇生《そせい》を試みたことはない。正しい位置を確認するためにロンパースを脱がす。小さな身体がひんやりしていて、私の中で絶望が頭を擡《もた》げる。だめだ、とにかく今は、できることをしなければ……。

胸の厚さの三分の一まで指が沈むのを意識し、速いテンポで圧迫を繰り返す。

三十回繰り返し、赤ちゃんの気道を確保して人工呼吸をする。口が小さすぎるので、鼻に息を吹き込むのだ。そしてまた胸骨圧迫を繰り返す。

必死に蘇生術を試みながら――もう気がついていた。無理だ。遅すぎた。私がもっと早くドアを叩く音に反応していたら……いや、それでも無理だったかもしれない。この子はもうこんなに冷たい。

二度目の人工呼吸をしようとした時、ぎくりとする。

無我夢中で気づかなかったのだが……首に締められたような跡があったのだ。

私は男を見た。

男は電話のそばに立っていたが、受話器を上げてはいなかった。

「なにしてるの、早く救急車を……」

「死んでるんだろ?」

ずぶ濡れの男が聞く。さっきまでの焦燥感はすでになく、嘆き悲しんでいるようにも見えず、ただ淡々と事実を確認するかのように「死んでるんだよな?」ともう一度聞いた。私は恐ろしくなり、なにも答えられなかった。思わず、冷たく小さなその子を、守るように抱きかかえた。

「そうか……やっぱり、遅かったか」

顔に貼りついた桜の花びらを拭《ぬぐ》い取りながら、男は言った。

体格のよさに目を奪われがちだが、揺れる瞳《ひとみ》にはわずかに幼さが残っている。まだ十代なのかもしれない。これくらいの背丈の子を、何度か見かけた気がする。同じアパートに住んでいるのか、あるいはここの住人をよく訪れていたのか……。

「どうしてだ？」

男は私に聞いた。どうしてって、首を絞められたからに決まってるじゃないか。

あなたがやったの？　あなたはこの子の父親なの？　それなのになぜこんな酷《ひど》いことを……。そんなセリフは口に出せず、私は赤ちゃんを抱え、床にへたりこんだまま震えていた。すると男は「母親って、そういうものなのか？」とまた別の質問をする。意味がわからない。

「母親ってのは……自分の子供を殺そうとするものなのか？」

「……え？」

「俺の母親もそうだったし」

「な、なに？」

「その子の母親もそうだし。なんでこんなちっちゃなのを……」

「ま……待って。この赤ちゃんの首を絞めたのはお母さんなの？」

男はコクンと頷《うなず》いた。その瞬間、彼はひどく幼く見えた。

「あなたは父親？」

また頷く。私は深く呼吸し、必死に自分を落ち着かせようとし、それはうまくいってなかったが、とにかく言葉を紡いだ。

「残念だけど、この子は亡くなってます。なにがあったにしろ、まずは警察に連絡しなければならないの」

男はなにも言わず私を見下ろしている。赤ちゃんを殺したのは本当に母親なのだろうか。その点をまた疑っていた私は、こちらに近づいてくる男に竦《すく》み上がった。私が恐怖していることを察したのか、男は止まる。

そしてゆっくりと床に膝《ひざ》をつくと、こちらへ両手を差し伸べた。

「返して」

「……警察を……」

「俺がいなくなったらあんたが電話すればいい。その子をこっちに返してくれ」

「…………」

「頼むから」

懇願の口調だったわけではない。やけに落ち着いた、冷静な声だった。

それでもその声の奥底に、彼自身ですら気がついていないような悲しみを感じて、私は赤ちゃんを彼に返した。

男は立ち上がる。

彼の膝がついていた床は、濡れて色を濃くしている。そのまま出て行こうとする男に私は「ごめんね」と上擦った声で言った。彼が振り返る。

「助けてあげられなくて、ごめんね」

「あんたのせいじゃない。……助けようとしてくれて、ありがとう」

多少ぎこちなかったものの、その言葉が出たことに私は安堵《あんど》した。

誰かに感謝されるなんて、久しぶりだった。夫は相変わらず、自分の下着ひとつ畳めなくて、けれど私に感謝の言葉を向けるはずもなく――なのに、この謎めいた若者は「ありがとう」と言った。

助けてはあげられなかったのに。なんの力にもなれなかったのに。

彼は、大事そうに、息のない赤ちゃんを抱いている。

「どこに、いくの？」

質問には答えてもらえないまま、彼は玄関を開ける。

再び、雨と風。

そして桜の花びらが吹き込んできた。

「待って、ねえ、どこに……その子の母親は、どうしてるの？」

もう外廊下に出てしまっている彼に、追いすがるように聞いた。

もし本当に母親が赤ん坊に手を掛けてしまったのだとしたら？

そんなことは嘘だ、ありえない、そう考えたいけれど……親によって命を絶たれる子供が実際にいることを、病院に勤めていた私はよく知っていた。そして、その親もまた差し迫った状況にある場合が多いことを。

扉はすでに、閉まりかけていた。

傍若無人な雨の花吹雪も、範囲を狭める。それでもまだ強く吹き込んでいて、私は目を閉じないようにするのが大変だった。

「女も死んだ」

その言葉が私の耳に届いた直後、扉が完全に閉まる。

風が止む。

雨はシャットダウンされる。

部屋の中に吹き込んだはいいが、勢いを失った花びらが一瞬だけ宙に留《とど》まる。

ストップモーションの画像みたいな光景を見たまま、私は呆《ほう》けていた。なにを考えたらいいのかわからなかった。

死んだ、と彼は言っていた。

やがて花びらは絶望したかのように落下し、床の上でくったりと力を失った。

〈参考文献〉
『日本妖怪大事典』水木しげる／画、村上健司／編著（角川書店）

本書は書き下ろしです。
この作品はフィクションです。実在の人物、団体等とは一切関係ありません。

妖琦庵夜話《ようきあんやわ》　花闇《はなやみ》の来訪者《らいほうしゃ》
榎田《えだ》ユウリ

角川ホラー文庫　20445

平成29年7月25日　初版発行
令和5年12月25日　5版発行

発行者――山下直久
発　行――株式会社KADOKAWA
〒102-8177　東京都千代田区富士見2-13-3
電話 0570-002-301(ナビダイヤル)
印刷所――株式会社KADOKAWA
製本所――株式会社KADOKAWA
装幀者――田島照久

●お問い合わせ
https://www.kadokawa.co.jp/ (「お問い合わせ」へお進みください)
※内容によっては、お答えできない場合があります。
※サポートは日本国内のみとさせていただきます。
※Japanese text only

ISBN978-4-04-105699-8 C0193

角川文庫発刊に際して

角川源義

第二次世界大戦の敗北は、軍事力の敗北であった以上に、私たちの若い文化力の敗退であった。私たちの文化が戦争に対して如何に無力であり、単なるあだ花に過ぎなかったかを、私たちは身を以て体験し痛感した。西洋近代文化の摂取にとって、明治以後八十年の歳月は決して短かすぎたとは言えない。にもかかわらず、近代文化の伝統を確立し、自由な批判と柔軟な良識に富む文化層として自らを形成することに私たちは失敗して来た。そしてこれは、各層への文化の普及滲透を任務とする出版人の責任でもあった。

一九四五年以来、私たちは再び振出しに戻り、第一歩から踏み出すことを余儀なくされた。これは大きな不幸ではあるが、反面、これまでの混沌・未熟・歪曲の中にあった我が国の文化に秩序と確たる基礎を齎らすためには絶好の機会でもある。角川書店は、このような祖国の文化的危機にあたり、微力をも顧みず再建の礎石たるべき抱負と決意とをもって出発したが、ここに創立以来の念願を果すべく角川文庫を発刊する。これまで刊行されたあらゆる全集叢書文庫類の長所と短所とを検討し、古今東西の不朽の典籍を、良心的編集のもとに、廉価に、そして書架にふさわしい美本として、多くのひとびとに提供しようとする。しかし私たちは徒らに百科全書的な知識のジレッタントを作ることを目的とせず、あくまで祖国の文化に秩序と再建への道を示し、この文庫を角川書店の栄ある事業として、今後永久に継続発展せしめ、学芸と教養との殿堂として大成せんことを期したい。多くの読書子の愛情ある忠言と支持とによって、この希望と抱負とを完遂せしめられんことを願う。

一九四九年五月三日